KB123521

조선후기 통신사 필담창화집 번역총서 18

桑韓星槎答響·桑韓星槎餘響

상한성사답향·상한성사여향

조선후기 통신사 필담창화집 번역총서 18

桑韓星槎答響・桑韓星槎餘響

상한성사답향・상한성사여향

고운기 역주

보고사

이 역서는 2008년도 정부재원(교육과학기술부 학술연구조성사업비)으로 한국연구재단의 지원을 받아 연구되었음(KRF-2008-322-A00073)

이 번역총서는 2012년도 연세대학교 정책연구비(2012-1-0332) 지원을 받아 편집되었음.

차례

일러두기

1. 통신사 필담창화집 번역총서는 제1차 사행(1607)부터 제12차 사행(1811)까지, 시대순으로 편집하였다.

2. 각권은 번역문, 원문, 영인자료(우철)의 순서로 편집하였다.

3. 300페이지 내외의 분량을 한 권으로 편집하였으며, 분량이 적은 필담창화집은 두 권을 합해서 편집하고, 방대한 분량의 필담창화집은 권을 나누어 편집하였다.

4. 번역문에서 일본 인명과 지명은 한국 한자음 그대로 표기하고, 처음 나오는 부분의 각주에 일본어 발음을 표기하였다. 그러나 번역자의 견해에 따라 본문에서 일본어 발음대로 표기를 한 경우도 있다.

5. 번역문에서 책명은 『 』, 작품명은 「 」로 표기하였다.

6. 원문은 표점 입력하였는데, 번역자의 의견에 따라 표기하는 것을 원칙으로 하였지만, 가능하면 한국고전번역원에서 정한 지침을 권장하였다. 이 경우에는 인명, 지명, 국명 같은 고유명사에 밑줄을 그어 독자들이 읽기 쉽게 하였다.

7. 각권은 1차 번역자의 이름으로 출판되었는데, 최종연구성과물에 책임연구원과 공동연구원의 이름이 반드시 들어가야 한다는 한국연구재단의 원칙에 따라 최종 교열책임자의 이름으로 출판되는 책도 있다.

8. 제1차 통신사부터 제12차 통신사에 이르기까지 필담 창화의 특성이 달라지므로, 각 시기 필담 창화의 특성을 밝힌 논문을 대표적인 필담창화집 뒤에 편집하였다.

유자(儒者)와 불자(佛者)의 진지한 대화 :
『상한성사답향(桑韓星槎答響)』과『상한성사여향(桑韓星槎餘響)』

1

조선통신사의 문학적 업적에 관해 우리 사행원만이 아닌 '저쪽' 관반의 기록을 함께 읽을 때 보다 풍부한 논의가 가능한 것은 주지의 사실이다. 이를 통해 통신사행 전반의 본질에 대한 중요한 시사점까지 얻어낼 수 있다.

여기서『상한성사답향(桑韓星槎答響)』과『상한성사여향(桑韓星槎餘響)』은 세 가지 점에서 인상적이다.

첫째, 신유한이 일본에 도착하자마자 만난 일본의 관반과 나눈 창화라는 점이다. 쓰시마에 도착한 뒤 6월 29일의 첫 대면부터 8월 19일 아카마가세키(赤間關)에서의 창화까지이다. 일본의 열악한 인문환경에 경악하는 단계의 신유한의 인식이 잘 드러난다. 이런 경악 뒤에 신유한의 진정한 일본 인식이 찾아온다는 점에서, 이 단계에 대한 자세한 검토가 필요하다.

『상한성사답향』과『상한성사여향』에 실린 신유한의 작품들은 그의『해유록』에는 실려 있지 않다. 신유한이 "담(湛) 장로의 시가 잇달았으나 전연 한 귀도 볼 만한 것이 없었다."라며 아주 무시해버리는 단계였으니 당연한 결과이다. 대체 어떤 시를 받았기에 그랬으며, 그런데도 응해준 답시는 어떤 내용이었을까. 이제『해유록』에 없는 시와 필담을 위 두 책에서 확인해 볼 수 있다.

둘째, 통신사 필담 가운데 희귀하게 불교에 관한 논의가 실렸다는 점이다. 신유한이『해유록』에서 그 같은 사실을 밝히기는 했으나, 자세한 내용은『상한성사답향』과『상한성사여향』에만 보인다. 관반 가운데 불교 승려가 다수 포함되나, 사신과의 불교 논의는 금기시되어 있었다. 쌍방이 이 점을 모르지 않았을 텐데, 특히 신유한이 불교 논의에 응한 데는 다소 용기가 필요했을 것이다. 신유한의 의도와 대화 내용 등을 살펴보는 일은 매우 흥미롭다.

셋째, 이 기간의 창화 내용이 책으로 엮어져 곧바로 출판되었다는 점이다.

> 11월 4일. 湛 장로가 오사카에서 새로 출판된『성사답향』두 권을 나에게 보였는데, 이것은 나와 세 서기가 장로와 화답한 시편으로서, 이미 출판된 것은 아카마가세키 이전의 작품이요, 그 나머지는 아직 출판이 끝나지 않았다 한다. 날짜를 계산해 본즉 한 달 안에 출판되었으니 왜인이 일을 좋아하고 이름을 좋아하는 습성이 자못 중화와 다름없었다.
>
> (한국고전번역원,『국역 해행총재Ⅰ』, 한국고전번역원, 1974, 561면)

신유한이 에도(江戶:도쿄)에서의 임무를 마치고 오사카에 돌아왔을 때의 상황이다. 일본에서 통신사 일행의 시문이 편집 간행된 수효는 헤아릴 수 없지만,『상한성사답향』은 그 가운데서 아마도 가장 신속히 출판된 경우에 들지 않는가 한다. 신유한은 이런 저들의 '능력에 대한 감탄'(이혜순, 『조선통신사의 문학』, 이화여대출판부, 1996, 210면)을 숨기지 않고 있다. 일본을 다시 보는 결정적인 계기가 되었다.

2

기해(1719) 통신사는 9차 사행이다. 사행의 목적은 도쿠가와 이에쓰구(德川家繼)를 이어 도쿠가와 막부의 8대 장군이 된 도쿠가와 요시무네(德川吉宗)의 습직(襲職)을 축하하는 것이었다. 신유한은 제술관으로 따라 나섰다.

우여곡절을 겪으면서도 아홉 번째 사행에 이르자 통신사행의 규범이 제법 꼴을 갖추어나가고 있었다. 특히 유관(儒官)과의 필담 창화가 정례화 된다든지, 범위가 일반 문사에까지 확대된 것은, 겹쳐지는 통신사행의 결과로 일본의 손님 접대 방법에까지 변화를 일으킨 것으로 볼 수 있다. 초기에는 주로 승려 출신의 한문 소통 가능자가 관반으로 나섰었다.

그러나 『상한성사답향』과 『상한성사여향』은 승려 월심(月心)과의 창화가 거의 전부이다. 이는 월심 곧 가죽이 이 책의 편찬자였기 때문이다.

한편 기해사행 직전인 8차 사행이 1711년, 곧 불과 8년 전에 있었으므로 이번 필담 창화집의 출판은 줄었으나, 이것은 전집 등의 발간이 이루어지지 않은 까닭이지, 전체 수창자 수와 작품은 결코 적지 않았을 것으로 보고 있다.

월심은 이정암(以酊庵)에 소속한 승려였다. 이정암은 쓰시마(對馬島)

에 있던 선종 사찰이었는데, 에도 막부는 오산(五山)의 학승을 교체하
여 파견하고, 조선과의 왕복서간이나 사신의 접대를 맡게 하였다. 매
우 중요한 임무였다. 신유한도 이 같은 사실을 『해유록』에 남기고 있
다. "부(府)의 남쪽으로 5리쯤에 이정암이 있으니, 이것은 옛날에 중
현소(玄蘇)가 거처하던 곳이다."(『국역 해행총재Ⅰ』, 404면)라는 대목이다.
현소는 도요토미와 도쿠가와의 시대에 걸쳐 활약한 승려인데, 1580년
에 도주(島主)의 초청으로 쓰시마로 건너가 이정암(以酊庵)을 개창하였
다. 이때부터 조선과의 외교업무를 담당하는 곳이었다. 임진왜란을
끝내려고 하는 도요토미와의 화의(和議) 교섭도 현소가 맡았었다.

월심은 6월 29일에 처음 세 사신을 만났다고 하였다. 다만 제술관으
로 파견된 신유한에 대한 인상을 자세히 쓰지는 않았는데, 신유한은
"장로는 푸른 건만 쓰고 관도 없이 붉은 옷에 장삼을 입고 가사를 걸
쳤으며 석장을 들었는데 용모가 늙은 매화 등걸과 같아 소박하여 사
랑스러웠다."(『국역 해행총재Ⅰ』, 406면)라고, 월심을 처음 만났을 때 느
낌을 『해유록』의 6월 29일자에 썼다. 신유한은 이보다 이틀 앞서 그에
대한 정보를 미리 적고 있다.

> 장로는 이름이 성담(性湛)이고 자는 월심(月心)이며 호는 가죽(可竹)
> 이다. 진승원(眞乘院)의 화상으로서 명을 받들고 온 것인데 지금 임기
> 가 찼다. 위인이 옛 태가 있어 단아하였고 불경을 널리 통하여 마주 앉
> 았는데 오랑캐의 속된 기색이 없었다.   (『국역 해행총재Ⅰ』, 404면)

비록 시는 보잘 것 없어 상대하기 귀찮아했으나, '옛 태가 있어 단
아하였고 불경을 널리 통하여' 더불어 필담을 나누는 데 성의를 다

하였다. 이제 뒤에서 자세히 다루겠으나, 월심과 나눈 불교에 관한 논의는 신유한이 지닌 불교 인식이 상당하였음을 보여주고 있다. 그렇다고 월심의 시가 품격 면에서 아주 떨어지는 것은 아니었다. 무엇보다 월심 자신이 시를 쓰는 데 열심이어서, 그가 쓴 시와 창화 받은 시를 소중히 엮어 바로 책으로 간행하기까지도 하였다.

사행 초기 문제는 뜻밖인 데서 터졌다.

공례(公禮) 뒤에 사연(私宴)이 벌어지는데, '제술관이 들어와 두 번 절하고, 태수는 앉아서 답례한다'는 조목이 있었다. 사신과 신유한은 즉각 반발하였다. 쓰시마 태수가 앉아서 답례한다는 것은 조선을 일본보다 아래로 보는 행위였기 때문이다. 조금은 자연스러운 분위기에서 창화를 나누려던 저들의 계획도 어그러졌다. '술이 세 순배 돌아가자 필연을 갖다 놓으면서 사신에게 시를 청하였으나 사신이 못한다고 사양한 것이다. 그러자 태수와 일본 측 관반도 의식적으로 신유한을 배제한다. 여러 사람이 필담을 진행하는 동안 '한 자의 글도 (나에게) 청하지 않았으니, 가소로운 일이다'라고 신유한은 불편한 심기를 드러낸다. 아마도 월심의 시에 대해 혹평을 내린 데는 이 같은 일이 빌미로 작용했으리라 보인다.

결국 위의 조목을 고치면서 양측의 감정적인 대립은 해소되었다. 신유한이 저들에게 시를 써주기 시작한 것도 이 다음부터이다.

3

『상한성사답향』은 월심이 주도하여 출판되었다. 책머리에 "기해년

인 향보 4년, 조선국 통신사가 왔다. 6월 21일 바다를 건너 사쓰나(左
須奈) 포구에 도착하고, 27일 府에 도착하니, 태수와 나는 누선(樓船)을
끌고 토라사키(虎崎)에서 출영하였으며, 29일 나는 태수와 함께 처음
으로 여관을 방문하여 세 사신을 만났다"고 한 때로부터, 8월 18일 서
광사(西光寺)에서 창화한 작품까지 실려 있다. 앞서 신유한의 기록에
서처럼 '나와 세 서기가 장로와 화답한 시편으로서, 이미 출판된 것은
아카마가세키 이전의 작품'인 것이다. 편찬한 방식을 보면,

　　[A형]
　　월심의 정삼사시(呈三使詩) 3수
　　삼사의 답장
　　월심의 답장

과 같이 답시 대신 답장으로 대신한 경우라든지,

　　[B형]
　　월심이 신유한 및 각 서기에게 준 시
　　신유한의 답시 2수와 답장
　　강백의 답시 2수
　　성몽량의 답시 2수
　　장응두의 답시 2수

와 같이, 월심이 각 서기에게 공통으로 한 편의 시를 보낸 것에 대해,
각 서기가 답시를 준 형식이라든지,

[C형]

월심이 신유한에게 준 시

월심이 강백에게 준 시

월심이 성몽량에게 준 시

월심이 장응두에게 준 시

신유한의 답시

강백의 답시

성몽량의 답시

장응두의 답시

와 같이, 각 서기에게 한 편씩 보낸 시에 역시 각 서기가 답시를 준 형식 등 다양하다. A-B-C 형이 섞여 매우 정연하게 정리되어 있음을 볼 수 있다.

여기서 『상한성사답향』의 경우, 신유한의 시는 권상(卷上)에 4제(題) 5수(首), 권하(卷下)에 1제 4수로 도합 5제 9수에 지나지 않는다. 다른 서기에 비해 적은 양이고, 신유한은 『해유록』에 이마저 전연 싣지 않았다. 다른 창화시가 한번 주고 말면 그뿐이므로, 귀국 후에 사행을 정리하면서 싣고 싶어도 애로가 따랐을 터이나, 이 시들은 『상한성사답향』에 실려 있었으므로, 의지만 있었다면 재록했을 것이다. 얼마나 여기서 쓴 시에 의미를 두지 않았는지 알만한 대목이다.

다만 불교문제를 중심으로 토론한 장문의 산문이 상하 각 2편씩 모두 4편 실려 있는 것이 특이하다. 이 글은 모두 신유한과만 나눈 필담이다. 그러나 신유한의 불교 논의는 상당한 의미를 갖는다. 통신사행이 이어지는 동안 금기시한 것 가운데 하나가 불교 논의였다. 이런 분위기는 신유한의 사행 길에도 크게 다르지 않았을 것 같다. 『상한성사답향』의 편찬자가 이 부분을 집중적으로 실은 데에는 그런 희소성이 한몫했으리라 보인다. '유석(儒釋)이 본디 둘이 아니다'는 말로 신중하게 접근한 두 사람의 불교 논의에서 신유한은 보다 신중하게 오해의 소지를 없애는 쪽으로 끝을 맺기는 했다. '담연(澹然)과 허명(虛明)함이 한번 초월하여 여래장에 이른다면 좋겠다'고 하면서도, 신유한은 불교와 유교 사이의 차이와 구분을 분명히 하려 하였다.

나아가 적간관의 고사를 가지고 월심을 비롯한 일본 쪽 유자인 우삼, 송포가 나눈 창화시가 실려 있는 점도 이색적이다. 저들끼리의 창화를 싣기로는 이 책에서만 보이는 것은 아니나, 이 창화를 신유한이 『해유록』에 옮겨 놓고 있는 점 때문에 그렇다. 창화도 아닌 시를 굳이 실은 신유한이나, 앞서 보인 A-B-C 형의 스타일을 깨면서 부록처럼 실은 월심 모두 무슨 까닭에서인지 생각해 볼 필요가 있다.

재언하거니와 『상한성사답향』은 6월 말부터 8월 중순까지의 기록이다. 이후에도 월심은 사신을 따라 에도에 다녀왔으므로 출판 실무는 서점에서 담당하였을 것이다. 그러나 사신이 도착하여 두 달 남짓한 기간 동안 창화한 작품을 신속하게 정리하여 출판사에 맡기고 간 월심의 노력은 가상하다. 아마도 신유한 등 사신 일행이 3개월 뒤 오사카로 돌아왔을 때 보여주려는 의도가 숨어 있었다고 보인다.

『상한성사답향』은 본문이 시작하기 전에 한인내빙관위성명(韓人來聘官位姓名)을 싣고 있다. 삼사(三使)부터 하관(下官)까지 빠뜨리지 않고 적은 관위성명(官位姓名)이 자세하다. 모두 11쪽에 걸쳐 기록한 도합 475인이다.

상한성사답향

桑韓星槎答響

상한성사답향(桑韓星槎答響) 권상(卷上)

향보(享保) 기해년(己亥年) 한사내빙창화(韓使來聘唱和)

향보 기해년 4년, 조선국 통신사가 왔다. 6월 21일 바다를 건너 사쓰나(左須奈)[1] 포구에 도착하고, 27일 부(府)에 도착하였다. 태수와 나는 누선(樓船)을 끌고 토라사키(虎崎)에서 출영하였으며, 29일 나는 태수와 함께 처음으로 여관을 방문하여 세 사신을 만났다. 향응이 가장 돈독하였으며 송영에 주악을 울렸다. 다음날 심부름꾼을 대령하여 사례할 때 나는 졸시를 세 사신과 학사에게 드렸다.

정사에게 드리는 시 소인(小引)

월심(月心)

이즈음 여관에서 처음 정사를 만나 뵙고 성찬(盛饗)을 받아, 승려의 몸으로 큰 은혜를 입었습니다. 돌보심이 깊고 망극하여, 비천한 시 한 편을 지어 정사 대인 각하에게 드리고자 하니, 흔쾌히 받아주시고 고

---

1 사쓰나(左須奈) : 쓰시마의 포구 이름.

쳐주시기 바랍니다.

만경창파 험한 물길을 무릅쓰고	不辭萬頃鯨波險
사신으로 오셔서 아름다운 닻을 내리셨네	龍節賚來駕彩槎
공역(公驛)에 모름지기 풍경이 도타웁고	公驛應須富光景
빈청(賓廳)에 문득 붉은 안개가 풀어 헤쳐졌네	賓廳便得解丹霞
빛나는 북과 피리 소리 어찌 그리 우아한지	熙熙鼓吹何其雅
가지가지 진귀한 것들로 더할 것이 없네	種種盤珍蔑以加
연회석에서 이제 처음 뵈었으니	宴席今初嘗一㸑
모든 맛이 관가를 익게 하리란 것 알겠네	軒知衆味熟官家

부사에게 드리는 시 소인

월심

이즈음 빈관에서 부사를 만나 뵙고, 특별히 반진(盤珍)을 받아 연향(讌享)을 즐기고, 특이하게 뛰어난 이들이 가득 모여 희대의 일이었습니다. 방외의 뜻 크신 분에게 감사하는 마음 지극하여, 거친 시 한 편을 엮어 부사 대인 각하에게 드리니, 잠시 보시고 고쳐주시기를 바랍니다.

기도(箕圖)의 문물이 오래 귀를 채우고	箕圖文物久盈耳
여관에서 만나니 어찌 우연이리	館裏逢迎豈偶然
패옥을 차고 우러르니 위엄찬 모습은 우뚝하니	鳴珮具瞻威範逸

진기한 물건에 사례하며 예의는 경건하네	羅珍可謝禮儀虔
두재(斗材)는 누가 남월(南越)의 금²으로 사리	斗材孰以越金買
이웃의 보배는 조(趙)나라의 구슬을 겸하였네	鄰寶得兼趙璧全
사절은 잘 갖춰 진실로 돈독하리니	使節專修誠信篤
싫어하지 않고 푸른 바다 건너 고원(故園)에 달렸네	踰溟不斁故園懸

종사관에게 드리는 시 소인

월심

이즈음 객관에서 빛나는 모습을 처음 뵙고, 특별히 가찬(嘉饌)을 받으며 형해(馨欬)를 입었습니다. 간곡히 돌보심이 무척 많았는데, 거친 시 한 편을 지어 종사관 대인 합하에게 드리니, 오로지 살피시어 질정해 주시기 바랍니다.

기억하건대 정문(政門)을 향해 사신의 명령을 받들어	憶向政門承使命
깃발이 이제 일본 땅 해안을 빛나게 하네	節旄今果耀桑暾
폐서(幣書)에 축하를 담아 때맞추어 이르니	幣書有慶時其至
관리들이 서로 만나는 데 도리를 갖추었네	冠蓋相逢道所存
통신사 백년에 좋은 사이 이어지니	通信百年堪繼好
공을 이루어 일대에 어찌 입을 놀리랴	成勳一代豈容言

---

2 남월(南越)의 금 : 한(漢)나라 육가(陸賈)가 남월(南越)에 사신(使臣)으로 갔다 올 때에 남월왕 조타(趙佗)에게서 황금을 많이 얻어 왔음.

여관에서 진찬(珍饌)을 받아 만끽하나   館中飽此領珍饌

파납(破衲)[3]은 저목(樗木) 뿌리[4]인 것 같아 도리어 부끄럽네

                破衲還慙樗散根

세 사신은 화답시를 짓지 않고, 편지로 대신하였다.

정암(酊菴) 장로 도안에게 드림

정사 홍치중(洪致中)

"여관의 한가한 날, 스님을 만나니 밝은 문채(文彩)로 지금 눈 안에 있습니다. 뜻밖에 옥 같은 상자에 향기로운 시를 담아와, 울창하게 밝게 빛나고 깊이 돌아보는 뜻이 있습니다. 한번 읽으며 세 번을 감탄하고, 뜻을 같이 함이 끝없으며, 어둡고 컴컴한 참에 도(道)가 청유(淸裕)한 곳을 걷습니다. 평생에 닦았으나 아직 사율(辭律)에 미숙하고, 나는 포고(布鼓)요 그대는 뇌문(雷門)[5]이니, 울려도 소리가 나가지 않아, 한 마디 갚으려 하나 부끄럽게도 글이 시원치 않습니다. 다행히 너그럽게 받아드리신다면 더욱 돈독해져 좋아지리니, 쌍림(雙林)이 가까이

---

3 파납(破衲) : 승려의 비칭.

4 저목(樗木) 뿌리 :『장자(莊子)』소요유(逍遙遊)에 크기만 했지 무용지물(無用之物)인 저(樗)나무에 대한 이야기가 나옴. 쓸모없는 인간의 비유.

5 나는 포고(布鼓)요 그대는 뇌문(雷門) : 감히 어른에게 당치 않게도 변변찮은 말을 개진하였다는 뜻. 뇌문은 뇌문고(雷門鼓)의 준말로, 그 소리가 백리 밖에까지 들렸다는 월(越)나라 회계성문(會稽城門)의 큰 북이고, 포고(布鼓)는 포목으로 만들어 아예 소리도 나지 않는 북을 말함.『漢書 卷76 王尊傳』

있어 바라만 보아도 위로가 됩니다. 불비(不備)."

같음

부사 황선(黃璿)

"지난 번 아름다운 모임에서 맑은 환대를 받았습니다. 마니(摩尼)의
보배로운 빛깔이 아직도 비추는 듯하고, 이제 글을 내어 정중히 살펴
보니, 도가 청유를 걸어 어찌 위하(慰荷)에 값하리오. 하물며 부쳐주신
아름다운 시는 손을 씻고 읊조리니, 현포(玄圃)의 가득한 옥과 같지 않
은가요. 보내준 시에 화답함은 옛 사람이 숭상한 바이나, 나의 노둔함
을 돌아보니 본디 시에 어둡고, 모모(嫫母)의 추함으로 감히 서시(西施)
에게 대들지 못합니다.[6] 성의(盛意)를 저버리는 부끄러움을 이기지 못
하겠으니, 오직 고명(高明)께서 혜량해 주시길. 불비(不備)."

같음

종사 이명언(李明彦)

"지난 번 훌륭한 모임에서 만나 청범(清範)을 마주했는데, 이수(尼水)
가 서로 비추듯 도타움이 싫지 않았습니다. 문득 글을 받들고 더불어
아름다운 시를 읽으니, 밝게 맑은 기운이 입 안에 생겨났고, 나아가

---

6 모모(嫫母)의 …… 못합니다 : 모모는 황제(黃帝)의 넷째 왕비인데, 심한 추부(醜婦)였
  으며, 어진 서시는 월(越)나라의 절세의 미인임.

모두 가을 기운이 정양(靜養)하고 진위(珍衛)하니 천만 위로가 되었습니다. 시를 지어주면 반드시 응답을 그만두지 못하나, 평생 못난 재주가 남과 같지 아니 하니, 시 짓기가 작은 기술이라 하나 또한 익숙하지 못합니다. 파동(巴童)과 하리(下里)로 감히 대항하여 춘설곡(春雪曲)에 보답하지 못하니, 이에 큰 선물을 받고 편지로 사례를 대신합니다. 지극한 정으로 무현금(無絃琴)[7]에 비길까 할 뿐이니, 노여움을 풀어주시면 다행이겠습니다. 불비(不備)."

답함

월심

"이제 상관(象官)을 번거롭게 하고 아름다운 편지를 받으니, 구구한 성의(盛意)는 벌써 여러 차례 받들어, 은근한 마음 쓰심이 어찌 이다지 지극하신지요. 숙소의 번거로운 일은 깨우침을 기다리지 않아도 알겠습니다. 모든 일이 순조로워, 빨리 도부(東武)에 이르러 대례(大禮)를 마치고 앞뒤가 경사 있기를 바랍니다. 저는 숲 속의 비루한 나무요 탁부 끝의 술지개미라, 한갓 다람쥐 같은 미천한 재주를 가졌고, 어리석은 파리로 불리기 면하지 못합니다. 뜻밖에 이번 왕명을 받들어 접반관사(接伴官使)가 되었으나, 썩은 자질로 어찌 두루 주선하겠습니까.

---

7 무현금(無絃琴) : 줄 없는 거문고. 『도정절전(陶靖節傳)』에 "연명(淵明)은 음률(音律)을 알지 못하므로 무현금 한 개를 마련해 두고는 술이 얼근해지면 무현금을 어루만지며 그 뜻만을 의탁할 뿐이었다."는 구절에서 나옴.

뱃길 수천 리에 다만 견권(繾綣)을 입기 바라고, 용케 바다를 잘 건넌 다면 객중의 다행이겠습니다. 상관은 학처럼 서서 일일이 보답의 인 사를 드리고, 겸하여 어려운 마음을 나타내니, 의아하지 않으면 다행 이겠습니다. 지극히 떨리는 마음을 감당하지 못합니다. 불비(不備)."

신(申) 학사에게 부치는 시 소인(小引)

월심

나는 학사의 뛰어남이 신묘를 달릴 만큼 매우 높다고 들었습니다. 지난번에는 비록 한번 여관에 들렀으나, 숙소 안이 바빠서 끝에 만나 기는 했으나 어찌 지극한 슬픔을 견디리오. 그래서 짧은 시 한 편을 지어 사안에게 드리니, 강(姜)·성(成)·장(張) 세 기실(記室)에게 부탁하 시어 화답시를 주시기 바랍니다.

사신의 깃발 바다를 건너 일본 땅에 오니	文旆踰溟日域天
재주를 누가 이겨 반연(攀緣)[8]이 아니리오	才望孰克弗攀緣
손님 모신 잔치 자리 감히 모습을 뵙지 못하나	賓筵未敢挹儀範
졸렬한 구절로 화답시를 바랄 뿐이네	拙句聊庸要和篇
뛰어난 시편은 가득 차 노숙한 두보를 생각하게 하고	逸律盈腔思杜老
구슬이 종이에 떨어진 듯 신선 소동파를 떠올리게 하네	
	顆珠落紙憶蘇仙

---

8 반연(攀緣) : 세력있는 자에게 붙는 것.

| 다른 나라 영웅호걸 뵙기 가장 어려우나 | 異方英物最難獲 |
| 어찌 다행히도 우리가 개년(個年)을 만났나 | 何幸吾儕逢個年 |

정암(酊菴) 장로가 주신 시에

학사 신유한(申維翰)

봉래산 푸른 빛 해동의 하늘이요	蓬山蒼翠海東天
그 가운데 선옹(禪翁)이 있어 속세의 인연을 끊었네	中有禪翁絶俗緣
설법을 베푸니 밤은 꽃비의 빛깔을 따르고	說法夜隨花雨色
거문고를 켜니 가을은 계수나무 가지로 들어가네	鳴琴秋入桂枝篇
세상의 나이 누가 늙었다고 말하리	人間甲子誰言老
세상 밖 안개 스스로 있는 신선이네	世外煙霞自在仙
현포(玄圃)에 강물을 찾아 노 저어 온 외로운 손님	玄圃尋河孤棹客
전신은 오히려 절로년(折蘆年)[9]이라 기억하네	前身猶憶折蘆年

또

| 반드시 외로운 배 타고 상천을 향하지 않아도 | 不必孤槎迥上天 |
| 항사(恒沙)[10]에 배를 대니 또한 기이한 인연이네 | 恆沙停棹亦奇緣 |

---

9 절로년(折蘆年) : 선종(禪宗)의 초조(初祖) 달마(達摩)를 가리킴. 천축(天竺) 향지왕 (香至王)의 셋째아들인 그가 양(梁) 대통(大通) 원년(527)에 인도로부터 바다를 건너 광 주(廣州)에 상륙할 때까지 갈대를 꺾어 그것을 타고 왔다 함.

진정 동쪽 절의 시내 머리 미소[11]가 생각나니	正懷東寺溪頭笑
누가 서쪽 봉우리의 달 아래 시편을 부칠까	誰寄西峰月下篇
노래 끝나도 소리는 광악(廣樂)[12]을 전하는 듯하고	吟罷聲疑傳廣樂
흥겨이 술 마시니 몸은 신선에 끼어 나는 듯하네	興酣身似挾飛仙
내일 쌍림의 모임에 가서	明朝判赴雙林會
잔 띄워 바다를 건넌[13] 해가 되겠네	說到浮杯渡海年

"지난 날 여관에서 서산(西山)의 상쾌한 기운을 바라보며, 구구한 속 례로(俗禮)로 이상(履床) 아래를 바라보지 못하였습니다. 이제 밝은 모 습으로 귀하의 편지를 받고, 더불어 아름다운 시를 읊어 오니, 구름 안개가 빛깔을 띠웁니다. 마른 상앗대에 나는 냄새로 어찌 아름다운 향기를 만나겠습니까. 이런즉 강(姜)·성(成)·장(張) 여러 친구와 함께 귀하의 시를 받들어 손을 씻어 읽고, 각 2편을 지어 지극한 성의에 가 름하고자 합니다. 부끄러운 얼굴로 다시 절합니다."

---

10 항사(恒沙) : 항하(恒河)의 모래. 항하는 인도의 갠지스강으로, 항하의 모래는 무량(無量)의 수를 이름.

11 동쪽 절의 시내 머리 미소 : 시내 머리 즉 계두(溪頭)는 산사(山寺)의 시냇가라는 뜻으로, 호계(虎溪)의 고사를 가리키는 말. 진(晉)나라 고승 혜원(慧遠)이 동림사(東林寺)에 거주하면서 호계를 넘어서지 않았는데, 도연명(陶淵明)과 육수정(陸修靜)을 배웅할 때에는 자신도 모르게 그 시내를 건넜으므로, 세 사람이 모두 큰소리로 웃었다는 일화가 있음. 『蓮社高賢傳 百二十三人傳』

12 광악(廣樂) : 구주(九奏)와 만무(萬舞)를 갖춘 웅대한 스케일의 궁중음악.

13 잔 띄워 바다를 건넌 : 산서(山西)의 한 고승(高僧)이 한 조그만 잔을 타고 하수(河水)를 건넜으므로 사람들이 그를 배도(盃渡)라 불렀음.

삼가 정암 장로가 주신 시에 따라

서기 강백(姜栢)

의발 한 줄기가 전하여 서역에서 왔는데	傳衣一脉自西天
나라 밖에서 만나니 이는 오래된 인연이네	海外相逢是宿綠
은하수에 사신의 배를 띄운 옛일을 생각하며	銀漢星槎追舊事
눈 속의 원숭이가 뛰노는 매월(梅月)[14]에 새로운 시를 감상하네	
	雪猿梅月賞新篇
영산의 부처 제자 우뚝한 암자에서 빈 지팡이를 날렸고	
	靈山子卓飛空錫
시 공부는 내 부끄러워라, 환골탈태한 신선이네	詩學吾慚換骨仙
향로(香爐)와 연사(蓮社)의 약속을 맺으러 가고자 하나	欲赴香爐蓮社約
호계에서 세 번 웃으며 그 해를 기억하네	虎溪三笑憶當年

또

출정한 배는 온 세계에 떨치고	征帆將拂十洲天
크나큰 유람은 옛 인연과 닮았네	汗漫神遊似舊緣
봉래산에 붉은 옥을 뿌린 일을 따라하려 하니	擬躡蓬山赤玉舃
먼저 받들기는 절의 백운편(白雲篇)[15]이네	先擎蘭若白雲篇

---

14 매월(梅月) : 음력 4월.

15 백운편(白雲篇) : 도잠(陶潛)의 〈화곽주부(和郭主簿)〉 시 가운데 "아득히 흰 구름을 바라본다.[遙遙望白雲]"는 구절이 있는데, 이것을 인하여 후세에 '백운편'을 은사(隱士)

드높은 풍모로 잔을 타고 바다 건넌 스님 같으나 　高風幸挹浮杯釋
용렬한 이 내 몸은 글을 아는 신선이 못 되네 　凡骨羞非識字仙
밝은 그윽한 소나무 그늘에 정 또한 간절하여 　曉月暗松情更切
서봉(西峰)에서 도를 나눈 이야기 바로 올해이네 　西峰談道自今年

삼가 정암 장로가 주신 시에 따라

서기 성몽량(成夢良)

일본과 조선이 각기 다른 하늘이나 　日域箕邦已各天
연사(蓮社)를 따라옴은 아득한 인연 없었겠나 　追隨蓮社杳無緣
누가 은하수에서 사신의 뱃길 알았던가 　誰知銀漢乘槎路
문득 홍루에 이르러 월편(月篇)을 읊네 　忽枉紅樓詠月篇
뛰어난 말은 어찌 일찍이 소순에 매이고 　秀語何曾帶蔬筍
높은 의표는 진실로 신선으로 유배되었나 　高標眞箇謫神仙
취허(翠虛)와 난실(蘭室)이 서로 만났던 땅 　翠虛蘭室相酬地
훌륭했던 일은 임술년과 의연하네 　勝事依然壬戌年

나의 큰아버지 취허(翠虛)가 일찍이 임술년에 일본에 와서 난실 장로와 서로 만나 수창(酬唱)하였기에 이렇게 말한 것이다.

의 시(詩)로 일컬은 데서 온 말.

또

감히 사해가 큰 하늘에 가득하다 말하나	敢言四海竝彌天
훌륭한 땅에서 만나 봄이 모두 인연이 있어서네	勝地逢迎儘有緣
도성(道性)을 이미 보니 맑은 달의 빛깔이요	道性已看明月色
맑은 시를 문득 받드니 벽운편(碧雲篇)[16]이네	淸詩忽奉碧雲篇
만 리에 나는 빈 지팡이를 좇아가려 하니	期追萬里飛空錫
함께 삼신산에서 약 캐는 신선을 찾겠네	共訪三山采藥仙
유교와 불교로 들어가는 문은 본디 둘이 아니어서	儒釋元來門不二
동쪽 나라 숲 속의 성스러운 모임이 올해도 열리네	東林盛會又今年

정암 장로가 주신 시에 따라

서기 장응두(張應斗)

사신의 뱃길 아득히 일본 하늘 이르니	槎路迢迢浴日天
문득 노엽(蘆葉)[17]을 만나니 옛날의 인연 같네	忽逢蘆葉若前緣
밤마을 도연명 노인에게 묵지 못했으나	未投栗里淵明杖
먼저 여산의 혜원편(惠遠篇)[18]을 얻었네	先得廬山惠遠篇

---

16 벽운편(碧雲篇) : 『江文通集 卷4 休上人怨別詩』의 "저물녘 푸른 구름 뭉쳐 있는데
   고운 사람 오히려 아니 오누나[日暮碧雲合 佳人殊未來]"에서 나온 말로, 멀리 헤어져
   있는 정겨운 사람을 그리는 뜻으로 지은 글을 뜻함.

17 노엽(蘆葉) : 달마가 양 무제(梁武帝)를 만나 문답한 뒤에 갈댓잎 하나를 꺾어 타고서
   장강(長江)을 건너 북위(北魏)의 수도 낙양(洛陽)으로 갔다는 전설이 있음. 여기서는 정
   암 장로를 달마 같은 고승으로 미칭(美稱)한 것임.

설법을 들으려 다음 날 옥주(玉麈)를 휘날리니	聽法他時揮玉麈
등불 밝힌 어느 곳에서 부처님에게 예불하네	懸燈何處禮金仙
속인이 붉은 계단19 더럽힌다 싫어하지 마오	休嫌俗客舟梯汚
문득 깨달은 진여(眞如)가 반백년이네	頓悟眞如半百年

또

나는 사해(四海)처럼 넓지 못하나 그대는 하늘에 가득한데	
	吾非四海子彌天
이 땅에서 만난 것은 오랜 인연 덕분이네	此地相逢是宿緣
평범한 몸으로 겨우 법상(法相)에 더위잡고	凡骨縱欣攀法相
졸렬한 시로 어찌 훌륭한 시에 화답하리	拙詞何敢和高篇
마음은 물과 달에 가지런하여 번루함이 없고	心齊水月全無累
몸은 봉래산 가까이 신선을 배울 수 있네	身近蓬瀛可學仙
쌍림을 향해 연어(軟語)20를 듣는다면	若向雙林聞軟語
몸도 잊고 세상도 잊고 나이도 잊겠네	忘形忘世亦忘年

---

18 여산의 혜원편(惠遠篇) : 진(晉)나라 혜원법사(慧遠法師)가 여산(廬山) 동림사(東林寺)에서 주석하였음.

19 붉은 계단 : 신선 세계를 찾아가는 산길을 말함.

20 연어(軟語) : 불교 십선(十善)의 하나에 유연어(柔軟語)가 들어 있음.

외람되게 비루한 시를 드렸는데 도타운 화답의 시를 받았다.
시는 무척 아름답고 뛰어난 시풍은 쟁쟁하였다. 사람으로 하여
금 진기한 읽을거리를 그만 두지 못하게 하니, 다시 본디 운을
살려 학사 신 군의 후의에 사례한다

월심

도(道)는 물론 땅과 하늘에 합하니	道合不論地與天
하물며 두 나라 사이에 이웃의 인연을 닦았네	矧修兩國睦鄰緣
차마 메마른 시구를 보내기 멋쩍으나	忍猷寄去粃糠句
보내주신 귀한 옥 같은 시를 잊을까	忘貴酬來瓊玖篇
이름 아래 꽃부리다움은 천한 기운이 없고	名下毓英無薄俗
붓 끝에 밝게 색을 칠하니 모두 시선(詩仙)이네	毫端馳采悉詩仙
조선은 마땅히 동쪽의 중국이라	東華應以中華比
유학의 우아한 풍류는 양대년(楊大年)[21]이네	儒雅風流楊大年

제술관에게 졸렬한 시를 드렸는데 빨리 들여다보시고 특별한
화답시를 주셨다. 몇 차례 낭송했는데, 어찌 찬사(攢謝)를 감당
하랴. 그래서 차운(次韻)을 다시 써서 서기 강 군 사안에게 드려
정성을 표한다

월심

| 전쟁은 영원히 멎고 태평한 천하에 | 干戈永息太平天 |
| 덕으로 이웃을 삼아 썩지 않을 인연이네 | 締盡德鄰不朽緣 |

---

21 양대년(楊大年) : 대년은 양억(楊億)의 자. 송나라 사람.

우연히 사신이 옥절(玉節)을 멈추었으니	偶爲聘差停玉節
재주 있는 시인을 얻어 시편을 빛나게 하네	得令才子耀詩篇
예형(禰衡)[22]이 우의(羽衣)를 정제하니 필적할 이 없고	
	禰衡整羽世無匹
위관(衛瓘)[23]이 전근(傳筋)하니 집안에 신선이 있네	衛瓘傳筋家有仙
부평 같은 세상에 만나 주첨(注瞻)을 드리우니	萍水相逢須注瞻
다시 즐겁게 노닐 일 몇 년이나 기다려야 하나	再遊眷眷待何年

학사에게 졸렬한 시를 드렸는데 차운하여 보여주셨다. 구절마
다 순수하여 읊기를 그만 두지 못하였다. 다시 본디 운에 의거
하여 서기 성 군 사안에 드리며, 감사한 마음을 펼친다

월심

두 나라의 산하가 한 하늘 같이 하여	兩域山河同一天
그 사람 평안한 날에 생긴 인연이 남다르네	渠儂寧日異生綠
만날 때 가장 잘 꽃을 모은 붓을 감상하고	逢時最賞攢花筆
헤어져 칡 캐는 시[24]를 읊을 수 있으리	乖處可繡釆葛篇

---

22 예형(禰衡) : 동한(東漢) 평원(平原) 사람으로 공융(孔融)과 친히 지냈는데, 공융 역시
   그의 문재(文才)를 대단히 아낀 나머지, 예형이 겨우 20여 세에 공융은 40세였지만 마침
   내 교우(交友)가 되었음. 공융은 상소하여 예형을 천거하면서 "새매[鷙] 수백 마리가 독
   수리 한 마리보다 못합니다. 만약 형이 조정에 서게 된다면, 반드시 볼 만한 것이 있을
   것입니다."고 하였음. 『後漢書 禰衡傳』

23 위관(衛瓘) : 자는 백옥(伯玉), 진 나라 장수.

24 칡 캐는 시 : 『시경』에, "칡을 캐노라, 하룻동안 보지 못하니 몇 달이나 된 것 같도다."
   하였음.

장차 순공(郇公)[25]처럼 임무를 맡을 것이요　　　　　將謂郇公當顯任

이씨(李氏)처럼 글씨의 신선이라 칭찬 받음을 볼 것이네

　　　　　　　　　　　　　　　　　　　　　　要看李氏稱書仙

천환 연간에 오셔서 본디 치계를 맺었으니　　　　天和來聘素緇契

시에서 그대를 느껴 옛날을 생각나게 하네　　　　詩就感君憶昔年

시의 끝에 취허(翠虛)와 난실(蘭室)이 서로 주고받은 구절이 있으므로 여기서 말한 것이다.

학사에게 드린 인색한 시를 차운하여 보여주시니, 서너 번 읽으며 진기한 느낌이 가득하다. 다시 본디 운에 화답하여 서기 장(張) 군 문안(文案)에게 드려 미침(微忱)을 퍼뜨림

　　　　　　　　　　　　　　　　　　　　　　　　　　월심

사룡(士龍)[26]이 붓을 칠하니 우뚝 하늘에 휘돌고　　　士龍彩筆卓回天

한강 물은 어찌 다시 나오는 인연이 없으랴　　　　漢水豈無再出緣

재주와 이치는 이미 이루어 도(道)의 그릇에 관통하고　才理旣成貫道器

우아한 생각은 누빙편(鏤冰篇)[27]에 의탁할만하네　雅思堪託鏤冰篇

빗자루로 쓸어내리는 진수(陳守)가 있고　　　　　斂云掃榻有陳守

---

25 순공 : 당(唐)나라 때의 명필로 순공에 봉해진 위척(韋陟)을 가리킴.

26 사룡(士龍) : 진(晉)나라 때의 문인 육운(陸雲)의 자인데, 그의 형 육기(陸機)와 함께 문명(文名)을 떨침.

27 누빙편(鏤冰篇) : 내면에 알맹이는 없이 밖으로 문채만 꾸미는 문장 따위를 말함. 송나라 황정견(黃庭堅)의 송왕랑(送王郎)이란 시에 "모래를 쪄서 미음을 지음에 끝내 배부르지 않고, 얼음에 문자를 아로새기면 헛되이 공교로울 뿐이라네.[炊沙作糜終不飽 鏤冰文字費工巧]" 하였음.

문을 밀던 낭선(浪仙)[28]을 쫓네 　　　自媿推門逐浪仙
사신 보좌하여 공을 이룬 후 금의환향 　使佐功竣錦旋後
뽑혀서 거듭 승진한다고 듣고 싶네 　要聞膺選累遷年

어제 편지와 화답한 시를 받으니, 시원스럽기가 모두 아름다운 보구(寶具)였습니다. 지극히 돌봐주심을 헤아리지 못하고 함부로 날뛰었습니다. 지나친 추장을 받아 부끄러움으로 땀이 옷에 젖습니다. 문득 빈 말로 앞선 누추함을 잇고, 다시 이제 우러러 더럽히니, 구구한 글은 도리어 그대에게 놓일 틈이 없으나, 비루한 바람은 족합니다

신(申)·학사

흰 학은 아득한 가을 하늘을 외로이 날아 　　孤飛白鶴渺秋天
인간 세상에 법연(法緣)이 있음을 믿지 못하겠구나 不信人間有法緣
푸른 바다 우연히 양노(襄老)[29]의 경쇠를 찾고 　滄海偶尋襄老磬
푸른 구름 거듭 혜휴(惠休)의 시를 비기네 　　碧雲重擬惠休篇
물가에서 습취(拾翠)[30]하여 손님을 즐겁게 하니 洲邊拾翠堪娛客
소나무 아래에서 단(丹)을 사르고[31] 신선이 되네 松下燒丹與作仙

---

28 낭선(浪仙) : 당나라 시인 가도(賈島)의 자(字). 승려가 되어 이름을 무본(無本)이라 하였음.

29 양노(襄老) : 초나라 장왕의 연윤(連尹).

30 습취(拾翠) : 푸른 새의 깃털을 모아서 장식한 것을 말하는데, 후대에는 부녀자들이 봄놀이하는 것을 뜻하게 되었다.

31 단(丹)을 사르고 : 신선되는 단약(丹藥)을 연(煉)하여 만드는 것.

도를 듣고 경전을 남겨 진 나라의 불을 피했으니   聞道遺經避秦火
마땅히 빨리 인사하고 천년을 물어야겠네   速攷傾盖問千年

어제 화답한 시는 고람(高覽)을 더럽힐까 두려운데, 이제 부복
(俯覆)을 입으니, 훌륭한 기술자의 정원을 볼 수 있고, 썩은 저
력(樗櫟)도 버리지 않았네. 이 마음 아로새기니 무슨 말로 다시
시를 드리리오. 이는 저열하여 시마(詩魔)가 폐부(肺腑)에 들어
온 것이라, 웃으며 다행히 받아주시면 어떠신지

강(姜) 서기

외로운 사신의 배 두성(斗星)을 범하고 청천에 오르니 孤槎犯斗上青天
만남은 오랜 세월의 인연 없이 안되네   邂逅無非夙世緣
일본 땅 밝은 구름에 나그네 닻을 내리니   蓬島彩雲停客棹
우담바라 꽃은 봄빛에 시를 짓게 하네   曇花春色動詩篇
은하수 아래 만나니 오동나무 비가 내리고   相逢銀漢梧桐雨
함께 연꽃 배를 띄워 태을선(太乙仙)[32]이 되네   共設蓮舟太乙仙
도를 들으니 수척한 몸에 일찍이 곡기를 끊고   聞道癯形曾絶粒
그대를 따라 다시 오랜 세월 베우고 싶네   從君更欲學長年

---

32 태을선(太乙仙) : 태을진인(太乙眞人)으로 천신(天神)의 이름. 송대(宋代)의 명화가
　(名畫家)인 이공린(李公麟)이 태을진인연엽도(太乙眞人蓮葉圖)를 그렸던바, 그 내용은
　대략 태을진인이 하나의 큰 연잎 위에 누운 채로 서책을 펴서 쳐다보고 읽는 모습임.

거친 시를 드리니 옥 같은 시가 이르렀다. 두세 번 읽으니 감개
가 무량하다. 다시 앞의 운을 써서 우러러 법안(法眼)을 더럽히
니, 매운 여뀌를 갉아 먹는 벌레라 할만하다

성(成) 서기

허공의 불주천(不住天)[33]에 연회를 베푸니	宴坐虛空不住天
향 피우고 바리때 씻어 속세의 인연에 감사하네	焚香洗鉢謝塵緣
소나무 사이 주문을 외며 천편(千遍)에 응하니	松間誦呪應千遍
달 아래 문을 민 것 또 몇 편인가	月下敲門又幾篇
드높은 발길은 홍혜(弘惠) 노사를 따르나	高躅堪追弘惠老
자잘한 재주는 이미 해운선(海雲仙)[34]에 부끄럽네	微才已愧海雲仙
시와 술로 마음의 바탕을 여는 것이 무방하니	無妨詩酒開心素
두 나라 돈독한 화합은 백년을 지나네	兩國敦和過百年

지난 날 보배로운 게(偈)를 주셔서 성의(盛意)를 받았는데, 한
편의 거친 말로는 겨우 화답하여 바칠 수 없어서, 다시 한 편을
지어 크신 뜻의 사례에 부치려 하나, 도안(道眼)을 생각하지 않고
제게 다시 화답의 시를 주시니 두세 번 읽습니다. 겨우 도망치는
발자국 소리 같으나, 이에 다시 감히 보내니 한번 보아주시기를

장(張) 서기

보리수 밖에 울람(蔚藍)의 하늘[35]	菩提樹外蔚藍天

---

33 부주천(不住天) : 부주(不住)의 법. 머물러 정지하지 않는 것을 말함.
34 해운선(海雲仙) : 호를 고운(孤雲) 혹은 해운(海雲)이라고 했던 신라(新羅)의 최치원
   (崔致遠)을 말하는 듯함.

공문(空門)의 만겁 인연을 풀어보네 消遣空門萬刦緣

도령(陶令)[36]에게 어찌 혜원(惠遠)을 찾는 뜻이 없었으리오

陶令豈無尋遠意

도잠(道潛)[37]은 도리어 화소편(和蘇篇)을 지었네 道潛還有和蘇篇

뜰 앞의 기이한 풀은 오래 사는 약이요 庭前異艸長生藥

자리 아래 높은 소나무는 늙지 않는 신선이네 座下高松不老仙

만약 금곤(金錕)[38]을 허락하여 눈을 씻는다면 若許金錕刮眼膜

번거로이 수련하지 않아도 해를 늘릴 수 있겠네 未煩修錬可延年

대개 벼슬은 바랄만큼 차지 않았으나, 시가 우아하여 심히 저의 마음을 위로합니다. 다만 부끄럽기는 지렁이로 물고기를 잡은 꼴이니, 기쁜 나머지 다시 시를 적어 신 학사와 세 기실(記室)의 서안에 드리며, 우러러 만을(萬乙)에 사례함

월심

유장(劉牆)은 매우 가팔라 하늘을 뚫는데 劉牆甚峻叨窺天

기이한 만남은 오랜 인연이 감응한 것이리 奇遇盍夫感夙綠

신령스러운 놀이에 자석과 철처럼 가까워졌으니 支許神遊盡磁鐵

---

35 울람(蔚藍)의 하늘 : 금화산(金華山) 위에 울람천(蔚藍天)이 있다 함.

36 도령(陶令) : 일찍이 팽택 영(彭澤令)을 지낸 진(晉)나라 도연명(陶淵明)을 가리킴.

37 도잠(道潛) : 송(宋)나라의 승려. 시를 잘 지었는데, 항주(杭州)의 지과사(智果寺)에서 지냈음. 소동파(蘇東坡)가 황주(黃州)에 있으면서 꿈속에서 그를 만나 시를 읊었는데 7년 뒤에 항주 태수(杭州太守)가 되어 그곳을 방문, 상면하여 즐겼음.

38 금곤(金錕) : 곤(錕)은 명검을 만드는 쇠가 난다는 산.

원(元)과 소(蘇)의 도계(道契)는 서편(書篇)을 지었네　元蘇道契著書篇

그대는 가슴에 봉우리가 있어 마땅히 술을 부으니　君胸有岳應澆酒

내 수염 서리 지거든 부질없이 신선을 생각하네　我鬢將霜空憶仙

뒤뚱뒤뚱 썩은 재질도 버리지 않으니　兀兀朽資如不棄

바뀌는 중에 물건을 잊고 나이 또 잊네　遞中忘物又忘年

저미(楮尾)가 따로 을률(乙律)을 붙였습니다. 적이 위문하고 배에 있으니, 여관에서는 분주할까 저어하여 화답시를 쓰는 수고를 하지 않게 하였습니다

월심

번잡하여 찾아뵙기 성기니　頃來匆宂訪詢疎

더위 꼬리 더하여 어찌 지나시는지　殘暑益玆思起居

연꽃에 바람 불어 주렴 사이 벌어지고　菡萏凋風簾罅禧

주용이 우거지니 책상 앞에서 글을 쓰네　芙蓉騰藹案頭書

잔 가운데 저록(蛆綠)[39]은 반들반들 마시기에 마땅하고　杯中蛆綠滑應酌

붓 아래 교주(鮫珠)[40]는 빛나 남음이 있네　筆下鮫珠輝有餘

황망히 길손의 회포 문득 잊을 수 있을까　慌惚客懷漸忘否

거친 글로 접대하며 헌거(軒渠)[41]를 넓히네　蕪辭聊賑博軒渠

---

39 저록(蛆綠) : 미상.

40 교주(鮫珠) : 바다에 교인(鮫人)이 있는데, 울면 그 눈물이 구슬이 된다고 함.

41 헌거(軒渠) : 『문헌통고(文獻通考)』에, "헌거(軒渠)란 나라는 서쪽 지방에 있는데, 그 나라에는 구색조(九色鳥)가 많다."는 말이 있음.

조선국 사신 세 분에게 드리며 고쳐주시기를 바람

월심

사신의 행렬 빛나며 한성에서 오시니	繡節輝騰自漢城
백년의 전례(典禮)를 어찌 가벼이 하랴	百年典禮豈能輕
사신은 맺어 부여(扶輿)의 기운을 만드니	使華結作扶輿氣
바다 밖 산하에 태평함을 까네	海外山河敷泰平

세 사신이 도착한 뒤 7일 태수가 잔치를 벌여 만났다. 나도 배석하여 에에 따라 글을
지었는데, 세 사신의 화답은 없었고, 뒤에 화답시를 지어드리겠노라 하였다.

묵는 배에서 졸렬한 시를 학사와 세 서기 앞에 바침

월심

지팡이 재촉하여 높은 산을 내려가니	促錫下層巔
오늘 밤 비로소 배에 머무네	今宵始泊船
선창(船窓)은 족히 시원하고	船窓凉也足
섣달 그림자 끼끗하네	纖月影將鮮
가파른 언덕에 청룡이 누웠고	岡峻青龍臥
기이한 바위에 백호가 자네	巖奇白虎眠
바다 물결 소리 울며 그치지 않으니	潮聲鳴不止
배개 머리 꿈만 어지럽네	枕倦夢紛然

나루 입구에 청룡동(青龍洞) 백호암(白虎巖)이 있다.

배 안에서 주신 시에 창수함

신 학사

엷은 달빛 봉우리 위에 비추니	薄月在峰巓
가을바람은 그림 같은 배에 불어오네	秋風吹畵船
비 오는 물가 난계(蘭桂)가 가벼우니	雨汀蘭桂淫
서늘한 소매에 벽라(薜蘿)⁴²가 맑네	凉袖薜蘿鮮
흥취는 명붕(冥鵬)이 일어남과 같고	興似冥鵬擧
한가로이 모래 벌에 새는 잠들었네	閑隨沙鳥眠
신선의 거문고로 수조가(水調歌)⁴³를 뜯으니	仙琴彈水調
봉래 섬 빛깔이 푸르르네	蓬海色蒼然

배 안에서 주신 시에 따라

강 서기

행장을 꾸려 높은 산에서 내려오니	收拾下山巓
도리어 배를 묶어 둠이 어떤가	如何還繫船
바람이 불어 고래 소리처럼 울리고	風喧鮫杼響
파도 뒤로 내리는 구슬 같은 비는 맑네	浪沒雨珠鮮
나그네 잠자리 일찍이 오래인데	客枕曾多日

42 벽라(薜蘿) : 벽(薜)은 줄사철나무이고 라(蘿)는 나무에 기생하는 덩굴식물인 여라(女蘿)인데, 그 잎과 줄기로 만든 옷이라는 뜻으로, 흔히 은자(隱者)의 행색을 뜻함.
43 수조가(水調歌) : 수 양제(隋煬帝)가 변거(汴渠)를 개통한 뒤에 스스로 지어 불렀다는 노래 이름으로, 애절한 뜻이 담긴 것이라 함.

차가운 등불 밑에 참을 청하네	寒燈又借眠
와서 주신 시가 눈병을 씻어내니	來詩刮病眼
다 읽고 한번 기뻐하네	讀罷一欣然

배 안에서 주신 시에 화답하여

성 서기

벌은 서쪽 봉우리에 자리잡았는데	蘭若掩西巓
마니보주는 바다 위 배에 비추네	摩尼照海船
뱃길은 자주 파도에 막히고	波程猶滯阻
하늘은 맑게 개지 않는구나	天宇未澄鮮
두 노를 저어 어느 때 출발할까	雙棹何時發
외로운 등불 밑에 지난밤도 잠들었네	孤燈昨夜眠
오래 푸른 구름의 시구[44]를 읊으니	長吟碧雲句
포구에서 떨어져 멀리 바라보네	隔浦望悠然

배 위에서 보여주신 시에 따라

장 서기

| 소나무 삼나무 푸른 봉우리를 둘러쌌는데 | 松杉繞翠巓 |

---

44 푸른 …… 시구 : 남조 양(南朝梁)의 시인 강엄(江淹)이 지은 '혜휴 상인 원별시(惠休上
人怨別詩)'에 "해 저물녘 푸른 구름 서로들 만나는데, 그리운 님 왜 이다지 오지를 않나.
[日暮碧雲合 佳人殊未來]"라는 구절이 있음.

아래에는 강을 거슬러 오르는 배가 있네	下有泝河船
바다를 넘칠 듯 바람 파도 일렁이고	漲海風波闊
해 떠오르는 동쪽은 아연 맑아지네	咸池曙旭鮮
구름 안개 길손이 머문 곳을 따르니	雲煙隨客住
갈매기 왜가리는 사람과 함께 잠드네	鷗鷺伴人眠
문득 구슬 같은 시를 주시니	忽枉瑤篇贈
가슴 속 품은 마음 상쾌해지네	襟懷轉爽然

다시 앞의 운을 따라 사군(四君) 문안(文案)에게 드리고, 돌보아 주신 뜻에 감사하며

월심

빈청(賓廳)은 학익(鶴翼) 봉우리에 서 있고	賓廳倚鶴巓
문밖에는 배가 몇 척인가	門外幾樓船
안개 속에 바람 맞으며 노 젓는데	煙棹遭風阻
빗속의 주렴은 맑은 겨치를 가리네	雨簾掩景鮮
움푹한 베개에서 한가로움을 차지하고	枕坳占閒寂
차가 끓자 험한 잠을 떨치네	茶熟遣憨眠
우아한 시가 한 수 한 수 오니	雅韻聯聯至
낭랑히 읽으며 생각도 맑아지네	琅哦思爽然

사신이 묵은 곳은 서산사(西山寺)라 하고, 산은 학익(鶴翼)이다.

거듭 앞의 운에 화답하여 정암(酊菴) 도안에게 드림

신 학사

푸른 바다가 높은 산봉우리를 적시는데	碧海浸山巔
붉은 문에서 손님의 배를 내려보네	朱門俯客船
부는 바람에 파도는 용솟음치고	席風波怒湧
달빛은 밤 되어 맑아지네	簷月夜澄鮮
사신의 배에서는 돌아가는 꿈을 꾸고	鷁首懸歸夢
벌레 소리는 취한 잠과 함께 하네	蟲聲伴醉眠
몇 번이나 스님을 따라	幾時隨杖鉢
동쪽으로 가 흥은 아득하리	東去興悠然

정암이 거듭 준 시를 따라 화답함

강 서기

지팡이 짚고 산봉우리에서 내려와	杖策下山巔
바위에 의지한 강 가 배에서 자네	依巖宿河船
파도는 범패를 따라 고요해지고	波隨梵唄靜
달은 비단 가사와 더불어 맑네	月與錦袈鮮
바리때 씻어 먹을 것 고기에게 나눠주고	洗鉢分魚食
등불 달아 둔 채 왜가리와 함께 잠드네	懸燈伴鷺眠
어느 때 봉래 섬 길에	何時蓬島路
바람 몰아 함께 시원해질까	風馭共冷然

거듭 차운하여 삼가 정암 도안에게 드림

성 서기

절은 푸른 산봉우리에 있고	寺在翠微嶺
풍경 소리 손님의 배에 들려오네	磬聲來客船
머리 돌리니 저무는 속 푸른 구름	回頭碧雲暮
손에 들어 빛나는 보배 구슬	入手寶珠鮮
사신의 뱃길 바람은 어찌 거스르고	鷁路風何逆
모기 우는 소리에 밤잠을 들지 못하네	蚊雷夜不眠
갈대 잎 나란하여 놓고	倘蒙蘆葉濟
악어 굴에 초연히 앉았네	鰐窟坐超然

다시 전(嶺) 자를 써서 정암 도안에게 드림

장 서기

푸른 바다 높은 파도를 넘어	蒼蒼跨海嶺
기신기신 바람을 타고 배를 타네	戢戢候風船
나무 빛깔은 하늘처럼 멀고	樹色天俱遠
파도 빛은 달과 함께 맑네	波光月共鮮
기묘한 물상 우뚝한 산에 임하여 지으니	環奇臨嶠作
청정히 구름에 누워 잠드네	淸靜臥雲眠
도(道)를 알림이 잔을 띄워[45] 가까우니	報道浮盂近

---

45 잔을 띄워 : 산서(山西)의 한 고승(高僧)이 한 조그만 잔을 타고 하수(河水)를 건넜으

마음속은 정히 호연(浩然)하네　　　　　　　　　　　心淵政浩然

창문은 고요하고 문득 앉아 밤을 보내는데, 뜻밖에 금옥(金玉)
같은 시가 와, 서너 차례 감상하니 사람으로 하여금 석연하게
하여, 다시 앞의 운을 써서 사군(四君) 사안에게 드림

　　　　　　　　　　　　　　　　　　　　　　　　월심

절은 푸른 산 위에 머물고　　　　　　　　　　　　院住翠哦巓
몸은 푸른 바다 배를 탔네　　　　　　　　　　　　身乘蒼海船
빗소리 차라리 막역하니　　　　　　　　　　　　　雨聲寧莫逆
산 빛깔은 도리어 맑지 않네　　　　　　　　　　　嶽色郤嫌鮮
거룻배 안에서 그대가 내린 시를 받들고　　　　　篷底奉君賜
등 앞에서 나의 잠을 깨우네　　　　　　　　　　　鐙前銷我眠
명주 솜옷 부질없이 연연하니[46]　　　　　　　　綈袍空戀戀
어느 날에나 유쾌하여 질까　　　　　　　　　　　幾日獲愉然

또

눈은 족히 뭇 산의 높음에 취하고　　　　　　　　眼足衆山巓

므로 사람들이 그를 배도(盃渡)라 불렀음.
46 명주 솜옷 …… 연연하니 : 위나라의 수가(須賈)가 그의 벗 범저(范雎)의 궁한 것을
　동정하여 명주 솜옷을 준 고사에서 나온 말로, 벗을 그리워하는 정이 간절함을 이름.

목숨은 가벼이 가랑잎 배에 맡기네	命輕一葉船
가득 덮인 안개를 어떻게 뚫나	何開重霧翳
우러러 광한전이 맑기를 바라네	仰望廣寒鮮
절주에 맞추어 사람들 모두 노래하다	擊節人皆唱
홑이불 끌어당기며 나 홀로 잠드네	擁衾我獨眠
던지는 것 마다 모두 백옥인데	明投都白玉
바탕의 아름다움은 저절로 따뜻하네	質美自溫然

또

첩첩한 산중 드높은 봉우리	疊巒朶朶巓
화첩은 배에 걸었네	畫牒揭當船
비가 오두막 지붕에 내리고	雨縮小廬勝
물결이 양절(兩浙)[47]의 신선함에 통하네	潮通兩浙鮮
뱃머리를 울려 사공이 지나는데	鳴艫篙子過
미끼 던져두고 낚시꾼은 잠드네	投餌釣漁眠
시의 경치가 널려 있으니	詩景般般在
길손의 회포는 어찌 하랴	客懷我曷然

---

47 양절(兩浙) : 송의 노명(路名)으로, 지금의 강소성(江蘇省)의 일부와 절강성(浙江省) 전역을 포괄하고 그 관서는 지금의 절강성 항주(杭州)에 있었음. 절동(浙東)과 절서(浙西).

또

푸른 나무 울창한 봉우리	蒼樹鬱乎巘
닭이 울어 길손이 탄 배에 가까이 오네	鷄鳴近旅船
상림(商霖)[48]의 일은 아직 다하지 않았는데	商霖猶未歇
바다 물은 어찌 신선한가	海水詎其鮮
뭇 손님이 거룻배 지붕을 밀고 바라보니	衆客推篷望
남은 승려들이 책상에서 잠들었네	殘僧棐几眠
어둠과 밝음을 어떻게 점칠 수 있을까	晦明如可卜
누가 붙들어 흠연(欽然)하지 않으리	孰獲不欽然

신(申) 학사에게 드리는 글

월심

상림(商霖)이 맑지 않으니, 생각건대 숙소에서 지내시기 적당하지나 않으신지요? 저는 감기 기운을 조금 느껴 울적한 형편이나, 약효가 들어 점점 나아지고 있습니다. 다행히 염려하지 않아도 됩니다. 지난 날 어리석은 저희들이 경원(鏡遠)하여 의표를 헤아리지 않고, 외람된 시구를 드려 고쳐주길 바랐으나, 아량을 베풀어 무사(無似)한 작품을 버

---

48 상림(商霖) : 재상을 가리킴. 은 고종(殷高宗)이 일찍이 현상(賢相) 부열(傅說)에게 이르기를 "내가 만일 큰 냇물을 건너려거든 그대를 사용하여 배와 노로 삼을 것이며, 만일 해가 큰 가뭄이 들거든 그대를 사용하여 장맛비로 삼을 것이다.[若濟巨川 用汝 作 舟楫 若歲大旱 用汝 作霖雨]"라고 했던 데서 온 말.

리지 않고, 일일이 화답시를 주시며 특별히 치켜세워주시니, 베풀어진
주신 뜻이 족히 감사해야 마땅합니다. 저는 전람(電覽)의 수고를 염려
하여, 잠시 문안 인사도 빠뜨렸을 정도였습니다. 그래서 기억하건대,
저는 네 분과 더불어 함께 쓰시마 부(府)에 우거하기 무릇 20여 일인
데, 비록 몇 차례 이통(李筒)⁴⁹과 통하였으나, 말석에서 한 방에 단란히
지내니, 태두(泰斗)의 품은 뜻을 어찌 차마 망실(忘失)하겠습니까. 비록
그러나 이제 다만 의혹이 풀리게 되었는데, 인정(人情)의 한 끝을 내보
이지 못하였습니다. 만약 이합(離合)이 하나 되는 경지라면, 논함이 깊
디깊어, 신교(神交)가 진실로 견몌마집(肩袂摩褂)의 사이에 있지 않을
것입니다. 제 선철(先哲)이 말씀하시기를, "도가 맞으면 하늘과 땅이
두루 갖추고, 취향이 다르면 얼굴을 봐도 호월(胡越)이라" 하였는데,
과연 이 뜻을 체험한다면, 비록 산하에 막혀 떨어져 있어도 눈과 눈이
서로 비추고 날마다 손을 잡으며 온 몸을 다 기울이리니, 무엇이 방해
되겠습니까. 여기에 이르러, 눈으로 도를 가진 이를 보는 것이 늦어질
까 두렵습니다. 팔각(八刻)⁵⁰에 닦을수록 더욱 소원해질 수 없는 것은
오직 도(道) 뿐입니다. 지난 날 성(成) 서기가 주신 시에, '유교와 불교
는 본디 둘이 아니다(儒釋元來門不二)'라는 구절이 있었는데, 정말로 그
렇습니다. 생각건대 유교와 불교는 자취를 따라 도가 같은 근원이니,
그 근원를 투철해 보면 자취야 논해 무엇 하겠습니까. 다만 불이(不二)
의 문중을 향하여 눈썹이 묶이고 연적(涓滴)이 남김 없으니, 차라리 경

---

49 이통(李筒) : 미상.
50 팔각(八刻) : 12시(時)를 면분(面分)하되 시(時)마다 팔각(八刻)으로 나눔.

쾌(慶快)하지 않겠습니까. 네 분을 생각하면 길이 불청(不請)의 벗이 되고, 실로 잊지 않는 후의(厚誼)를 내겠습니다. 구구하게 자잘한 말로 청청(淸聽)을 더럽히고, 다만 아의(雅意)가 어떠신지 알지 못하여, 구설(口舌)의 죄를 용서하여 주신다면 천만 영광이겠습니다. 불비(不備).

　7월 19일, 순풍이 불어 묘중각(卯中刻)에 돛을 올리고 미각(未刻)에 배가 일주(壹州)에 닿았다.

동틀 무렵 졸시(拙詩)를 신 학사에게 드림

월심

바닷길 반 천리	洋途半千里
몇 척 배가 동쪽으로 향하네	數帆開向東
하늘은 어찌 명호(冥護)가 없고	天豈無冥護
손이(巽二)는 순풍을 빌리네	巽二假順風
바람 부드럽고 아침에 거세지 않으니	風柔朝不激
눈동자 모으니 가늘기만 하구나	凝睇極纖穠
미려(尾閭)[51]에 파도는 잠잠하고	尾閭定波底
옥초沃焦[52]는 안개 속에 있네	沃焦在霧中
바다는 벽락(碧落)과	巨浸與碧落

---

51 미려(尾閭) : 바다 한복판에 있어서 물이 한없이 새는 곳, 그러므로 바닷물은 넘치지 않는다 함. 『莊子』秋水篇).
52 옥초(沃焦) : 동해 남쪽 3만 리 지점에 위치하여 바닷물을 태워 말린다는 산.

인온(氤氳)[53]은 와륭(窪隆)과 접하였네	氤氳接窪隆
세상은 호리병만큼 작으나	勘輿一壺窄
신선 사는 곳 길은 마땅히 통하네	仙區路應通
구름 끝에 신령스러운 고리가 많고	雲端多靈環
적이 봉래산을 가리켜 얻네	暗得指瀛蓬
신기루는 층층이 쌓여	蜃氣層樓峙
자라 소리 북소리 따라 울리네	鼉聲津鼓䪨
맑은 이내 저녁연기 사이에	晴嵐夕暉際
노를 저어 일주(壹州)의 여울로 들어가네	蘭橈入壹㳆
중으로 사는 것 어찌 다행인지	何幸樗柄子
사신의 배에서 어엿한 분들과 함께 하네	舳艫伴儀丰
어찌 여측(蠡測)[54]할 수 있으랴	不敢揆蠡測
외람되이 사사로운 정을 나타내네	猥句表私衷
바다만한 넓이가 있어	縱有海涵廣
어렵사리 몽매함을 벗어나네	難免個顒蒙

---

53 인온(氤氳) : 천지의 기가 서로 합하여 어린 모양.

54 여측(蠡測) : 관규여측(管窺蠡測)에서 나온 말. 대통 구멍으로 하늘을 보고 전복껍질로 바닷물의 양을 헤아린다는 말로, 식견이 좁음을 의미함.

가죽(可竹) 화상 도안(道案)에게 화답함

강 서기

구름은 신선 사는 봉우리에 머물고	雲霞逗仙嶠
햇빛은 하늘 동쪽에서 비치네	漏日生天東
돛을 펴 항구를 나서니	張帆出港口
오량(五兩)55은 정히 북풍이네	五兩正北風
푸른 이내가 빈 하늘에서 피어오르니	青靄起空明
대기의 빛깔은 푸르고 짙네	氣色清且穠
푸른 파도 4백 리	滄波四百里
날듯 건너 해는 아직 가운데 있네	飛渡日未中
앞을 보니 일기도(一岐島)	前瞻一岐島
암석은 하늘 높이 섰네	巖石立穹窿
가을빛이 이른 귤나무에 드리우고	秋光早橘垂
물빛은 은하수와 통하네	水色天河通
좌우 해안에 인가	人家左右岸
신에게 바치는 마을마다 북소리	賽神村鼓鼙
언덕배기는 서로 둘러싸고	岡巒相環抱
섬 모래사장은 쏟아져 내리네	洲嶼下奔潨
논과 밭은 가로 세로	田畦互經緯
조와 수수는 쑥쑥 크네	黍稷正丰丰
사람으로 하여금 고향 생각나게 하니	令人懷故國

---

55 오량(五兩) : 닭털을 장대 끝에 매어 풍향을 알아보는 제구로, 본래는 초(楚) 지방의
방언.

그윽이 내 속 마음을 다치네	黯然傷我衷
아침이 와서 배를 저으니	朝來柁樓作
정중히 후의를 입네	鄭重厚意蒙

　소헌(嘯軒) 요우(僚友)가 거듭 독한 이질에 걸려 설사를 하고 쓰러져 누우니, 화답시를 지을 수 없었다. 부족한 뜻은 어구(魚鉤)와 같다 할 것이다.

가죽(可竹) 화상 도안에게 드림

장 서기

맑은 날 작실(雀室)에 오르니	天明登雀室
푸른 바다 동해의 동쪽이네	蒼茫東海東
바람에 날려 저절로 가벼이 오르니	瓢颻自輕擧
시원한 바람을 부리는 것 같네	若馭泠泠風
바로 진경(眞境)을 찾아	直欲尋眞境
무성한 메꽃을 꺾으려 했네	擷取蔓花穠
교인(鮫人)의 집[56]은 다리 아래 있고	鮫室在脚底
귀허(歸墟)[57]는 눈 속으로 오네	歸墟來眼中
나는 듯한 집이 먹장구름을 씻어내니	飛盧掃氛翳
우주는 온 하늘을 움직이네	天宇欻穹窿

56　교인(鮫人)의 집 : 글을 잘 지었다는 뜻.『술이기(述異記)』에 "교인은 물고기와 같이 물속에서 살면서 베짜는 일을 폐하지 않는데, 울면 눈물이 모두 구슬이 된다." 하였음.
57　귀허(歸墟) : 동해 바다 속에 있다고 하는 깊이를 알 수 없는 큰 골짜기 이름.『列子 湯問』

일정을 따라 자라의 등[58]을 가리키니	修程指鼇背
확연히 만 리에 통하네	曠然萬里通
내가 갈 길 꽉 짜여 탄식하나	歎我羈旅蹤
바다에 떠서 봉래산을 만나네	漂浮萍與蓬
북소리 울려서	堪羞一布鼓
감히 뇌문(雷門)의 북소리에 답하네	敢向雷門韸
배에서 지은 청신한 작품	淸新柁樓作
글은 호방하고 드넓네	詞源浩溁溁
시 때문에 그 사람을 생각하니	因詩想其人
풍표(風標)가 맑고 크네	風標淸且丰
어찌 탑(榻) 하나로 털어	何當埽一榻
마주하여 온 마음을 토로하리오	相對討表衷
시단에 틈이 나면	騷壇如有暇
나를 위해 거듭 깨우치시기를	爲我重啓蒙

어제 아침 거친 시를 드렸더니 문득 추수(秋水) 국계(菊溪) 두 기실(記室)의 화답시를 받았으므로 다시 운을 따라 감사하는 마음을 나타냄

월심

옛날 신이 하늘의 명을 받들어	神昔奉天敕

---

58 자라의 등 : 섬을 일컬음.

발해의 동쪽에 나라를 열었네	闢國渤懈東
다시 야마토(大和) 호를 세워	更立大和號
온 백성이 족히 풍도(風度)를 이뤘네	四民足成風
산하는 자못 풍미(豊美)하고	山河頗豊美
초목은 울창하네	艸木鬱而穠
왕실은 오래도록 법도가 잡히니	王室秉均久
누가 지극한 교화를 내는가	孰出至化中
조상을 따라 대를 이어가고	踐祚載有繼
아름다운 기운은 높은 하늘에 넘치네	嘉氣溢崇窿
이웃과 잘 지내 의리가 돈독하며	善鄰鄰義篤
선물을 들고 사신이 오가네	修幣使節通
사군(四君)은 이제 보좌를 하고	四君今爲佐
응선(膺選)은 자봉(紫蓬)[59]을 향하네	膺選向紫蓬
피리소리 맑게 퍼지는데	簫竽奏泠泠
북소리는 둥둥 울리네	鼗鼓搖鞳鞳
마음으로 맺은 교분 날짜가 있어	心交締有日
하루아침에 이총(夷潨)[60]으로 출발하네	一旦發夷潨
바보스러운 이 중은	癡癡破衲子
어찌 다행히 신선들과 함께 하였으나	何幸伴仙丰
우아한 정은 극심한데	雅情極深矣
부끄럽게도 저버리고 해바라기의 충심이 없네	慙負缺藿衷

59 자봉(紫蓬) : 일본 본토를 가리키는 듯.
60 이총(夷潨) : 미상.

| 하물며 아름다운 시구 다시 얻었으니 | 況復獲瓊玖 |
| 오래도록 곤몽을 잊지 못하리 | 纛至忘困蒙 |

거듭 화답함

강 서기 추수(秋水)

우리나라는 공자(孔子)님을 따라	吾邦卽鄒魯
글 읽는 소리 해동에서 넘치네	絃誦溢海東
단군이 신령스러운 기초를 만드시고	檀君創神基
기자가 유교의 풍도를 떨쳤네	箕子振儒風
규범은 중국을 본받고	規矩法中國
관복은 화려하게 넘치네	冠服華且穠
예악과 형정은	禮樂與刑政
삼대(三代)의 가운데에 드나들고	出入三代中
성스러운 조정에 밝은 기운 더하니	聖朝益休明
지극한 도는 천상(天象)에 드높네	至道天象窿
조정에서는 현명한 신하를 택해	朝著揀賢臣
바다 건너 이웃과 좋은 관계 통하네	越海鄰好通
푸른 파도 4천 리에	滄波四千里
멀리 가서 일본에 가까웠네	去去近瀛蓬
바람에 불려 사신의 깃발 살랑거리니	翻風繡旗颭
높은 산에 북소리 울리네	掀山畫鼓䶵
안개를 뚫고 어촌에 숙박하니	尋煙宿漁村
돌무더기 곁에 닻을 내리네	下碇傍石㵤

아름다운 말이 절에서 나오고 　　　　　綺語自空門

물이 흘러 연꽃 가득하네 　　　　　　　出水芙蕖丰

옥 같은 시에 목과(木瓜)로 드리니 　　　瓊琚酬木瓜

깊은 감사를 나타내기에 부족하네 　　　未足表深衷

오래 구하기에 산처럼 쌓였는데 　　　　宿述積如山

사람으로 하여 몽매함을 부끄럽게 하네 　令人慚顓蒙

거듭 화답함

장 서기 국계(菊溪)

옛날 서(徐)씨라는 이가 있었는데 　　　在昔徐氏子

신선을 찾아 동쪽 부상(扶桑)의 땅에 왔네 　求仙桑域東

배에 진나라 아이를 싣고 　　　　　　樓船載秦童

돛을 올려 삼도(三島)의 바람을 맞았네 　舉颿三島風

신인을 접하는 듯했으나 　　　　　　神人若可接

약초는 어찌 저리 우거졌나 　　　　　藥艸何彼穠

오래 사는 법을 얻어 　　　　　　　能得久視方

그윽이 구마노(熊野)에서 살았네 　　　冥棲態野中

유적은 깊은 대숲에 부쳐있고 　　　　遺跡寄幽篁

사당은 높은 하늘에 솟았네 　　　　　祠屋屹岧隆

또 아타고산(愛宕山)의 신에 대해 들으니 　且聞愛宕神

신령스러운 기운이 멀리 서로 통하였네 　靈氣逈相通

나는 오래 꿈꾸었는데 　　　　　　　而我夢想久

조금씩 부상(扶桑)과 봉래(蓬萊)에 뜻을 두었네	小少志桑蓬
이제 사신을 따라 오니	今隨漢節來
피리 소리 북 소리 다투어 울리네	笳鼓競詼諧
물가 잠자리에 누가 함께 하리	水宿誰與伴
새들이 깃 치며 모이누나	鳧鷖紛在溧
기쁘게 백족(白足) 스님 만나니	欣逢白足師
모골(毛骨)은 파리하면서도 밝네	毛骨癯而丰
휠휠 백 편의 시를 쓰니	翩翩百篇詩
글자마다 깊은 정성 드러나는구나	字字露深衷
펼쳐서 세 번 넘게 읽으니	披緘三過讀
끗이 활연하여 몽매함을 푸는 듯하네	意豁如散蒙

이정(以酊) 여러 선사의 행관(行館)에 바침

신 학사

어둠을 잘 건넌 것은 모두 법력에 짐 졌으니, 우러러 감사하며 경하하고 못내 구구한 말씀 드립니다. 병으로 배 안에 누워 문득 화상의 도타운 시를 받아, 읽어보자 입 안에서 향기가 돌며 기뻐 뛰기를 마지 못했습니다. 저는 여러 날 치질을 앓아 증상이 심하고 매우 아파, 의원은 이 병이 습염(濕炎)때문에 발생하여, 치료해도 효과를 보기 쉽지 않다 하니 어쩌겠습니까. 그저 누워서 신음하며 시구를 즐겨 읽을 겨를이 없으니, 잠시 기다려 주시면 화답시를 보낼 심산이므로, 다행히 이러한 뜻을 알려주시면 어떻겠습니까. 그저께 쓰시마에 있을 때, 도타운 글에 답하였는데, 부침(浮沈)을 면하였는지 모르겠습니다. 또한 만나 뵙기 바라는 마음은 가득하나, 행헌(行軒)이 지척이라도 병세가 절박하여 묶이니 어찌 하리오. 누워서 몇 자 적으나, 붓이 말을 이끌어 내지 못하니, 오직 여러 선사께서는 이 쪽지를 보시고서 상황을 혜량하실 것입니다. 불비(不備).

배에서 시봉하는 사람을 통해 이정암(以酊菴) 장로에게 드림
이 편지는 번역하여 왔다

신 학사

사신의 배가 선부(仙府)에 도착한 지 20일을 채웠으나, 부중(府中)의 선비와 왕래한 것 없으니, 말이 통하지 않아 뜻을 전하지 못하고, 홀로 적요하게 문을 닫고 길손의 서글픔만 산처럼 쌓입니다. 외람되이 살펴주심을 입어, 여러 차례 옥 같은 시를 주시고, 매양 사람으로 하여금 감동적으로 읽게 하였습니다. 휘하의 여러 제자들은 나란히 모두 비루하지 않아, 쓰인 시가마다 진기하여 보배 담은 갑과 같습니다. 구구한 느낌은 바로 산문에 받들고 들어가 하진(下塵)[61]을 끼워 넣고자 하나, 가마의 출입에 감히 공부(公府)를 번거롭게 할 수 없습니다. 지난 번, 겨우 타루(柁樓)에 대고 선주(仙舟)를 마치 지척처럼 바라보았는데, 이국 땅 쓸쓸한 자취가 움직이는 데 걸림이 있고, 바쁜 와중의 저

---

61 하진(下塵) : 송하진(松下塵)의 준말. 묘지에는 보통 소나무가 많고 사람이 죽으면 티끌로 돌아가기 때문에 죽은 사람을 완곡하게 표현해서 그렇게 말함. 여기서는 자신을 낮추는 말.

는 마음을 풀 시간도 없어 뜻하지 않게 편지를 젖혀 두었습니다. 글의 뜻이 간절하고 몸과 마음의 이합처(離合處)를 논하는 데 이르러서는, 구담(瞿曇)[62]이 지두(指頭)를 집어, 두는 곧 도라 함과 같았습니다. 비록 이 물건이 금비(金篦)[63]를 받들어 눈에 낀 먼지를 닦아 청오(淸梧)의 곁에 둔다 해도, 어찌 지극한 감운(感隕)을 더하겠습니까. 삼가 다음과 같이 제 마음을 드러낼 뿐입니다. 저는 어려서 옛 책을 좋아하였으나 중도에 병이 들어, 스스로 세상에서 즐기기나 하고 반드시 화려한 수레와 집에 뜻을 두지 않았습니다. 좋은 산과 맑은 물에서 한 가지 밝은 마음의 사람을 얻어 노닐며 늙었으면 합니다. 오직 이것은 보통 사람의 생각이나 굳지 못하고, 이름을 날리는 인연은 닦지 못하여, 우연히 세상의 티끌을 쫓아 몸은 벼슬길에 묶였습니다. 오늘 바람과 파도를 넘어 구름 낀 산에 머무니, 실로 평생에 꿈에도 이르지 못한 곳으로 나왔습니다. 다만 한 가지 마음으로 기약하는 것은, 정성을 다하여 믿음에 값하고, 뛰어난 선비를 기다려 마음을 나누고 정밀히 하여 운물(雲物)을 감상하노라면, 다행히 귀국의 여러 군자에게 죄가 되지 않을 것입니다. 유교와 불교의 자취를 받들어 깨우쳐 도(道)의 근원은 하나라 말하니, 더욱 사람의 마음을 상쾌하게 합니다. 저는 비록 노둔(魯鈍)하기 짝이 없으나, 일찍이 선가(禪家)의 정혜(定慧)에서 스스로 근엽(根葉)의 움직임이 충서(忠怒)의 가르침과 호응한다 들었습니다.

---

62 구담(瞿曇) : 석가모니(釋迦牟尼)의 성(姓)인 'gautama'의 음역(音譯).
63 금비(金篦) : 불경(佛經)에, "눈먼 사람이 눈을 고치려면, 좋은 의원이 금비(金篦)로 눈의 막[膜]을 긁어냄과 같다"는 말이 있음.

그 요체는 다만 거짓된 사악함을 버리고 망상을 막아, 고양이가 쥐를 잡듯 닭이 알을 품듯, 본디 근원의 자리[本原之地]에 있는 것을 늘 지켜, 한조각 허명(虛明)은 처음부터 털끝이라도 비출 수 없어, 저 이른바 본디 근언자리라는 것은 곧 내가 남과 함께 얻는 하늘입니다. 천지가 생긴 이래로 해와 달이 비추고 서리가 내리며 어디라도 가서 통하는 것이니, 내가 하늘이 아닌 것은 본디 근원이 이미 밝고 만물이 모두 밝아, 이로써 집에 거하고 나라를 모시며 남과 더불고, 모두 활발발(活潑潑)한 원두(源頭)를 따르니, 주거(做去)가 일체(一切)하고, 사사(絲絲)가 기념(岐念)하며, 맥맥(脉脉)이 세의(細意)입니다. 처음에 일찍이 그 사이에 함께 하여 유교와 불교가 함께 힘쓰지 않은 것은 이 같을 뿐입니다. 하물며 이제 하늘이 두 나라를 열고, 덕음(德音)이 부여(孚如)하여, 사신이 왕의 명령을 받아 멀리 큰 바다를 건넜으니, 오직 저에게 이르러 또한 은명(恩命)을 입고, 붓을 지고 따랐습니다. 여러 집사(執事) 선생에게 바라기는 마음을 잡고 실속을 깊이 하여, 성실한 마음으로 번거로운 형식은 걷어내고 속마음을 잘 적어, 왕사(王事)가 잘 닦여 좋은 관계를 만들고, 이런 제 소원이 싫지 않다면 다행이겠습니다. 이는 또 이웃의 화합을 함께 힘쓰는 것이므로, 다시 아뢰지 않을 수 없습니다. 외람되이 아낌을 입었으나 소란스러움이 이에 이르니 죄송할 뿐입니다. 배에 불어오는 바람이 멈추었고, 나그네 창자는 더욱 더워져, 파랑(破浪)을 고대하며, 기슈[岐州]를 거치고 아오지매[藍島]를 지났습니다. 만약 스님이 가까이 해주신다면 더위잡고 계단에 오르리니, 다행히 한발 재길 땅을 내려주시어서 우러러 뵙기를 바랍니다. 병상(病伏) 불비(不備).

신 학사에게 답장하는 편지

월심

지난 번 짧은 편지를 드려 겨우 안부를 물었습니다. 사신의 배는 바
삐 움직여, 벌써 기양(岐陽)을 지났을 터인데 회답을 받아 보았습니다.
이를 읽고 곧 족하가 몸을 한림의 노니는 사이에 두고, 마음이 종문(宗
門)의 전적(典籍)에서 즐기고 있음을 알았습니다. 어린 학사가 어찌 이
같이 박아(博雅)함을 이기겠습니까. 저는 풍도(風度)를 바라보며, 실로
그 우아함을 알았고, 복흠(服欽)의 깊이를 말로 다 할 수 없습니다. 저
는 어려서 집을 떠나 한 총림(叢林)에 들어가고 한 총림을 나오며, 쓰
디쓰고 아픈 경험을 했고, 비록 스스로 격려하였으나 노둔한 자질로
불조(佛祖)의 깊은 경지를 꿰뚫지 못하고, 습관적으로 2~30년을 부질
없이 보냈습니다. 다만 깊은 산과 골짜기에서 물마시며 초목과 함께
썩어가려 할 뿐입니다. 뜻밖에도 외람되이 공선(公選)에 뽑히어 관사
(官寺)에 머물며, 다시 왕명을 받들어 사신을 모시게 되었으니, 이 때
문에 학사 그리고 세 분 서기와 신광(神光)을 맺고 후의를 입었으니,
저로서는 분에 넘치는 일입니다. 어찌 이를 당할 것입니까. 송구스럽
기만 합니다. 도타운 편지 가운데서, 선가(禪家)의 정혜(定慧)[64]는 요컨
대 망상을 막고 거짓을 버리는 데 있다 하였으니, 진실로 깨달음 같습
니다. 우리 불교의 도리는 기이하고 요괴스러운 술수가 아니며, 또 현
묘하거나 기특(奇特)한 일이 아닙니다. 다만 어리석은 자로 하여금 심

---

64 선가(禪家)의 정혜(定慧) : 불교의 수행(修行)에 정(定)과 혜(慧)가 있는데, 정은 마음
  이 안정되어 고요하며 맑은 것이요, 혜는 밝은 지혜.

지(心地)를 밝게 할 따름입니다. 마음이라는 것은 어찌 예로부터 지금까지 건너지 않고, 초연히 견줄 수 없는 것은 붓에 의탁한 대로입니다. 그러나 세상의 일이 달라 그 도가 아래로 내려올수록 쇠락하여, 양(梁)나라 보통(普通) 연간에 우리 언우조(鼴麟祖)[65]가 불심인(佛心印)을 가지고 동쪽으로 와서, 숭산(菘山)에 머물며 불립문자(不立文字) 직지인심(直指人心)으로 추기(樞機)를 보이시며 긴요함을 궁극적으로 해결하게 하였습니다. 이를 교외별전(敎外別傳)이라 부릅니다. 신광이 세 번 절하고 똑바로 받아서,[66] 교외의 보이심은 천하에 가득 펴졌습니다. 뛰어나고 어진 이들이 발꿈치를 밟아 귀의한 것이 헤아리지 못할 정도입니다. 장 상국(張相國)[67], 유 자사(柳刺史)[68], 황 태사(黃太史)[69], 소 한림(蘇翰林)[70], 송문헌공(宋文憲公) 같은 이들인데, 벼슬로 공명을 쌓고 과거하여 공직에 오르는 사이를 떠나지 않고도, 직지(直指)의 도(道)를 밝게 하고 불조(佛組)를 받아들여, 눈을 하늘과 땅만큼 높이 하였으니, 이는 부질없는 문자 언어를 쓸어내고 홀로 벗어나 의지하지 않는 바를 얻은 모습입니다. 비록 이와 같으나, 또 문자를 말미암지 않고 어찌 말세에 전하겠습니까. 이 때문에 우리 언우조가 육문(六門)의 글

---

65 언우조(鼴麟祖) : 달마를 가리킴.
66 신광(神光)이 세 번 절하고 똑바로 받아서 : 선종(禪宗)의 이조(二祖) 신광이 스승인 달마(達磨)의 선법(禪法)을 받아 전하였음.
67 장 상국(張相國) : 상영(商英).
68 유 자사(柳刺史) : 종원(宗元).
69 황 태사(黃太史) : 용(容).
70 소 한림(蘇翰林) : 식(軾).

자를 가지고 후손에게 드리우니, 또 문자 반야(般若)[71]의 힘이 아니겠습니까. 도(道)는 본디 말이 없으나, 말을 빌려 도를 나타냄이 이것입니다. 도와 문자는 누가 두 갈래라 했습니까? 노(魯)나라 성인의 이른바 극기복례(克己復禮)라는 가르침 또한 성인의 가르침으로 통한다면, 어찌 반드시 언어에 막히겠습니까. 그러므로 유교와 불교는 그 근원을 같이하여, 대개 징험합니다. 유교의 풍류를 갖춘 선비가 붓을 들어 글을 쓰는 즈음에 양춘(陽春)과 백설(白雪)이 조화롭게 하는 것 또한 여기에 있으리라 여겨집니다. 족하는 제술관을 맡아 뛰어난 자질을 가지고 고아(高雅)한 시로 지절(志節)을 격앙하시니, 존망이 더욱 높아지고 나이가 더욱 높아져, 명성이 상국에 퍼지면, 누가 장(張)·유(柳)·황(黃)·소(蘇) 무리에게 넘어서지 못한다 하리오. 이제 사신으로 와 멀리 큰 바다를 건너시니, 다시 차라리 도가 마땅히 머문 곳이라 아니하겠습니까. 감축드립니다. 서기 세 분은 전단(栴檀)[72] 가운데 잡목이 전혀 없는 것과 같으니 진실로 받들만 합니다. 제 뜻이 전달된다면 매우 다행이겠습니다. 불비(不備).

상한성사답향(桑韓星槎答響) 권상(卷上) 끝

---

71 문자 반야(般若) : 문자(文字)를 통하여 지혜[般若]를 얻는 것.
72 전단(栴檀) : 향기가 많이 나는 나무로, 불상(佛像)을 새기거나 불단(佛壇)을 만드는 데 쓰임.

상한성사답향(桑韓星槎答響) 권하(卷下)

배가 잇기(壹歧) 주에 이르러, 가죽(可竹) 화상이 초명(超溟)에 보내준 시를 받아들고

신 학사

배가 남교를 출발하는데	千帆發南嶠
아침 해가 동쪽에 비치네	朝日初映東
풍이국(馮夷國)[1]에서는 기쁘게 북을 울리고	馮夷喜鼓儛
정히 회오리 바람을 맞네	政値扶搖風
가벼운 안개가 그윽한 골짝에 두르고	輕霞媚幽壑
빛나기가 마치 화창한 봄날 같네	燁如春和穠
바사(婆娑)는 설산의 반려요	婆娑雪山侶
웃음이 안개와 파도 가운데 퍼지네	調笑煙波中
자라는 산에 서려 아득하고	鼇蟠岳縹緲
신기루는 누대에 걸려 높푸르네	蜃結樓穹窿
잔을 띄우니 법상(法象)의 환상이요	浮盃法象幻
배를 띄우니 하늘의 사다리와 통하네	泛槎天梯通

---

1 풍이국(馮夷國) : 수신(水神)의 나라.

생각을 바꿔 약 캐러 가나	還思去朵樂
탄식 않고 행로를 봉래산으로 바꾸네	未嗟行轉蓬
가을 술잔에 취해 비척거리고	秋觴醉兀兀
정오의 북소리 둥둥 울리네	午鼓鳴鼕鼕
배를 멈춰 나루터 여관에 묵으니	停舟得津館
언덕에는 푸른 빛 띠고 맑네	嶂夾青冥漻
누가 수조가(水調歌)²를 부르는가	伊誰倡水調
그대 맑은 모습 그리네	慕子清而丰
삼나무 숲은 저녁 파도에 울리고	雲杉響夕波
노래 들으며 마음속 달래네	聽曲娛心束
이로부터 계(契)에 의탁하여	從玆願託契
내 티끌에 묻힌 마음을 깨우치겠네	豁我狂塵蒙

본디 운에 따라 청천(青泉) 학사에게

월심(月心)

기주(箕疇)³의 모범을 이어	箕疇一乘範
나라는 연경의 동쪽에 있네	國近燕京東
전례(典禮)는 삼대(三代)를 배우고	典禮學三代
순박하기로는 옛 풍모로 돌아가네	朴淳回古風

---

2 수조가(水調歌) : 수 양제(隋煬帝)가 변거(汴渠)를 개통한 뒤에 스스로 지어 불렀다는 노래 이름으로, 애절한 뜻이 담긴 것이라 함.
3 기주(箕疇) : 기자(箕子)의 홍범 구주(洪範九疇)를 말함.

모든 백성이 풍요롭고 부자여서	黎庶豊而富
곡식이 가득 쌓였네	梁稻肥甚穠
그릇은 모두 호련(瑚璉)이요	器材多瑚璉
정치는 그 중심을 잡았네	政刑執厥中
유교의 우아함에 문물을 겸비하여	儒雅兼文物
모두 두 사당의 하늘에 의지하네	總依二祠隆
한림의 뛰어난 분이라	惟有翰林逸
도에 통하지 않는 바 없네	無道不該通
이제 사신의 보좌관이 되어	今爲聘使輔
배를 타고 봉래 땅에 이르니	乘槎遂萍蓬
의가 깊어 경담(傾膽)⁴하지 못하고	義深未傾膽
부질없이 여관의 우리는 북소리만 듣네	空聽館鼓鼜
높은 자리에 소절(溯切)을 들이고	僑居注溯切
흘겨보니 부예(鳧鷖)⁵가 떠 있네	引睇鳧鷖溙
몸은 새처럼 날기를 바라	願身生翎翮
훨훨 날아 깃대 끝에 깃드네	翩翩馴標丰
그루터기를 지키는 졸렬함을 잊고	因忘守株拙
저는 한 치 마음을 드리네	卑和呈寸衷
들건대 그대는 크게 아프시다니	聞君中瘴毒
남은 더위를 피하시기를	勤避滕暑蒙

---

4 경담(傾膽) : 경심(傾心)과 같은 뜻으로, 사방 사람들이 모두 마음을 기울여 그 문정(門庭)에 쏠리지 않는 자 없다는 말.

5 부예(鳧鷖) : 『시경(詩經)』의 편명(篇名). 사당에 제사를 마친 뒤에 시동(尸童)이 되었던 사람을 따로 불러 대접하는 잔치에 부른 노래. 부예(鳧鷖)는 오리와 갈매기.

편지를 덧붙임

우리 무리에게 주신 편지를 뜯어 되풀이 읽으니,[6] 함께 큰 바다를
건너 시비를 가림에 잘못이 없어, 족히 함께 기뻐할만합니다. 족하를
받드는 즈음 치질이 발병하여. 치료를 하였으나 효험을 보지 못하고,
병색이 이미 깊어 건강하기만을 기도할 따름입니다. 지난 번 보여주
신 바에 또한 어제 밤 호슈(芳洲)[7] 유생으로부터 손바닥에 내려놓고 여
러 차례 찬찬히 읽으며, 기쁜 나머지 거듭 몇 글자를 적어, 이제 봉투
안에 덧붙이니, 반드시 읽으시느라 정신에 수고롭지는 마십시오. 완쾌
하시길 기다려 슬쩍 보시고, 초명(超溟)의 시를 드린 바에 강(姜)·장
(張) 두 서기의 화답시를 받았는데, 풍아(豊雅)하심이 정절(精絶)하여
붙잡고 의론할 수 없으나, 미미한 뜻은 족히 전해졌을 것입니다. 와병
중이라 화답시는 바라지 않습니다. 이만 총총.

---

6 되풀이 읽으니 : 원문의 규복(圭復). 백규(白圭)를 삼복(三復)한다는 말에서 나옴. 『시
경』 대아(大雅) 억(抑)의 "흰 구슬의 티는 갈아 없앨 수 있거니와, 말의 허물은 어찌할
수가 없다.[白圭之玷 尙可磨也 斯言之玷 不可爲也]"한 것을 남용(南容)이 세 번씩 되
풀이하여 읽었음. 『논어(論語)』 선진(先進)에 "남용이 백규의 글을 세 번씩 되풀이하여
읽거늘, 공자가 형의 딸을 그의 아내로 삼아 주었다.[南容三復白圭 孔子以其兄之子妻
之]" 하였음.
7 호슈(芳洲) : 아메노모리 호슈(雨森芳洲).

거듭 앞의 운을 써서 여러 분에게 드리며, 아울러 여러 편의 도타운 뜻에 감사함

월심

일본과 조선이 몇 차례나 찾았던가	和韓幾采舫
줄지어 바다 동쪽을 넘었네	聯翩凌海東
기양(歧陽)에 며칠 묵으며	歧陽款數日
다행히 거센 바람을 피했네	幸獲避猛風
바람 그치고 비 멎으니	風歇又雨歇
날고기에 물건 모두 풍부하네	餒牽物咸穠
사면의 산들은 험해	四面山峯屹
색칠한 그림이 눈 깜짝할 사이에 걸리네	罨畫揭睫中
새벽달을 서서 바라보노라니	曉月冷看立
찬 기운이 하늘에 가득하네	灝氣滿蒼穹
갖옷을 벗으리라 어찌 생각 못하랴	免裘豈不想
가을 썰물에 겨우 통과하네	秋潮信纔通
일찌감치 닻을 올리기 바라나	願早懸征帆
날마다 천봉(天蓬)에 가깝네	日日近天蓬
베개를 밀어 설핏 꿈도 꾸지 못하고	推枕耿無夢
종과 북소리 번갈아 울리네	鐘鼓互殷鞳
내게는 어어(魚魚)[8]의 기술이 있으니	吾有魚魚技
바라기는 여름 비바람[9]만 잠잠해 지기를	望熟蘋蓼濛

---

8 어어(魚魚) : 호종(扈從)의 위의(威儀)가 있는 모양.
9 여름 비바람 : 원문의 빈요(蘋蓼). 빈요는 빈풍요우(蘋風蓼雨)의 준말. 개구리밥에 부

여관에는 네 분이 계시니	賓館四君在
누군들 우러러마지 않을까	誰不仰雅丰
술잔 나누며 즐거운 시간	誧酢勤娓娓
각각 정성스러운 마음을 꺼내 적네	各筆抽精衷
어찌 구름을 벗어나리오	何當遂披雲
자리를 나란히 하여 울적한 마음을 터버리네	連榻開鬱蒙

가죽(可竹) 화상 도안에게 드림

성(成) 서기 소헌(嘯軒)

달은 우리 배의 서쪽에서 나오고	月出吾船西
해는 우리 배의 동쪽에서 나오네	日出吾船東
우리 배가 일본에 다가서자	吾船近扶桑
봉래 섬은 정녕 바람을 막네	蓬萊寧阻風
신선이 초청한 것 같으니	仙侶若可招
삼화(三花)[10]는 몇 가지나 짙게 피었나	三花幾枝穠
먼저 백불(白拂)[11] 든 승려를 만나니	先逢白拂僧
길에서 허무의 가운데를 가리키네	路指虛無中

는 바람에 여뀌에 내리는 비. 곧, 여름의 비바람.

10 삼화(三花) : 패다수(貝多樹)를 이름. 패다수는 1년에 꽃이 세 번 피므로 삼화수(三花樹)로 불림.

11 백불(白拂) : 짐승의 희고 긴 터럭을 묶어서 만든 먼지떨이인데 이는 흔히 중들이 소지하는 것.

거울 같은 얼굴에 맑은 밤의 하늘	鏡面淸夜空
옥 같은 집에 가을 하늘은 높네	玉宇秋穹窿
마음은 물과 달과 함께 하여 비었으니	心共水月虛
흥겹게 신명(神明)과 통하네	興與神明通
한 번 노래하고 한 번 화답하며	一唱又一和
몸은 봉래 땅에 왔어도 슬프지 않네	不愁身轉蓬
교인(鮫人)¹²은 베를 짜고	鮫人杼札札
풍이(馮夷)¹³는 북을 두드리네	馮夷鼓鼛鼛
정신이 맑아 좀체 잠들지 못하고	神淸了無寐
긴 밤 내내 파도 소리 높네	永夜波聲漎
서로 손 잡고 푸른 모래톱을 거닐고	相攜步靑洲
난초는 우거져 있네	蘭茗掇茸丰
조잡스러운 자취는 어찌 논할 틈이 있을까	粗跡何暇論
서로 비추며 오직 속마음을 드러낼 뿐이네	相照惟心衷
바라건대 조계(曹溪)의 파도를 빌려	願借曹溪波
한번 쌓인 때를 씻네	一洗輕垢蒙

이 무렵 신우(薪憂)가 있어, 사맹(詞盟)이 오래토록 이뤄지지 못하게 되었으니, 탄식하며 거듭 자비스러운 구절을 바랐는데, 어찌 느낌이 이와 같은지. 이제 겨우 일어나 다시 옛 정을 닦아, 더러 시중드는 이에게 한 편을 보냈다.

---

12 교인(鮫人) : 바다 속에 사는 교인(鮫人)이 물가의 인가(人家)에 머물다가 헤어질 때
   눈물방울을 짜내어 진주 구슬로 변하게 한 뒤, 소반에 가득 담아서 주인에게 이별 선물로
   주었다는 전설이 진(晉)나라 좌사(左思)의 〈오도부(吳都賦)〉 주(註)에 나옴.
13 풍이(馮夷) : 물을 맡은 신으로 하백(河伯)을 말함.

다시 원운(原韻)을 써서 소헌(嘯軒)이 보여준 도타운 시에 사례하여 드림

월심

대여(岱輿)는 원교(員嶠)와 함께[14]	岱輿與員嶠
조주(祖洲)[15]의 동쪽에 늘어섰네	祖洲列在東
해의 정기를 얻을 수 있을 듯하니	日精如可得
어찌 버리고 가서 바람을 맞으리	曷辭去御風
불사초가 서로 전하는데	相傳不死草
향초처럼 잎잎이 무성하네	似菰葉葉穠
많건 적건 신선에게 속하니	多少神仙屬
아득한 가운데 맞으러 가겠네	恐遨縹緲中
약수(弱水)[16] 험하여 건너기 어렵고	弱水險難涉
은빛 파도는 푸르디 푸르네	銀濤摩穹窿
진기함은 논할 것도 없고	奇瓌置不論
다만 나라의 사신이 통하여 기쁘네	祇懽國信通
가각 승평(昇平)한 땅을 돌아보니	睠個昇平地
어찌 봉래산에 오르리오	奚克讓登蓬
도타운 두 나라 백 년을 다졌고	隣睦百年固
다투어 북소리를 듣네	爭聽鼖鼓鼟
하물며 이제 바다의 해구(海颶)[17]를 피하여	矧今避海颶

---

14 대여(岱輿)는 …… 함께 : 발해(渤海)의 동쪽에 있다는 오도(五島)는 대여(岱輿), 원교(員嶠), 방호, 영주(瀛洲), 봉래(蓬萊)임.

15 조주(祖洲) : 팔방(八方)의 바다 가운데에 있으며 신선이 산다고 함.

16 약수(弱水) : 선경에 있다는, 터럭도 가라앉는다고 하는 강.

배는 빠르게도 지나가네	柁樓快過溁
먼 산이 눈썹 같으니	遠山如黛爾
구름 끝에 아름다운 모습을 떠받치네	雲表擎美丰
그대가 이미 일어났다는 말을 듣고	聞君旣起枕
마음에 마음이 합하네	中心愜赤衷
지난 밤 이름다운 시를 받고	昨夜承瑤報
읽고 나니 체증이 풀리네	讀罷解滯蒙

겨우 일어나 조금 치포(馳抱)가 편안해졌으나, 독기 어린 안개가 솟구치고 기후가 불순하니, 치료를 게을리 마소서. 다만 필력은 단단하니, 완쾌할 조짐이 여기 있는 듯합니다. 축하드립니다.

또 동(東) 운으로 가죽(可竹) 화상 도안에게 드림

성 서기

예로부터 이단주(夷亶洲)[18]는	昔聞夷亶洲
해 뜨는 바다 동쪽에 있다 들었네	乃在桑海東
산은 태초의 눈을 이고	山戴太始雪
꽃은 사철의 바람에 피었네	花開四時風

---

17 해구(海颶) : 해중의 대풍으로 구풍(颶風)을 말함.
18 이단(夷亶) : 이주(夷洲)와 단주(亶洲). 이주는 후한(後漢) 때 동이(東夷)의 하나. 임해(臨海) 동남편에 있어 눈·서리가 없고 초목이 시들지 않으며, 사면이 산으로 둘러싸여 있다 함. 『後漢書 東夷傳』 단주는 섬 이름. 진(秦)의 서복(徐福)이 신선을 구하기 위해 가 있던 곳이라 함. 『史記秦始皇紀』 여기서는 모두 일본을 가리키는 말로 쓴 것임.

대추 먹던 안기는 오래 살고	食棗安期壽
약을 캐던 진나라 여자 많았네	采藥秦女穠
관원과 조경은	菅原與晁卿
이름이 온 우주에 퍼졌네	名播寶宇中
쇠뿔을 깎아 날렵한 그릇을 만들고	剚犀器用利
바다를 등지고 성곽은 높네	負海城闕嶐
땅은 직방씨[19]의 공력으로 비옥하고	壤漏職方貢
길은 기자의 나라와 통하네	路與箕邦通
사신이 와 이웃 나라의 잘 지내고자 하는데	玉節講隣好
학사는 봉래 섬에 내렸구나	學士降瀛蓬
문명이 같은 것을 기뻐하고	已喜書軌同
수자리 북소리 들리지 않는데	不聞戌鼓舂
긴 바람이 사신의 배를 보내고	長風送彩鷁
지나치며 귀허(歸虛)[20]로 흘러들어가는 물을 보네	瞥過歸虛濛
돛대를 나란히 하여 시승(詩僧)을 만나니	齊榜有詩僧
도를 닦은 모습 헌걸 차네	道貌頎而丰
상대하니 용의 비늘처럼 빛나고	相對潤龍鱗
물과 달처럼 속마음을 비추네	水月皎素衷

---

19 직방씨(職方氏) : 중국 경전의 하나인『주례(周禮)』는 이상적인 관제(官制)를 엮어 낸
　것인데 그 하관(夏官)의 하나로 직방씨(職方氏)가 들어 있음. 직방씨는 각 지방의 일을
　맡아 보는 관직으로, '천하의 지도'는『주례』에 설명된 직방씨의 직책을 그대로 인용한
　것임.
20 귀허(歸虛) : 바다 속의 밑바닥 없는 골짜기인데, 물이 끝없이 이곳으로 빠져나간다고
　함.『列子 湯問』

시가 오니 쇠칼 같은데   詩來若金筐

먼지 낀 눈이 혼몽한 데서 열리네   塵眼開昏蒙

바람이 불지 않아 항해가 지체되었습니다. 우러러 오직 도리(道履)[21]가 청적(淸迪)하시
길 빕니다. 한 줌의 보배스러운 구슬이 또 주탑(塵榻)에 떨어져, 세 번 거듭 읊으니 문득
몽매함이 깨나, 약 속의 관심이 오래 공부에 소홀하게 하여, 거듭 모시는 이의 정중한
뜻을 거슬렀습니다. 모름지기 후둔(朽鈍)[22]함을 닦을 따름입니다.

가죽 화상에게 드리는 편지

신 학사

병으로 뱃머리에 엎드려 있으니, 비바람에 어둡고 파도는 7척이나
되며, 물고기와 자라가 성난 파도 사이에서 나타납니다. 통증이 가라
앉으면 졸리고 가슴이 두근거려, 다시 몸 밖에 어떤 사물이 있는지 모
르겠습니다. 문득 도타운 편지를 받으니 연하(煙霞)가 울창하고 점점
눈이 익으며 입을 바르게 합니다. 이에 또 다섯 빛깔 연꽃을 만들어
황금지(黃金地)에 비추니, 사람의 정신과 혼이 맑아집니다. 마치 쌍수
(雙樹)아래로 따라가 감로(甘露)를 얻어 오랜 병을 씻은 듯합니다. 삼
매(三昧)에 출입하여 천고(千古)를 휘날리니, 장(張)·유(柳)·황(黃)·소
(蘇) 여러 군자의 고일(高逸)한 정기(情氣)가 방외에 범람하는 것은 더

---

21 도리(道履) : 서간문에서 도학(道學)을 공부하는 상대방의 건강 상태를 물을 적에 쓰는
   말로, 도황(道況)과 같음.
22 후둔(朽鈍) : 무디어 아무 소용이 없음.

불어 교외(教外)의 지취를 들었다 할 것입니다. 아래로 제게 이르러 도
의(道誼)로 부지런하나, 저 장·유·황·소는 마침내 얻지 못하고, 습기
(習氣)를 따라 화려한 이름에 골몰하니, 아득함이 마치 초지인(初地人)
이 부처의 현신을 보고 나루를 얻지 못함과 같으니, 하물며 제게 무엇
이 있겠습니까. 그러나 또한 일찍이 직지(直指)의 전함을 듣고, 선가(禪
家)의 상승(上承)을 삼은 까닭에, 아난(阿難)의 총지(總持)는 설산(雪山)
의 부좌(趺坐) 같지 않으니, 만약 담연(澹然) 허명(虛明)함이 한번 초월
하여 여래장에 이른다면 좋겠습니다. 그 말이 한번 서서 천하의 무식
한 중생을 이끌어, 모두 수미산 아래 쏟아진 한 이야기에 붙으니, 공
(空)에 의탁한 것은 더러 그 완몽함을 얻고, 왕왕 스스로 들판의 여우
굴속에 떨어집니다. 오직 유가(儒家)에 또한 존양(存養)과 박약(博約)
두 말이 있어, 육자(陸子)[23]가 자양(紫陽)[24]을 공박하여, "육경(六經)은
나를 주석 달고, 나는 육경을 주석 단다."하니, 당시 벌써 병이 너무
높았으며, 왕양명(王陽明)·진백사(陳白沙) 여러 현인이 또 모두 존양에
좌단(左袒)하여, 이제 천하에 성인의 도를 배우는 자에게 전주(箋註)를
싫어하게 하고, 지리한 영향을 끼쳤습니다. 그 근원은 대개 불가(佛家)
의 심인(心印)에서 나와 기품이 높은 자는 더러 한두 개 방불한 것을
얻고, 그 아래 것은 스스로 사장(事障)과 업장(業障)에 있으니, 머리마
다 얼굴을 바꾸고 무관한 것에 낙착합니다. 장차 명덕(明德)을 무엇이
라 할까요? 이제 유석(儒釋)의 문하에 각각 진실과 망령의 구분이 있으

---

23 육자(陸子) : 육상산(陸象山).
24 자양(紫陽) : 왕양명(王陽明).

니, 살피지 않을 수 없습니다. 저 시와 노래가 특히 경박하여 수자(豎子)가 한 가지 기술로 이름을 팔 따름입니다. 저 고통스러운 배움을 달게 여기는 자가 또한 풍아(風雅)로 비조(鼻祖)를 삼았으나, 오늘날의 시를 쓰고 글을 다듬는 자를 볼 때, 흥관(興觀) 군원(羣怨)으로 공자의 가르침에 빠지지 않을는지요. 수당(隋唐) 이래 이 법이 심히 성하여, 사람마다 백설부(白雪賦)를 잡고, 집마다 현주(玄珠)를 움켜쥐니, 송나라를 거쳐 명나라에 이르러, 천하의 유행이 맑은 날로 번성하나 도는 날로 멀어졌습니다. 저는 일찍이 일체 소거(掃去)를 생각하여, 모두 조룡(祖龍)²⁵의 수단에 맡겼으나 얻을 수 없었습니다. 이는 창기를 모아 즐기며 놀고 나는 색을 경계한다 하고, 술잔을 거푸 들며 가득 마시고 나는 취하는 것을 싫어한다 하는 것과 같습니다. 모두 웃기에 겨를 없으리니 어찌 내 말을 믿는 이가 있으리오. 이제부터는 문자와의 인연을 끊고 깊은 골짜기에 숨어 한 바보스러운 농부나 돼 이 생애를 마친다면 출선입현(出禪入玄)은 논할 것도 없고, 견박한 기예인은 되지 않을 것이니, 저는 그것으로 족할 것입니다. 다만 가르쳐주시는 뜻을 받들어, 만약 도읍의 성광(聲光)으로 저의 땅으로 삼지 않는 것은 참으로 부끄럽습니다. 저로 하여금 문장을 다듬게 하고 세 번 울기를 다 하니, 여러 군자의 좋아하는 바를 다행으로 여기나, 드러나는 바가 무엇이며 얻을 바 어떤 이름입니까? 양자운(楊子雲)이 상여(相如)를 배워, 문장 짓기를 흉내 내다, 흰 머리가 되어서야 조충전각(雕蟲篆刻)이라 했으니, 장부는 내가 이것을 아는 것처럼 하지 않을 것입니다. 다만 전

---

25 조룡(祖龍) : 진시황의 별칭.

생의 악업에 걸려 이 세상의 법을 잘못 아니, 나에게 문장을 쓰지 말라고 말하기는 쉬우나, 세상 사람에게 내가 문장 쓰지 않는 것을 받아들이라고 하기는 어렵습니다. 나라 일에 매달려 멀리 푸른 바다를 건너, 매번 사람들에게 제술학사(製述學士)라 일컬음 받기에, 할 일은 많으니, 감히 마음속을 펼쳐 놓아, 아름다운 모습을 대해 허튼 소리로 쳐버리지 않으니 심히 다행입니다. 불비(不備).

청천(青泉) 학사에게 보내는 답장

월심

지난 번 편지를 받고도 며칠 지나지 않아 다시 아름다운 편지와 꽃다운 시를 함께 받았습니다. 오직 저는 어찌 그 과실을 말하리오. 가르쳐 주신 바 불교의 일은 정밀하기 남음 없으니, 하물며 유문(儒門)의 관할은 온축함이 다하고, 논리를 세움에 지극하고 배워 받들 만하여 널리 변증하여 막힘이 없음을 알겠습니다. 본디 보응국사(普應國師)[26]가 고려 왕의 처소에 응하여 통서를 청하였으니, 직지(直指)의 도에 나가 남긴 풍모가 열렬하여, 지금도 폐하지 않았습니다. 학사의 연필(椽筆)로 인해 사적이 헛되지 않음을 알겠습니다. 저는 이같이 행운을 만나, 차마 침묵하지 못하고 자못 물피(吻皮)를 잃어 들은 바를 흘립니다. 우리 종문의 한 저서는 총명하게 이룬 바 아니고 변증을 다한 바

---

26 보응국사(普應國師) : 중봉 선사(中峯禪師). 원나라 천목산(天目山)에 주석하였음. 이름은 명본(明本)이고 호가 중봉임.

가 아닙니다. 또 비교하고 안배하여 풀어낸 것이 아닙니다. 다만 정철
(正徹)과 정오(正悟)는 요체로 삼은 까닭에, 법을 전한 1,700여 지식(知
職)이 각각 공안을 마치지 못하고, 남에게 철저히 깨닫고 스스로 깨닫
게 하니, 사람이 물을 마시매 차고 따뜻함을 스스로 앎과 같아, 문하
에 들어서는 자는 가문의 보배로 여기지 않습니다. 깨우침의 때를 맞
아서는 사이에 머리카락도 받아들이지 않으니, 타는 머리를 구하는
것 같아, 평생 속에 잠긴 잡스러운 물건을 뛰어 넘습니다. 홀연 방하
(放下)²⁷하여 방하처에 향해 정채(精彩)에 이르러 비로소 얻습니다. 옛
날 명도(明道) 선생이 개선(開善)의 겸사(謙師)²⁸와 방외의 우아함을 강
론하였는데, 겸사가 선생의 청을 받고, "세월이 쉬 흐르고 빠르니, 공
부라 하여 따로 공부가 있으리오. 이제 방하라면 이것이니, 다만 평생
속에 가진 것을 가지고 일시에 방하하라."하였습니다. 산승은 늘, "가
고 오고 앉고 누움이 여기서 결정되지 않고, 말하고 답하기가 여기서
결정되지 않고, 보고 듣고 깨닫고 앎이 여기서 결정되지 않고, 생각과
분별이 여기서 결정되지 않는다. 시험 삼아 이 네 개의 갈림길을 문득
끊어, 보되 끊어지지 않고 결정하되 깨닫지 않는다면, 네 개의 갈림길
은 끊어짐과 같다."하였습니다. 스님이 조주(趙州)에게, "개에게도 불
성(佛性)이 있습니까."라고 물으니, 조주가 없다고 하였습니다. 운문이
마른 똥 막대기라며 크게 웃었으니, 이것은 사적으로 꾸밀 겨를 없이,

---

27 방하(放下) : 마음속으로 생각하는 것을 위주로 하지 않는 경지.
28 겸사(謙師) : 주자(朱子)가 선학(禪學)을 이에게서 얻었음. 이름은 도겸(道謙)이요, 호
　가 개선암(開善庵).

사람으로 하여금 자증자득(自證自得)하는 속의 모양입니다. 글을 가지고 와 비유한 수미산 방하착(放下著) 또한 운문 조주(趙州)의 이야기이니, 수미산이 안신입명(安身立命)이라 답하고, 방하착이 한 물건이 장차 오지 않을 일이라 답하니, 비록 비슷하나 다른 이치가 어찌 하나가 아니겠습니까. 그 사이에 안배(安排)를 받아들일 필요가 없습니다. 또 산곡노인(山谷老人)이 회당(晦堂) 선사를 찾아 함께 산행할 때, 산곡이, "공자가 이른 바 나는 너에게 숨지 않는다 하니, 뜻이 무엇입니까?" 물었으나, 회당이 대답을 하지 못하였습니다. 걷는 사이에 바위에 계수나무가 무성하니, 꽃 내음이 코끝을 뚫는데, 회당이 "목서향(木犀香)을 들었느냐" 하자, 산곡이 들었다고 하였습니다. 회당은, "나는 너에게 숨지 않았다."고 하여, 산곡은 이에 깜짝 놀랐습니다. 이에 이르러 총지부좌(總持趺坐)를 설명하고 존양박약(存養博約)을 논하였으니, 불립문자(不立文字)와 직지인심(直指人心)의 뜻을 다하였습니다. 학사(學士)가 이미 사신이 되어 동졸(東卒)에 뽑히었고, 붓으로 천군(千軍)을 떨치며, 나라의 은혜에 힘써 보답하고, 높이 쌓인 명령을 다하였으나, 가벼운 일이 아니요 붓을 머리 위로 올린다면 금강(金剛)의 정안(正眼)을 찍고, 하늘과 땅에 비쳐 간다면 차라리 불조(佛祖)의 지위에 참여할지언정, 붓끝의 새나감이 있겠습니까. 문자의 연을 덜어내, 깊은 골짝에 숨어 일개 농부로 이생을 누리겠다 하니, 이는 제가 수긍하지 못하겠습니다. 장(張)·유(柳)·황(黃)·소(蘇)는 또한 예악과 정형(政刑)의 사업과 읍양(揖讓)의 사이에 있어서, 여탈(與奪)이 자재(自在)하니, 대저 대장부입니다. 어찌 조시(朝市)와 산림(山林), 벌열(閥閱)과 환도(環堵)의 차이를 가지고 증도(證道)의 어려움을 삼겠습니까. 서축(西竺)의 존자

(尊者)는 시속을 따라 득성(得性)을 받아들이고, 기쁨도 없고 근심도 없으니, 깊이 생각하시기 바랍니다. 글 가운데 징험한 바로 인해 양단(兩段)의 인연을 그리고, 또 허다한 담대한 말을 더하니, 이로써 어찌 지극한 전율을 감당하리오. 불비(不備).

가죽 화상에게 드리는 게(偈) 병서(竝序)

신 학사

내가 쓰시마에 20여 일 머물렀는데, 가죽 화상과 문학의 여러 선승에게 창화시를 주었다. 도하의 화상 또한 배를 갖추어, 함께 수천 리 큰 바다에 운수풍월(雲水風月)과 초목어조(草木魚鳥)를 관람하니, 마음과 만나고 진리를 깨닫고 세상을 잊어 멀리 노닐었다. 화상은 진실로 중외인(衆外人)이라, 환상 중의 색상(色相)을 보고, 육진(六塵)의 연영(緣影)에 지나지 않을 따름이다. 내 비록 유마가(維摩家)에 능숙하지 못하나, 스스로 밝은 땅에서 본디 풍색(豊嗇)이 없다 하니, 감히 4구 게를 지어 바치며, 서언을 듣고자 한다.

운수(雲水)

아름답게 피어오르는 흰 구름   英英白雲[29]

---

29 아름답게 피어오르는 흰 구름[英英白雲] : 소아(小雅)에, "아름답게 피어오르는 흰 구

잔잔한 바다 파도   淼淼蒼波
물결 타고 흘러가니   乘流則逝
바라보는 경치에 감탄하네   眺景斯哦
높이 태허에 기대어   高憑太虛
두루 가없는 곳을 바라보네   廉覽無涯
겨자씨 같은 수미산이   芥子須彌
무엇이 적고 무엇이 많으리   何少何多

풍월(風月)

바람을 맞아 바다로 저어가니   迎風海棹
흰 달과 숲속의 정자로다   傃月林亭
누가 내뱉어 이를 높이고   孰噓揚是
보고 듣기를 움직이는가   而動觀聽
드넓은 색공(色空)에   漫漫色空
더불어 바뀌고 멈추기를 잊었네   與化亡停
한 과의 마니보주는   一顆摩尼
원통보살에 신령함이 있네   圓通有靈

름[白雲]은 저 갈대와 띠에다 이슬을 내려 준다[英英白雲露彼菅茅]"하였음.

초목(草木)

배를 굴포(橘浦)에 대고	維舟橘浦
난아(蘭阿)로 옮겨 쉬네	息徒蘭阿
그윽한 향기 퍼지고	藹藹幽香
흰 가지는 가득 뻗었네	榮榮素柯
나의 진근(塵根)을 막아	杜我塵根
천화(天和)에 빛나게 하리	暢以天和
저 기림(祇林)을 가상히 하고	嘉彼祇林
연꽃에 비추네	晉照蓮花

어조(魚鳥)

고기는 물속에서 헤엄치고	魚潛載泳
새는 모여들어 나네	鳥集以翔
조용히 지극한 도는	從容至道
즐거움이 아득한 데에 있네	樂在冥茫
저 기름은 무엇이고	彼養伊何
자비가 여기 현창되네	慈悲是彰
나는 무생(無生)을 노래하며	我歌無生
자네와 더불어 서로 잊네	與爾相忘

무제[30]

월심

청천 학사가 운수풍월(雲水風月)과 초목조어(草木魚鳥)로 4구 게를
지으니, 도탑게 보여주신 뜻 깊은 구절이 민절하여, 사람으로 하여금
눈을 씻게 했다. 서문에 이른 바, 밝은 땅에 본디 풍색(豊嗇)이 없다
함이 그렇다. 옛날 백 시랑(白侍郞)이 조과(鳥窠)의 임사(林師)를 찾아
법요를 물었는데, 임은, "여러 악을 짓지 않고, 뭇 선행을 받들라." 하
니, 시랑이, "세 살짜리 어린 아이도 할 수 있는 말이군요." 하였다. 임
은, "세 살짜리 어린아이라도 말은 쉬우나, 팔십 노인이라도 행하기는
어렵소."라고 했다. 말과 침묵을 한 때로 하고, 약과 병을 하나 같이
하니, 비로소 학사의 믿음의 뿌리가 깊을 알겠다. 차마 거친 입을 막
지 못하고, 옛 철인의 소식을 함부로 써서 혜안을 더럽히니, 기꺼이
받아주실지 알지 못하겠다. 또 어린 아이를 보내 편지의 끝에 게를 이
으니, 말에 화운(和韻)의 깨우침이 없어 바치지 않고, 4제(四題)를 빌려
따로 한 게를 쓰고 사안에게 드린다. 애오라니 비천한 뜻일 뿐이니,
지나쳐 봐 주시면 매우 다행이겠다.

뜬 세상 구름 그림자를 쫓아	浮世逐雲影
원통보살은 물소리를 부질없이 하네	圓通空水聲
옷깃 속으로 바람은 서늘하고	襟懷風爽爽
달빛은 밝디 밝아	鑑覺月明明

---

30 본디 제목이 없는 상태임.

이슬방울 풀잎을 싹트게 하더니	露滴草芽動
때는 가을이라 나뭇잎 지네	時秋木葉驚
새 날고 물고기 뛰어오르는데	鳥飛魚躍的
어떤 물건이 하늘의 이룸 아니랴	何物不天成

배로 카사모토(勝本)를 떠나 아이노시마(藍嶋)에 닿아 졸렬한 시를 학사 세 서기에게 드림

월심

다시 불어오는 바람에 카사모토를 출발해	又整征颿發勝湄
바다부리는 점점이 기묘한 비취빛을 띠고	海嶠點點翠螺奇
신선 도읍의 물색은 어찌 감당하리	仙都物色曷堪況
포구의 풍류는 다만 스스로 알 뿐이네	漁浦風流只自知
시절은 태평하여 마땅히 휼방(鷸蚌)의 일[31]은 없으니	時泰應須無鷸蚌
물의 정령은 정히 용과 거북이 있을 뿐이네	水靈定是有龍龜
노를 아이노시마에 멈춰 청아한 취향 짙으니	停橈藍嶋多淸趣
시인으로 하여금 시 쓸 생각나게 하네	故俾詞賓動藻思

---

31 휼방(鷸蚌)의 일 : 휼새[鷸]가 조개[蚌]를 쪼아 먹으려고 조개의 벌린 껍질 속에 입을 넣었다가, 서로 버티는 동안에 어부(漁父)가 두 마리를 한꺼번에 잡아갔다는 것.

화운하여 바침

강 서기

북을 치며 배를 띄워 바람이 포구에 부니　　　　擊鼓發舡風浦湄
이곳의 크고 큰 바다는 나그네 길의 기이함이네　區中浩浩客行奇
뱃노래 장단에 물고기가 튀어오르고　　　　　　棹歌長短水禽起
바다 빛깔 그윽하여 사공이 아네　　　　　　　　海色陰晴舟子知
이곳을 떠나 끝 간 데에 이르리니　　　　　　　此去已抍窮絶域
앞길은 신령스러운 거북에게 묻고 싶지 않네　　前程不欲問靈龜
푸른 파도 점점 일어 계림이 멀어지니　　　　　滄波漸與雞林遠
머리 돌려 하늘 동쪽 아득한 생각이네　　　　　回首天東黯黯思

가쿠 화상 도안에게 화운하여 드림

성 서기

옛 마을 비껴 지나 물의 나라 끝　　　　　　　　參差籬落水之湄
곁에 선 섬의 안개는 그림 속의 기이한 풍경이네　側嶋風煙畵裡奇
넓은 바다 노를 저어 밤을 타고 이르니　　　　　海濶帆檣乘夜至
하늘 멀리 방향은 별을 가지고 아네　　　　　　天遙方位以星知
흥이 높아 바로 학을 타고 싶으나　　　　　　　興高直欲驂鸞鶴
행렬은 더디니 어찌 거북에게 물을 건가　　　　行穩何須問筮龜
일본 땅에서 생긴 사흘 머문 그 마음[32]　　　　桑下又生三宿戀

---

32 사흘 머문 그 마음 : 조정을 떠나면서 왕이 다시 부르기를 기대하여 천천히 가는 것을

의연한 카사모토 포구는 꿈속의 생각일세 依然勝浦夢中思

가죽 선사가 보여준 시의 운을 따라 지어 드림

장 서기

가벼운 배 날듯이 나가 대양에 이르니 輕帆飛出大洋湄
눈에 스미나니 구름 안개 곳곳이 기이하다 觸目雲煙處處奇
이 일에 다행히 파도가 잠잠하니 斯役幸教波浪靜
마음을 응당 귀신이 아는구나 此心應有鬼神知
안타까워라, 이 내 병에 조롱 속의 학인데 嗟余病蟄籠中鶴
부러워라, 그대는 떠다니는 잎사귀 위의 거북이네 羨子浮遊葉上龜
시가 창가에 이르렀으나 사람은 보지 못하고 詩到篷窗人不見
한번 읊고 나니 한번 생각 이네 一回吟罷一回思

다시 차운하여 세 서기 사안에게 드림

월심

밀물 소리 밀려와 절강의 끝인데 潮聲拍拍浙江湄
흰 파도 은빛 되어 참으로 기이하다 雪浪翻銀也一奇

말함. 맹자(孟子)가 천 리 먼 길을 꺼리지 않고 다시 제(齊)나라 왕을 찾아갔다가 뜻이
맞지 않아 떠날 때, 왕이 다시 부르기를 바라는 마음에서 도성(都城)에서 3일 밤을 자고
주읍(晝邑)으로 나갔음. 『孟子 公孫丑下』

포말에 어찌 시인의 노래 없으리	批抹豈無騷客驚
담박함이 어찌 다하여 늙은 어부가 알리	淡濃奚克老漁知
상서로움을 가득 담아 이름이 한림의 봉황이고	含祥荐至翰林鳳
만나고 헤어짐이 뜬 나무의 거북[33]이네	得遇却慙浮木龜
바람 그쳐 돛을 올리니 마땅히 멀리 있을 것이고	風止開颿應在邇
적성의 장관은 나로 하여금 생각나게 하리	赤城壯觀使吾思

8월 7일, 신 학사가 호슈(芳洲)를 만나 소개하여, 빈관으로 귀한 분을 초대하니, 접대함이 가장 지극했다. 세 서기 또한 나란히 앉아 창수시를 약간 지었는데, 학사가 가장 먼저 붓을 잡아 쓰기를, "평소 선가(禪家)의 이야기를 심히 기뻐하였는데, 이제 귀한 분이 오셔서 뵈니, 기쁘기 그지없습니다. 시를 쓰며 서로 주고받아 또 서둘러 끝날까 두렵습니다. 반나절 다행히 맑은 이야기를 나누며 담박하게 대좌하여 운수(雲水)의 생각을 부칩니다. 어제 화상을 받들어 편지와 시 그리고 게어(偈語)를 받으니 감사함이 천만입니다. 이 사람은 병이 들어 이제 비로소 몸을 씻으니, 일어나 사례할 겨를이 없습니다. 죄송스러운 마

---

33 뜬 나무의 거북 : 사람의 몸을 받아서 세상에 태어나거나, 불법(佛法)을 만나기가 아주 어렵다는 것을 비유한 말. 『잡아나함경(雜阿那含經)』에 의하면, 세존(世尊)이 여러 비구(比丘)에게 고하기를 "무량겁(無量劫)을 산 눈먼 거북 한 마리는 백 년 만에 한 번씩 물 위에 머리를 내밀고, 바닷물 위에는 구멍이 하나만 뚫린 채 동서남북으로 정처 없이 떠다니는 나무 하나가 있는데, 백 년 만에 머리를 한번 내미는 이 거북이 때맞춰 이 나무의 구멍을 만나 그 나무 위에 타고 오를 수 있겠느냐? …… 눈먼 거북이 떠다니는 나무를 만나기는 비록 어렵기는 하나 혹 만날 수도 있지만, 어리석은 범부(凡夫)들이 오취(五趣)에 표류하다가 죽어서 다시 사람의 몸으로 태어나기란 저 거북이 떠다니는 나무 만나기보다도 더욱 어려운 것이다." 한 데서 온 말.

음을 다행히 알려주신다면 어떨는지요." 하였다. 그 나머지 수창은 여
기 적지 않는다.

거듭 화운함

강 서기

하늘 밖 사신의 배 은하수 끝	天外浮槎銀漢湄
삼신산의 소식은 기이함을 전하네	三山消息謾傳奇
가을 소리 점점 일어 찬 벌레 울고	秋聲漸覺寒螿動
바다의 맛은 두루 오래된 손님을 알게 하네	海味偏敎久客知
몸은 멀어 뜻은 집 떠나는 제비와 같고	身遠意同辭壘燕
재주 성글어 글은 털 간 거북과 닮았네	才疎文似刮毛龜
창문에 서산의 달이 홀로 비추니	篷窗獨照西峰月
마침 편지를 받아 먼 생각을 위로하네	時寄郵筒慰遠思

거듭 앞의 운을 따라 삼가 가죽 화상 도안에게 드림

성 서기

집에는 연성(蓮城) 곡수의 물이 흐르고	家在蓮城曲水湄
배를 타고 만 리 길 이 여행 기이하네	乘槎萬里此遊奇
신선의 굴은 늘 가까우니	神仙窟宅尋常近
천지의 둥근 원을 겉과 속 아네	天地方圓表裏知
노를 그려 바람 맞아 장쾌한 송골매를 능멸하고	畫楫憑風凌快鶻

뱃노래 달빛 울려 궁창의 거북을 뛰어 넘네　　　　　鐃歌響月躍穹龜

강가에 여기 저기 심은 옥 같은 풀　　　　　　　　汀洲采采瓊瑤草

창망한 구름 끝 생각나는 바 있네　　　　　　　　悵望雲端有所思

다시 미(湄) 자 운을 써서 가죽 화상 도안에게 드림

장 서기

집은 황려(黃驪) 호수 가에 있고　　　　　　　　　家在黃驪湖水湄

미친 노래의 자취는 또한 기이하게도 맑네　　　　狂歌蹤跡亦淸奇

산에 들어 약을 캐니 진실로 즐거웁고　　　　　　入山采藥眞堪樂

바다 건너 사신의 배를 타고와도 스스로 모르네　跨海乘槎不自知

뱃전에 엎드려 누가 천리 길을 가여워 하는가　　伏櫪誰燐千里驥

몸을 담가 육장(六藏)의 거북이[34]를 배우지 못하였네　潛身未學六藏龜

그윽한 기약은 홀로 탕 속에 있고　　　　　　　　幽期獨有湯休在

연사(蓮社)는 향산의 꿈속에서 생각만 허비하네　蓮社香山費夢思

또

유유한 행렬이 큰 호숫가에 막히니　　　　　　　悠悠行邁大瀛湄

곳곳의 강산은 경치가 뛰어나네　　　　　　　　處處江山景絶奇

---

34 육장(六藏)의 거북이 : 육장은 여섯 가지를 감춘다는 뜻. 거북이 움츠리면 머리 · 꼬리 그리고 네 발을 모두 감춘다는 데서 온 말.

가을빛이 슬며시 근심스러운 마음속에 따라오니 　秋色暗從愁裡晩
빗소리가 먼저 병중인지 알고 이르네 　　　　　雨聲先到病中知
어리석은 나는 양공(羊公)의 학[35]을 부끄러워하고 　氋氃我媿羊公鶴
신령스러운 그대는 송국(宋國)의 거북이처럼 읊네 　神識君咍宋國龜
일을 마치고 하루빨리 돌아가길 함께 바라니 　　竣事早還同所願
왕정 이 밖에 더 무슨 생각을 하리 　　　　　王程此外更何思

다시 본디 운에 따라 세 서기에게 드림

월심

가을빛은 물가에 비추고 　　　　　　　　　　秋光自在水之湄
구름 거두어 연기 날리니 한 모양으로 기이하구나 　雲歛煙飛一樣奇
호종(胡種)은 갈대를 꺾어 일찍이 몇 차례인가 　胡種折蘆曾窅度
파가(巴歌)가 대나무 울려 잊어버리려 하네 　　巴歌鳴竹欲忘知
몸을 휘감아 다투어 조롱 속의 앵무새요 　　　絢身爭耐籠中鸚
꼬리를 끌며 어찌 진흙 속의 거북이 되나 　　曳尾何爲泥裡龜
동쪽 마루 겨우 반달이 걸렸으니 　　　　　東嶺纔懸半輪月
아미산 아래 황홀히 그리는 마음 　　　　　峩眉山下怳相思

---

35 양공(羊公)의 학 : 양공은 진 무제(晉武帝)의 신하 양호(羊祜). 『세설신어(世說新語)』
　에 "양호의 집에 있는 학(鶴)이 춤을 잘 추었다. 어느 때 손님에게 자랑하자, 손님이 한
　번 보기를 청했는데, 학은 털만 흩뜨리고 춤을 추지 않았다."는 고사가 있음.

미(湄) 자 운을 받들어 가쥭 장로 도안에게 드림

정후교 국당

사신의 배 그림자 멀리 은하수 가에	槎影迢迢銀漢湄
사내에게 기회 생기니 이 유람 기이하네	男兒偶作此遊奇
호계(虎溪)[36]에서 한번 웃는 데 어찌 값이 있으리	虎溪一咲何曾料
높은 이름은 이미 예부터 알고 있네	支遁高名舊已知
내 모습 병든 학 같아 가여워 하나	憐我形容如病鶴
그대의 골격은 신령스러운 거북 같아 탄성이 나네	嘆君骨格若神龜
맑은 시에는 푸른 연꽃 빛을 띠었으니	淸篇帶得靑蓮色
시를 읊으며 나그네 위로하길 몇 차례인가	幾度吟過慰客思

어제 국당 호장의 미(湄) 자 운 화운시를 받아 보여주신 앞 운을 따라 다시 드림

월심

사신의 배가 바닷가에 대지 않았다면	采舫若非款海湄
다투어 듣기에 교저(鮫杼)는 기이한 구슬을 떨어트렸네	
	爭聞鮫杼墮珠奇
저 밖에서 소식이 와 정이 두터우니	寄聲方外有情厚
곤비한 가운데 뜻을 알겠네	忘憊遞中只意知

---

36 호계(虎溪) : 진(晉)나라 고승 혜원(慧遠)이 동림사(東林寺)에 거주하면서 호계를 넘
 어서지 않았는데, 도연명(陶淵明)과 육수정(陸修靜)을 배웅할 때에는 자신도 모르게 그
 시내를 건넜으므로, 세 사람이 모두 큰소리로 웃었다는 일화가 있음.

호방한 글은 응당 세상일을 경계하고	豪放文應戒鋸鰐
웅장하게 금빛 거북을 찼네	雄威範獲佩金龜
마음으로 나누는 교분은 어찌 신구를 논하겠는가	神交何克論新舊
여관에서 나눈 정은 누가 생각하지 않겠는가	館裡傡茵誰不思

다시 미(湄) 운을 써서 가죽 선사에게 드림

장 서기

질탕한 산은 물가에 함께 하고	跌宕山阿與水湄
반생의 삶은 마음대로 기이함을 찾았네	半生筇屐恣探奇
금강의 신선한 굴은 몸이 거듭 이르러	金剛仙窟身重到
일본 땅 이름난 구역은 꿈에 벌써 알았네	桑域名區夢已知
바로 구름 타고 빛나는 봉황이 되고자	直欲乘雲輕翳鳳
어찌 아득한 길에 문득 거북을 탈까	豈因迷路忽騎龜
장쾌히 천지에 놀아 마음 특히 상쾌하여	壯遊天地心殊快
시끄러운 세상 인연은 내 생각이 아니네	擾擾塵綠匪我思

비바람이 사람을 포구 가에 묶어	風雨留人極浦湄
난꽃 같은 배로 이르러 일이 기이하네	蘭舟竝著事堪奇
그윽한 산을 찾아 새로 많이 얻었는데	討探溟岳多新得
마음속 다 내놓아 오랜 친구 같네	露出心肝若舊知
신선의 몸 수척하여 천년 학 같은데	仙骨瘦如天歲鶴
맑은 시는 값어치가 십붕(十朋)[37] 거북이만큼 비싸네	清詩價重十朋龜
객창에서 때로 서로 물은 적 없건만	旅總不有時相問

다투어 그윽히 고향 생각이네 　　　　　　　　　　　爭耐悠悠故國思

국계(菊溪) 거사에게 드림

월심

상강(湘江) 일대의 물가가 아니라 　　　　　　　　　　不是湘江一帶湄

아득한 안개비에 보이는 것 모두 기이하네 　　　冥濛煙雨見全奇

술 익어 인 흥은 다하지 않을 것이니 　　　　　酒酣逸興恐無礬

시를 지으며 어울리는 일 충분히 알만 하네 　詩就豪縱足可知

한아함이 모름지기 조롱 속의 새이니 　　　　閑雅須追締社鳥

뜬 인생 어떻게 거북이 나이를 따지리 　　　　浮生孰有閱年龜

한강이며 압록강은 끝내 움켜쥐고 　　　　　　漢川鴨水末有掬

굳건한 붓이 내 생각을 위로하네 　　　　　　　健筆蘸來慰我思

서광사(四光寺)에서 몸져누워 가죽 장로를 생각하며 시 한 수 드림

성 서기

일본과 조선이 각각 하늘 끝 　　　　　　　　　日東漢北各天涯

평수에서 만남이 본디 기약 없었네 　　　　　萍水相逢本不期

37　십붕(十朋) : 한 자 두 치의 큰 거북은 값이 십붕(十朋)이 나감. 붕(朋)은 옛날 화폐(貨幣)의 수량.

만 리에 함께 떠 큰 바다 셋 지나	萬里共浮三大海
어느 가을 같이 백 편의 시를 읊었네	一秋同詠百篇詩
장주(長州)의 바람 거세 배를 돌린 곳	長州風急迴船處
외로운 섬 구름 일어 배 묶을 때	孤嶋雲生繫纜時
아득한 꿈속에 푸른 달을 울렸던가	幽夢幾回鐘碧月
다 같이 돌아갈 생각 비로소 알겠네	一般歸思也應知

소헌(嘯軒) 거사가 서광사에서 준 시에

월심

바다는 자도(慈嶋)를 둘러 물은 가없고	海環慈嶋水無涯
사신의 배가 머물기가 기약 있는 것 같네	轉舳泊來似有期
나란히 울리는 삼제(三際)의 소라	寰宇齊鳴三際籟
초대하여 벌써 팔차(八叉)[38]의 시가 이루었네	招提已就八叉詩
느긋한 높은 흥취에 좋은 밤	漫漫高興奈良夜
사이좋은 이 놀이 언제 다시 오려나	眷眷再遊復幾時
듣건대 어린 아이가 되어 희롱 삼아 지으니	聞爲造兒遭戲著
길손 가운데 누가 마음으로 알아줄 지 모르겠네	客中誰不想心知

| 바람이 막아 며칠 외진 곳에 머무니 | 阻風數日泊偏涯 |

---

38 팔차(八叉) : 당(唐)나라 시인 온정균(溫庭筠)이 시를 민첩하게 잘 지었는데, 그가 손
 으로 깍지를 여덟 번 끼는 동안 여덟 수의 시를 지었으므로, 그를 온팔차(溫八叉)라고
 불렀다는 고사가 있음. 『北夢瑣言 卷4』

바다 넘어 빈번히 누가 기약하지 않으리	超海頻頻孰不期
한스러이 불어 어느 누각에 긴 피리 시원하랴	吹恨何樓亮長笛
피곤함을 잊고 밤새 새 시를 읊네	忘疲通夜誦新詩
일본 땅에서 한 달 남짓 보낸 후	懷消篷底月傾後
꿈은 이어지지 않고 몇 번 종이 울리네	夢斷練若鐘度時
잠들지 않는 유래는 늘 하나이니	寤寐由來恒一矣
마음은 숨은 사람을 알아주는 것이네	個心可有逸人知

배가 자도(慈嶋)에 들러 마침 추석을 맞았는데, 잔뜩 비가 내리고 파도는 매우 거세, 배 여러 척이 둥둥 떠 가절(佳節)의 흥을 잃어, 졸렬한 시를 지어 학사 세 서기에게 드림

월심

중추절이 이르나	仲秋節此臨
하늘 어두워 낮게 읊조리네	天暗懶微吟
비구름 속에 달이 찾아와	雲雨月率翳
바람 찬 파도에 안개는 깊구나	風濤霧綠深
친구가 있어 누가 술잔 잡으리	有朋雖執榼
나그네 흉금을 털지 못할 이 없네	無客不傷襟
한산자(寒山子)[39]를 생각하느니	因憶寒山子

---

39 한산자(寒山子) : 당(唐)나라 때의 고승이며 시인(詩人). 천태산(天台山) 한암(寒巖)이라는 곳에 거처했다. 그의 명성을 듣고 태주 자사(台州刺史) 여구윤(閭丘胤)이 그를 찾아가자, 한산은 그를 피하여 몸을 줄여서 석혈(石穴) 속으로 들어가 버렸는데, 그 석혈

빛에 기대 내 마음을 드러내네 　　　　　　　撈光作我心

병중에 서광사에서 가죽 화상의 추석 풍우 운에 맞추어
성 서기

한 번 비가 오르기를 막아 　　　　　　　一雨阻登臨
좋은 명절에 겨우 읊네 　　　　　　　佳辰多苦吟
배는 바람 따라 춤추고 　　　　　　　船隨風浪舞
사람과 함께 불등이 깊구나 　　　　　　　人與佛燈深
달을 기다려 시가 눈을 막으니 　　　　　　　待月韻遮眼
고향 그리며 병은 온 몸에 가득하네 　　　　　　　懷鄉病滿襟
선사는 잠들지 않고 있으니 　　　　　　　不眠禪老在
오경의 마음을 아네 　　　　　　　知我五更心

다시 소헌(嘯軒) 거사의 시에
월심

누각에 달은 오지 않고 　　　　　　　柁樓無月臨
촛불 밝혀 홀로 읊네 　　　　　　　跋燭獨閑吟
구절마다 조악한 마음을 담으니 　　　　　　　句寄粗粗思

이 저절로 닫혀 버렸다고 함. 그의 시가 바위와 벽에 씌어 있으므로, 여구윤이 그것들을 모아서 『한산자시집(寒山子詩集)』을 만들었음.

화운시 짓는 간절한 마음 깊네   和承綣綣深
민첩하게 붓을 놀리며   敏縱彰朵筆
감격함이 중의 마음에 넘치네   感激溢緇襟
유교와 불교가 비록 다르다 하나   儒釋雖蹤異
그대를 기뻐하는 마음 다 아네   喜君識個心

삼가 가죽 선사의 중추무월(中秋無月) 시의 운에 두 수

강 서기

암자 높은데 홀로 와서   菴高悄獨臨
더디 달빛 속에 다시 길게 읊네   遲月復長吟
비 내려 숲은 더욱 그윽하고   雨積林逾暝
구름 돌아온 골짜기는 절로 깊어가네 雲歸壑自深
병든 눈에 수창할 수 없어   未能酬病眼
한낱 번거로운 마음만 더 하네   徒自益煩襟
밤 길어 등불만 남았는데   夜久千燈在
광명이 불심에 비추네   光明照佛心

산사에 길손이 올라   山寺客登臨
빈숲에 새 한 마리 우네   空林一鳥吟
마당이 달빛 쉽게 받고   庭虛受月易
오래 된 탑에 이끼가 깊이 끼었네   塔古上苔深
정적 속에 법문 듣기 좋으니   境寂宜聞法
정신은 맑아지고 옷깃을 여미네   神清更整襟

쓸쓸이 문득 갈 곳 없으니 　　　　愀然忽不適
누런 잎에 돌아갈 마음만 이네 　　黃葉動歸心

다시 경목(耕牧) 거사의 시에

월심

창수시에 흥이 높으니 　　　　　　倡酬逸興臨
우아한 시에 나지막히 읊네 　　　　雅韻助卑吟
방외의 맹세 어찌 돈독하리 　　　　方外盟何篤
일정 가운데 회포 무척 깊네 　　　　程中懷甚深
산은 모두 관상법을 다하였는데 　　山皆極風鑒
세상은 어찌 빈 마음에 가득하나 　　物豈滿虛襟
보름 지나 남은 달빛 　　　　　　　望後餘明月
나그네 마음 비추기 방해하지 않네 　不妨照客心

서광사 병중에 가죽 화상의 시를 따라

성 서기

휘파람 소리 구름 낀 바다에 서니 　嘯聲雲海臨
온 나무에서 슬픈 노래 울리네 　　　萬木動悲吟
새 날아간 저문 하늘 드넓고 　　　　鳥去暮天濶
용이 숨은 가을 바다 깊구나 　　　　龍潛秋水深
외로운 배 아직 섬에 묶이고 　　　　孤舟猶絕嶋

온갖 시름 벌써 마음을 번거롭게 하네	百慮已煩襟
누가 길손의 병을 묻는가	誰問漳濱疾
불교의 월심이 있네	空門有月心

압운 하면서 법호를 범했다. 옛사람이 시를 쓰면서 명자(名字)를 피하지 않았으니, 오만한 것은 아니다. 양해해 주시면 매우 다행이겠다.

넓은 바다에 누구와 함께 왔나	海嶠共誰臨
병중에 읊어 보네	病中莊寫吟
배는 얕은 항구에 대고	藏船沙港淺
베개에 엎드려 석루(石樓)는 깊다	伏枕石樓深
갈 길은 아득하게 생각되고	邈爾懷前路
쓸쓸하기는 나그네의 마음	愀然正客襟
시가 와서 기뻐 잠들지 않으니	詩來喜無寐
맑은 달은 하늘의 마음에 이르네	晴月到天心

다시 본디 운을 써서 소헌(嘯軒) 거사와 국계(菊溪)에게 사례함
월심

모습과 목소리 날마다 뵈며	音容日日臨
시가 이르러 기쁘게 읊네	篇至喜琅吟
운율의 준엄함은 산봉우리 같고	韻峻如山峻
정 깊은 것 마치 바다 같네	情深於海深
구름 파도는 굳센 붓을 따라	雲濤隨健筆

얼음 눈은 맑은 마음을 막네	冰雪塞淸襟
한 글자라도 응당 따르리니	隻字猶應襲
봉(封)한 바 붉은 마음을 보네	所封見赤心

위 봉(封)은 국계동봉(菊溪同封)의 네 글자가 있어서이니, 국계의 자필이다.

아카마가세키(赤間關) 시편

이번에는 조선 사신의 화답시가 없어 쓰시마 유생과 창화하였다.

용주(龍舟)가 해문(海門)에 떠다니는 것을 기억하는가	憶昔龍舟漂海門
파도 위로 아득히 떠 있는 것을 바라보네	望之波浪渺空存
어린 천자(天子)에게 육군(六軍)이 나서지 못하니	六軍不發幼天子
양쪽이 서로 싸우니 옛 시대의 원통함이네	兩相爭禁舊世冤
나란한 분묘를 바라보며 자주 눈물 흘리고	墳竝視而頻墮涕
물결 소리 듣는 자 혼을 삭이려 하네	潮鳴聽者欲消魂
옥용(玉容)이 남아 미타찰을 얻으니	玉容遺得彌陀刹
사신은 누구라도 숭모하지 않으리	槎客是誰不慕尊

느낌이 있어 2수 ⋯ 가죽(可竹) 노 스님의 아름다운 시에

호슈(芳洲) 쓰시마주 기실 아메노모리 씨

적막한 사당이 해문을 베개 삼았는데	寥関荒祠枕海門
가련타, 향화는 지금껏 이어지네	可憐香火至今存

용은 신선의 땅으로 돌아가 아득히 자취 없고　　　龍歸仙府杳無跡
새가 가을바람에 절규하니 원통함을 하소하는 듯　　鳥叫秋風如訴冤
간악한 자의 뼈를 불태우지 못함이 남은 한이요　　遺恨未焚姦[40]尤骨
부질없이 이름만으로 충의의 혼 되기 어려워라　　　空名難爲義忠魂
천고에 화를 일으킴은 부인의 말썽으로 인함인데　　厲階千古因長舌
당시 왕에게 간한 사람이 없었구나　　　　　　　當日無人諫至尊

옛 조정에서 자주 문을 나서니　　　　　　　　昔時朝政出多門
주가(周家)의 전례는 얼마나 남았나　　　　　　典禮周家幾個存
흉악한 싸움이 서로 무리를 나누고　　　　　　兇逆干戈互分黨
백성은 도탄에 빠져 문득 원통함을 호소하네　　生靈塗炭輒呼冤
저물 무렵 황묘(皇廟)에 내리는 비에 가을바람은 한스럽고
　　　　　　　　　　　　　　　　　　　雨昏皇廟秋風恨
용궁에 솟는 파도 달밤의 혼일세　　　　　　波湧龍宮月夜魂
성대(聖代)는 이제 오랜 자취를 경계하니　　聖代祇今戒陳跡
한낮의 땅과 하늘 황제의 거처일세　　　　乾坤白日帝居存

다시 앞의 운을 써서 호슈(芳洲) 유생의 서언에 드림

월심

누리는 요원하여 감히 관문을 보지 못하나　　世遼不敢見關門
아키마가(赤關)라는 글자는 여기 남았네　　文字赤間名此存

---

40 해행총재에는 奸이라 썼다.

산악은 해마다 더욱 장관이고　　　　山嶽年年增壯觀
바다 물결 날마다 쌓인 원한 씻네　　海潮日日洗讎兔
길은 아득하여 친히 조문하니 철인(哲人)의 시요　幽塗親弔哲人韻
올라 갈 길 떠오르니 여러 장수의 혼이로다　覺路可登諸將魂
운림(雲林)이 모두 모여 용수(龍樹)가 빽빽하니　都會雲林龍樹密
상대할 일 드물어 더욱 존경스럽구나　依稀相對逸多尊

거듭 가죽(可竹) 화상의 아름다운 시에 화답함

호슈

관직의 길은 분분하여 불문(佛門)과 다르고　官路紛紛殊佛門
동쪽에서 오는 서검(書劍)은 내가 있음을 잃게 하네　東來書劍喪吾存
한밤 중 기러기 날아 한스럽게 비 내리는데　鴻飛半夜雨中恨
숲 속에 벌레 울어 원통한 서리 치네　蛩咽千林霜後兔
하늘과 땅을 눌러 늙은 수염을 재촉하고　祇厭乾坤催老鬂
풍월을 기다려 혼을 실어 노래하네　且須風月役吟魂
늙은 나이에 며칠이나 오래 재실에 있을 것인가　衰齡幾日齋居久
즐겨 절 문을 두드려 세존에게 예를 드리네　好扣禪扉禮世尊

다시 감사하며 드림

월심

바다 확 트인 원통전에 거침없는 문인데　海闊圓通無礙門

한번 무겁게 잠기니 어디에 있는가　　　　　　一重關鎖亦何存

경거(璚琚)⁴¹는 군신간의 의리에 족하고　　　　璚琚足委君臣義

느릅나무는 한갓 불조(佛祖)의 원통함을 맡았네　櫛楡徒擔佛祖冤

감격하여 뜻과 기운을 우러러 보나　　　　　　感極增看昂志氣

글이 우매하여 쓰지 못하고 정신만 허비하네　　詞豪未用費精魂

흠모할 만한 유가(儒家)의 아취는 진정한 문물이니　可欽儒雅眞文物

잠룡(潛龍)이 궁궐의 존자(尊者)가 될까 두렵네　恐起潛龍宮裡尊

세 첩(疊)을 삼가 가죽 화상께

호슈(芳洲)

임금의 행차 무슨 일로 도성 문을 나왔던고　　翠華何事出都門

나랏일에 꾀 많은 신하 없는 것 한이 되네　　廟算恨無謀士存

깊은 바다에 옥쇄 빠졌으니 소식이 끊겼고　　璽沒層溟斷消息

차가운 사당에 깜박이는 등불 원통함을 비추네　燈燃冷殿照幽冤

주나라 왕은 하수에 빠져 돌아오지 못했고　　周王不返⁴²河濱淚

촉나라 임금도 두견새의 혼이 되었다네　　　蜀帝將迷雨後魂

하늘 녹이 길이 마침은 한 시대 뿐 아니니　　天祿永終非一日

임금의 자리에는 명철이 귀중한 줄 이제야 알았네　方知大寶哲爲尊

---

41 경거(璚琚)로써 갚고자 해도 : 경거는 아름다운 옥과 패옥(佩玉)으로, 상대방의 선물을 받고 답례를 후하게 하는 것을 뜻한다. 『시경』 위풍(衛風) 목과(木瓜)에 "나에게 모과를 던져주니, 경거로써 보답하였네.[投我以木瓜 報之以瓊琚]"라고 하였다.

42 해행총재에는 過라 썼다. 返의 오자인 듯하다.

가즉 화상의 적관회고(赤關懷古) 시 2수에

하소(霞沼) 쓰시만주 기실 마쓰우라 씨

서쪽으로 가매 웅장한 관방 해문을 질러 막았으니	西去雄關控海門
유장한 옛적 일이 자취만 남았네	悠悠舊[43]事蹟徒存
물가의 안개에 오랫동안 당시의 성벽이 묻혔고	渚煙久沒當時壘
산새는 아직도 천고의 원통함을 우는구나	山鳥猶啼千古冤
아득한 빈 물결 가을의 돛대에 기대었고	浩渺空波秋倚棹
처량한 비바람에 밤이라서 혼이 놀라네	凄涼風雨夜驚魂
임금 생각하는 천성이 세상에 있음을 알겠으니	也知彝好人間在
마침내 초가집 사당에서라도 임금에게 제사 지내네	終有茅舍奠至尊

바다를 베고 있는 초라한 사당 띠로 문을 했는데	枕海荒祠茅作門
쓸쓸한 늙은 나무 지금도 있네	蒼涼古木至今存
파도 소리 바위에 부딪쳐 흐느낌으로 변하고	潮聲衝石旋成咽
산 빛은 구름을 끌어 원통함이 맺힌 것 같네	山色挖雲似結冤
봄바람 불 때 벽에 그린 그림 속 속절없는 한이 남았는데	
	圖壁春風空遺[44]恨
가을 밤 센 바람 멎어도 마음만 상하네	停驪[45]秋夕只傷魂
지난일 찾으려 하나 물을 곳이 없으니	欲搜往事無由得
때때로 시골 사람이 하는 임금 얘기 들을 뿐	時聽村氓[46]說至尊

---

43 해행총재에는 往이라 썼다.
44 해행총재에는 有라 썼다. 遺의 오자인 듯하다.
45 해행총재에는 橈라 썼다. 驪의 오자인 듯하다.
46 해행총재에는 泯이라 썼다.

다시 하소(霞沼) 유생의 아름다운 시에

월심(月心)

군사 북이 한 번 해문에 울린 뒤	鼙鼓一自輴[47]津門
하카다 언덕에 아직도 울리는 소리 남았네	博岸至今有響存
의사 열사는 비록 옛적 분함을 삭이기 어려우나	義烈縱難消[48]舊憤
황풍이 어찌 생전의 원통함을 지니고 있으리	皇風奚克認生冤
빈 뜰에 낙수 지니 또한 눈물이 나고	影階雨滴亦[49]從涕
작은 탁자 앞 향연 어릴 적에 혼이 응당 돌아오리	曲几煙凝應返魂
신선의 세상에야 어찌 인간과 저승의 다름 있으리	仙府寧論幽顯異
아침에 곤룡포 입은 존상에 머리 조아리네	朝來頓顙袞龍尊

상한성사답향(星槎答響) 권하(卷下) 마침

---

47 해행총재에는 鞠이라 썼다.
48 해행총재에는 涓이라 썼다.
49 해행총재에는 昜라 썼다.

桑韓星槎答響

享保己亥韓使來聘唱和

平安書林柳枝軒刊行

『韓人來聘官位姓名』

正使　通政大夫史曹參議知製教　洪致中
副使　通訓大夫行弘文館典翰知製教兼經筵侍講春秋館編修官　黃璿
從事　通訓大夫行弘文館理知製教兼經筵侍讀春秋館記汪官　李明彦
　　　上上官　三員
同知　朴再冐　僉知　韓俊瑗　僉知　金圖南
　　　上判事　三員
僉知　韓重德　判官　李樟　判官　鄭昌周
　　　製述官
著作　申維翰別號青泉
　　　書記　三員
進士　姜栢別號秋水又耕牧　同　成夢良別號嘯軒天和來聘學士成翠
虛侄　同　張應年別號菊溪
　　　次官判事　二員

僉知 金世鎰 奉事 韓纘興
　　押物判事 四員
副司猛 朴春瑞 同 吳萬昌 奉事 金震赫 僉正 權興式
　　良醫 乙員
副司果 權道
　　醫官 二員
別提 白興銓 副司果 金光泗
　　寫字官 二員
上護軍 鄭世榮 上護軍 李日芳
　　畫員 一員
副司果 咸世輝

　　正使軍官 七員
折衝將軍 李思晟 同 崔心蕃 同 禹成績 同 洪得潤 都總都事 具伏
萬戶 邊儀 副司猛 楊鳳鳴
　　副使軍官 七員
折衝將軍 韓世亢 都總經歷 洪德望 宣傳官 柳善墓 同 元弼揆 虞
候 朴昌徵 副司勇 鄭后僑別號菊塘　副司猛 金漢圭
　　從事軍官 三員
監察 趙伋 郎廳 金濬 副司果 黃錫
　　別破陣 二員
尹希哲 金世萬
　　馬上才 二員
姜相周 沈重雲
　　理馬 一員

金男

　　　典樂　二員

金重立　咸德亨

　　　伴倘　三員

崔鳴淵　申命禹　尹昌世

　　　騎船將　三員

金鼎一　徐頭貴　金漢白

以上自三使至次上官合五十五員

　　　中官一百六十人內

都訓導三人　卜船將三人　禮單直乙人　廳直三人　盤纏直二人　小通
事十人　小童十六人　三使奴子六人　一行奴子四十六人　吸唱六人　使
令十八人　吹手十八人　刀尺六人　炮手八人　纛奉持二人　形名旗奉持
二人　節鉞奉持四人　旗手八名

　　　下官二百六十人內

騎卜船沙工二十四人　一依中官例支給事

巳上合四百七十五員一依壬戌年例者也

『桑韓星槎答響』 卷上

享保己亥四年, 朝鮮國信使來聘, 六月廿一日, 超海著左須奈浦, 同
廿七日, 府著太守, 暨予各駕樓船, 出迎虎崎, 同廿九日, 予偕太守, 初

訪賓館, 三使接遇, 饗應最敦, 迎送奏樂, 其翌, 差緝价, 申謝之次, 予呈拙什於三使幷學士.

《呈正使詩》 小引　　　　　　　　　　　月心

頃候璃館, 初接光儀, 辱領盛饗, 緇田梯稗, 謬沐睠縟, 私悰滋深, 權幸罔巳, 欽賦鄙律一章, 奉呈正使大人閣下, 仰申欣謝, 兼祈改刪.

不辭萬頃鯨波險, 龍節賚來駕彩槎, 公驛應須富光景, 賓廳便得解丹霞, 熙熙鼓吹何其雅, 種種盤珍茂以加, 宴席今初嘗一臠, 軒知衆味熟官家.

《呈副使詩》 小引　　　　　　　　　　　月心

嚮候賓館, 辱接儀表, 特領盤珍, 讌享移刻, 殊方勝集, 寔出希代, 方外誼厖, 謝忱曷旣, 聊綴野律一篇, 奉呈副使大人閣下, 以仰電鑒, 兼祈郢削.

箕圖文物久盈耳, 館裏逢迎豈偶然, 鳴珮具瞻威範逸, 羅珍可謝禮儀虔, 斗材孰以越金買, 鄰寶得兼趙璧全, 使節專修誠信篤, 踰溟不戁故園懸.

《呈從事詩》 小引　　　　　　　　　　　月心

向後客館, 初接光範, 特應嘉饌, 獲承馨欵, 款睠勤摯, 爲幸洵多, 因裁蕪詞一律, 奉呈從事大人閣下, 聊寓私悰, 兼祈莞正.

憶向政門承使命, 節旄今果耀桑暾, 幣書有慶時其至, 冠蓋相逢道所存, 通信百年堪繼好, 成勳一代豈容言, 館中飽此領珍饌, 破衲還慙樗散根.

三使無和, 以簡代之.

≪奉謝以酊菴長老道案≫　　　　　　　　　正使洪致中

賓館暇日, 獲奉衣錫, 焖然文彩, 至今在眼, 不意琅函, 復帶馨什, 蔚
蔚高華, 炳炳深眷, 一讀三歎, 傾倒無涯, 就諗玆際, 道履淸裕, 仰慰良
至, 平生拙業, 未閑辭律, 布鼓雷門, 聲不敢發, 一言酬報, 愧乏紵稿,
幸賜寬恕, 益篤惠好, 雙林在近, 瞻跂爲勞. 不備.

≪同≫　　　　　　　　　　　　　　　　　副使黃璿

曩者嘉會, 穩接淸歡, 摩尼寶彩, 畱照迄今, 此際損牘, 鄭重以審, 道
履淸裕, 何等慰荷, 況玆惠寄, 佳什盥手珍玩, 不啻如玄圃叢玉, 有倡
斯和, 古人攸尙, 而顧此魯莽, 素昧聲律, 嫫母之醜, 不敢唐突西施, 孤
負盛意, 憝靦曷勝, 惟高明諒之. 不備.

≪同≫　　　　　　　　　　　　　　　　從事 李明彦

頃逢勝會, 幸接淸範, 尼水相照, 惠好無斁, 忽奉華訊, 副以瓊章讀
之, 琅然淸生牙頰, 仍悉秋令, 靜養珍衛, 千萬傾慰, 第念有倡則, 酬固
不容已, 而平生鹵質, 無以猶人, 聲詞小技, 亦不閑焉. 巴童下里, 未
敢抗報春雪, 玆負盛貺, 替申書謝, 情之至者, 妄欲自擬於無絃琴耳,
諒怒幸甚. 不備.

≪復≫　　　　　　　　　　　　　　　　　　月心

玆煩象官, 辱領郇簡, 區區盛意, 已獲縷閱, 藻縟慇懃, 何至此耶.
館中繁擾, 不俟勤諭而知也. 所祈瞰衼, 百順早達東武, 大禮亟竣, 顚
末有慶, 不慧林下樸樕濁末秕糠, 徒抱枝鼪之微, 未免蟻蠅之稱, 不意

此奉王命, 接件官使, 腐朽之資, 曷耐周旋, 梯航數千里, 只希浴繢綣, 汪度得容則, 客中榮幸矣. 象官鶴立, 末緣一一報謝, 兼楮表悃, 幸勿 訝矣. 不堪冰兢之至. 不備.

≪奇申學士詩≫ 小引　　　　　　　　　　　　　　月心

予自聞學士之超溟, 神馳極切, 頃者, 雖一過賓館, 館裏匆冗, 末緣 執謁, 詎耐悵忾之至, 因賦小律一章, 欽呈詞案, 兼柬姜·成·張三記 室, 倂徼瓊和.

文旆踰溟日域天, 才望孰克弗攀緣, 賓筵未敢挹儀範, 拙句聊庸要 和篇, 逸律盈腔思杜老, 顆珠落紙憶蘇仙, 異方英物最難獲, 何幸吾儕 逢個年.

≪奉和以酬菴長老惠贈韻≫　　　　　　　　　　學士申維翰

蓬山蒼翠海東天, 中有禪翁絶俗緣, 說法夜隨花雨色, 鳴琴秋入桂 枝篇, 人間甲子誰言老, 世外煙霞自在仙, 玄圃尋河孤棹客, 前身猶憶 折蘆年.

≪又≫

不必孤槎逈上天, 恆沙停棹亦奇緣, 正懷東寺溪頭笑, 誰寄西峰月 下篇, 吟罷聲疑傳廣樂, 興酣身似挾飛仙, 明朝判赴雙林會, 說到浮杯 渡海年.

日於賓館, 望西山爽氣, 區區俗禮, 未敢望履床下, 迄今耿然, 忽奉 華翰, 與瓊什偕至誦來, 雲霞動色, 自以枯槎朽臭, 何所得接芝香, 如 此卽, 與姜成張諸友, 共承休獎, 盥手以讀, 各賦二篇, 仰塞至意, 慚惄 再拜.

《謹次酊菴長老辱示韻》　　　　　　　　書記姜栢

傳衣一脉自西天, 海外相逢是宿緣, 銀漢星槎追舊事, 雪猿梅月賞新篇, 靈山子卓飛空錫, 詩學吾慚換骨仙, 欲赴香爐蓮社約, 虎溪三笑憶當年.

《又》

征帆將拂十洲天, 汗漫神遊似舊緣, 凝躕蓬山赤玉鳥, 先擎蘭若白雲篇, 高風幸挹浮杯釋, 凡骨羞非識字仙, 曉月暗松情更切, 西峰談道自今年.

《謹次以酊長老辱示韻》　　　　　　　　書記成夢良

日域箕邦已各天, 追隨蓮社杳無緣, 誰知銀漢乘槎路, 忽枉紅樓詠月篇, 秀語何曾帶蔬筍, 高標眞箇謫神仙, 翠虛蘭室相酬地, 勝事依然壬戌年. 不佞伯父翠虛, 曾於壬戌東來, 與蘭室長老相遇, 多有酬唱故云云.

《又》

敢言四海竝彌天, 勝地逢迎儘有緣, 道性已看明月色, 淸詩忽奉碧雲篇, 期追萬里飛空錫, 共訪三山采藥仙, 儒釋元來門不二, 東林盛會又今年.

《奉次以酊菴長老奇示之韻》　　　　　　書記張應斗

槎路迢迢浴日天, 忽逢蘆葉若前緣, 未投栗里淵明杖, 先得廬山惠遠篇, 聽法他時揮玉塵, 懸燈何處禮金仙, 休嫌俗客舟梯汚, 頓悟眞如半百年.

《又》

吾非四海子彌天, 此地相逢是宿緣, 凡骨縱欣攀法相, 拙詞何敢和高篇, 心齊水月全無累, 身近蓬瀛可學仙, 若向雙林聞軟語, 忘形忘世亦忘年.

≪濫呈鄙什, 辱惠和章, 詞采宏麗, 逸韻鏗鏘, 使人珍讀弗已, 再依原韻, 奉謝學士申君厚義≫　　　　　　　　月心

道合不論地與天, 矧修兩國睦鄰緣, 忍獸寄去粃糠句, 忘貴酬來瓊玖篇, 名下毓英無薄俗, 毫端馳采悉詩仙, 東華應以中華比, 儒雅風流楊大年.

≪呈製述官拙什, 速入淸覽, 特惠和篇, 琅誦數次, 曷耐攢謝, 因再次韻, 欽呈書記姜君詞案, 以寓微悰≫　　　　　　月心

干戈永息太平天, 締盡德鄰不朽緣, 偶爲聘差停玉節, 得令才子耀詩篇, 禰衡整羽世無匹, 衛瓘傳筋家有仙, 萍水相逢須注瞻, 再遊眷眷待何年.

≪向呈學士拙律, 次韻見惠, 句句純粹, 感誦無措, 再依原韻, 欽呈書記成君詞案, 以抒謝悃≫　　　　　　月心

兩域山河同一天, 渠儂寧日異生緣, 逢時最賞攢花筆, 乖處可繙采葛篇, 將謂郇公當顯任, 要看李氏稱書仙, 天和來聘素緗契, 詩就感君憶昔年. 篇末有翠虛蘭室相酬之句, 故語票于茲.

≪比呈學士鄙律次韻見惠, 三四讀之, 珍感靡罄, 再和元韻, 以呈書記張君文案, 欽攄微忱≫　　　　　　月心

士龍彩筆卓回天, 漢水豈無再出緣, 才理旣成貫道器, 雅思堪託鏤冰篇, 僉云掃榻有陳守, 自媿推門逐浪仙, 使佐功竣錦旋後, 要聞膺選累遷年.

≪昨奉手翰與和章, 灑灑皆瓊華寶具, 不料盛眷, 枉用傾倒, 謬承過獎, 愧汗集衣, 輒以空言蠅襲前陋, 復此仰塵, 區區楮墨, 倘不遐於杖几之間, 鄙願足矣.≫　　　　　　　　　　　　　申學士

孤飛白鶴渺秋天, 不信人間有法緣, 滄海偶尋襄老磬, 碧雲重擬惠休篇, 洲邊拾翠堪娛客, 松下燒丹與作仙, 聞道遺經避秦火, 速宧傾盖問千年.

≪昨日和章, 恐浼高覽, 今承俯覆, 可見良匠之園, 不棄樗櫟之朽也. 此心銘佩, 何言復呈一律, 此可謂下劣, 詩魔入肺腑者也. 好笑幸領意如何.≫　　　　　　　　　　　　　姜書記

孤槎犯斗上靑天, 邂逅無非夙世緣, 蓬島彩雲停客棹, 曇花春色動詩篇, 相逢銀漢梧桐雨, 共設蓮舟太乙仙, 聞道癯形曾絶粒, 從君更欲學長年.

≪續貂纔呈, 報瓊又至, 三復珍翫, 感荷無已, 又疊前韻, 仰塵法眼, 可謂蓼蟲習辛也.≫　　　　　　　　　　　　　成書記

宴坐虛空不住天, 焚香洗鉢謝塵緣, 松間誦呪應千遍, 月下敲門又幾篇, 高躅堪追弘惠老, 微才已愧海雲仙, 無妨詩酒開心素, 兩國敦和過百年.

≪頃枉寶偈, 盛意可掬, 不可以一篇蕪語, 艸艸和呈故, 更構一律, 以寓鐫感之忱, 不料道眼, 不鄙復賜和章, 再三吟繹, 怳若逃虛之跫音, 玆敢復疊, 以博一粲.≫　　　　　　　　　　　　　張書記

菩提樹外蔚藍天, 消遣空門萬刦緣, 陶令豈無尋遠意, 道潛還有和蘇篇, 庭前異艸長生藥, 座下高松不老仙, 若許金錍刮眼膜, 未煩修鍊

可延年.

≪盍簪雖未盈願, 藻雅甚慰鄙懷, 祇媿以蚓引魚, 驩幸之餘, 復疊併
呈申學士三記室書案, 仰謝萬乙.≫　　　　　　　　　　月心

劉牆甚峻叩窺天, 奇遇盍夫感夙緣, 支許神遊盡磁鐵, 元蘇道契著
書篇, 君胸有岳應澆酒, 我鬢將霜空憶仙, 兀兀朽資如不棄, 遞中忘物
又忘年.

≪楮尾別附乙律, 謾充慰問, 駕船在卽, 恐館中紛擾, 勿勞和章.≫　
　　　　　　　　　　　　　　　　　　　　　　　　　月心

頃來勿穴訪詢疎, 殘暑益玆思起居, 菡萏凋風簾罅禮, 芙蓉騰藹案
頭書, 杯中蛆綠滑應酌, 筆下鮫珠輝有餘, 慌憶客懷漸忘否, 蕪辭聊賑
博軒渠.

≪讌次奉呈朝鮮國三官使, 併祈莞削≫　　　　　　　　月心

繡節輝騰自漢城, 百年典禮豈能輕, 使華結作扶輿氣, 海外山河敷
泰平. 三使府著之後, 七日, 太守設然接遇, 予亦陪席, 乙絶遵例, 三使無和, 有他日可和
呈之辭.

≪泊船拙什呈 學士曁三書記旅案≫　　　　　　　　　月心

促錫下層巔, 今宵始泊船, 船窗凉也足, 纖月影將鮮, 岡峻青龍臥,
巖奇白虎眠, 潮聲鳴不止, 枕倦夢紛然. 津口有青龍洞白虎巖.

≪奉酬船中寄示韻≫　　　　　　　　　　　　　　　申學士

薄月在峰巔, 秋風吹畫船, 雨汀蘭桂涇, 凉袖薜蘿鮮, 興似冥鵬擧,

閑隨沙鳥眠, 仙琴彈水調, 蓬海色蒼然.

《奉依船中寄示韻》　　　　　　　　　　　　姜書記
收拾下山巓, 如何還繫船, 風喧鮫杼響, 浪沒雨珠鮮, 客枕曾多日,
寒燈又借眠, 來詩刮病眼, 讀罷一欣然.

《奉和船中寄示韻》　　　　　　　　　　　　成書記
蘭若掩西巓, 摩尼照海船, 波程猶滯阻, 天宇未澄鮮, 雙棹何時發,
孤燈昨夜眠, 長吟碧雲句, 隔浦望悠然.

《奉次船上惠示韻》　　　　　　　　　　　　張書記
松杉繞翠巓, 下有泝河船, 漲海風波闊, 咸池曙旭鮮, 雲煙隨客住,
鷗鷺伴人眠, 忽枉瑤篇贈, 襟懷轉爽然.

《再依前韻, 呈四君文案, 幷謝眷意》　　　　　月心
賓廳倚鶴巓, 門外幾樓船, 煙棹遭風阻, 雨簾掩景鮮, 枕坳占闃寂,
茶熟遣憨眠, 雅韻聯聯至, 琅哦思爽然. 聘使所館曰西山寺, 山曰鶴翼.

《疊和前韻奉以酊菴道案》　　　　　　　　　申學士
碧海侵山巓, 朱門俯客船, 席風波怒湧, 簷月夜澄鮮, 鶬首懸歸夢,
蟲聲伴醉眠, 幾時隨杖鉢, 東去興悠然.

《奉和以酊菴疊贈韻》　　　　　　　　　　　姜書記
杖策下山巓, 依巖宿河船, 波隨梵唄靜, 月與錦袈鮮, 洗鉢分魚食,
懸燈伴鷺眠, 何時蓬島路, 風馭共冷然.

《疊次謹呈以酬萬道案》　　　　　　　　　成書記
寺在翠微巔, 磬聲來客船, 回頭碧雲暮, 入手寶珠鮮, 鷁路風何逆,
蚊雷夜不眠, 倘蒙蘆葉濟, 鰐窟坐超然.

《復疊巔字奉呈以酬萬道案》　　　　　　　張書記
蒼蒼跨海巔, 戢戢候風船, 樹色天俱遠, 波光月共鮮, 環奇臨嶠作,
清靜臥雲眠, 報道浮盃近, 心淵政浩然.

《篷窻寥寥, 兀坐消更, 不意金玉竝臻, 三四感玩, 使人釋然, 復疊
前韻, 併呈四君詞案》　　　　　　　　　　月心
院住翠哦巔, 身乘蒼海船, 雨聲寧莫逆, 嶽色郤嫌鮮, 篷底奉君賜,
鐙前銷我眠, 綈袍空戀戀, 幾日獲愉然.
《又》
眼足衆山巔, 命輕一葉船, 何開重霧翳, 仰望廣寒鮮, 擊節人皆唱,
擁衾我獨眠, 明投都白玉, 質美自溫然.
《又》
疊巒朵朵巔, 畫牒揭當船, 雨縮小廬勝, 潮通兩浙鮮, 鳴艫篙子過,
投餌釣漁眠, 詩景般般在, 客懷我曷然.
《又》
蒼樹鬱乎巔, 鷄鳴近旅船, 商霖猶未歇, 海水詎其鮮, 衆客推篷望,
殘僧棐几眠, 晦明如可卜, 孰獲不欽然.

《與申學士書》　　　　　　　　　　　　　月心
商霖未晴, 想惟館中動止珍適也否. 不慧少感風疾, 增加鬱冐, 然而
樂治有效, 得漸起也. 幸勿擊念, 頃日愚徒鏡遠, 儀不自揣, 叨呈猥句,

宓需抹刪, 雅量之資, 不葉無似, 一一賜和, 特荷過奬, 盛意繾綣, 足可
倂謝矣. 不慧慮其勞電鑒, 蹔欠問慰而已. 因憶不慧與四君, 同寓對
府, 凡二浹旬, 雖屢通李筒, 末階團圓于一室, 泰斗之懷, 詎忍忘失.
雖然此只被思惑轉, 未出人情之一端也. 若於離合一如之境, 論之深
深, 神交諒不在肩袂摩襟之際, 吾先哲有言, 道合則霄壤俱處, 趣異則
覿面胡越, 果能體此意則, 雖縱隔山河, 眼眼相照, 日俱握手, 傾倒膽
腑, 何妨之有, 至玆目擊道存者, 恐遲也. 八刻愈修愈不可疏者, 唯道
而已. 響成書記所惠詩中, 有儒釋元來門不二之句, 信然矣. 想夫儒
釋, 跡而道原也, 其原透徹, 跡何論耶. 只向不二門中, 眉毛廝結, 涓
滴無遺, 寧不慶快乎哉. 四君若思之, 永爲不請之友, 實出弗諼之厚誼
矣. 區區囈言, 謬浼清聽, 但未知雅意如何, 幸丐汪度, 宥口舌之罪,
千萬榮孔. 不備.

　　　　　七月十九日, 順風卯中刻開帆, 未刻舟著壹州.

≪超溟拙什呈申學士≫　　　　　　　　　　　月心
洋途半千里, 數帆開向東, 天豈無冥護, 巽二假順風, 風柔朝不激,
凝睇極纖穠, 尾閭定波底, 沃焦在霧中, 巨浸與碧落, 氤氳接窪隆, 勘
輿一壺窄, 仙區路應通, 雲端多靈環, 暗得指瀛蓬, 蜃氣層樓峙, 鼉聲
津鼓鼟, 晴嵐夕暉際, 蘭橈入臺漊, 何幸樗柟子, 舳艫伴儀丰, 不敢揆
蠡測, 猥句表私衷, 縱有海涵廣, 難免個顓蒙.

≪和呈可竹和尚道案≫　　　　　　　　　　　姜書記
雲霞逗仙嶠, 漏日生天東, 張帆出港口, 五兩正北風, 靑靄起空明,
氣色淸且穠, 滄波四百里, 飛渡日未中, 前瞻一岐島, 巖石立穹隆, 秋
光早橘垂, 水色天河通, 人家左右岸, 賽神村鼓鼟, 岡巒相環挹, 洲嶼

下奔㴇, 田畦互經緯, 黍稷正丰丰, 令人懷故國, 黯然傷我束[50], 朝來
柁樓作, 鄭重厚意蒙.

嘯軒僚友重患毒痢, 嘔泄頹臥, 未能和呈, 歉意有若魚鉤云.

≪和呈可竹和尙道案≫　　　　　　　　　　　　張書記
　天明登雀室, 蒼茫東海東, 瓢飆自輕擧, 若馭泠泠風, 直欲尋眞境,
擷取蔓花穠, 鮫室在脚底, 歸墟來眼中, 飛廬掃氛翳, 天宇欻穹窿, 修
程指鼇背, 曠然萬里通, 歎我羈旅蹤, 漂浮萍與蓬, 堪羞一布鼓, 敢向
雷門舂, 淸新柁樓作, 詞源浩溁溁, 因詩想其人, 風標淸且丰, 何當埽
一榻, 相對討表衷, 騷壇如有暇, 爲我重啓蒙.

≪昨呈超溟拙什, 忽獲秋水菊溪二記室和章, 因再次韻, 以謝眷意≫
　　　　　　　　　　　　　　　　　　　　　　　　月心
　神昔奉天敕, 闢國渤懈東, 要立大和號, 四民足成風, 山河頗豊美,
艸木鬱而穠, 王室秉均久, 孰出至化中, 踐祚載有繼, 嘉氣溢崇窿, 善
鄰鄰義篤, 修幣使節通, 四君今爲佐, 膺選向紫蓬, 簫竽奏泠泠, 鼗鼓
搖韸韸, 心交締有日, 一旦發夷溁, 癡癡破衲子, 何幸伴仙丰, 雅情極
深矣, 慙負缺蘿衷, 況復獲瓊玖, 橐至忘因蒙.

≪疊和≫　　　　　　　　　　　　　　　　姜書記 秋水
　吾邦卽鄒魯, 絃誦溢海東, 檀君創神基, 箕子振儒風, 規矩法中國,
冠服華且穠, 禮樂與刑政, 出入三代中, 聖朝益休明, 至道天象窿, 朝
著揀賢臣, 越海鄰好通, 滄波四千里, 去去近瀛蓬, 翻風繡旗颭, 掀山

─────────────
50 束 : 衷의 오자인 듯함.

畫鼓聲, 尋煙宿漁村, 下碇傍石漵, 綺語自空門, 出水芙蕖丰, 環琚酬
木爪, 未足表深衷, 宿逑積如山, 令人慚顓蒙.

≪疊和≫　　　　　　　　　　　　　　　張書記 菊溪

在昔徐氏子, 求仙桑域東, 樓船載秦童, 舉駓三島風, 神人若可接,
藥艸何彼穠, 能得久視方, 冥樓態野中, 遺跡寄幽篁, 祠屋屹岧嶐, 且
聞愛宕神, 靈氣迥相通, 而我夢想久, 小少志桑蓬, 今隨漢節來, 笳鼓
競謙聲, 水宿誰與伴, 鳧鷖紛在漵, 欣逢白足師, 毛骨癯而丰, 翩翩百
篇詩, 字字露深衷, 披緘三過讀, 意豁如散蒙.

≪奉以酊諸禪師行舘書≫　　　　　　　　　　　申學士

層溟利涉, 總荷法力, 仰感且賀, 無任區區, 病伏舟中, 忽伏承和尙
惠詩, 讀來牙頰生香, 踊喜難狀. 不佞數日間, 偶患痔症, 症甚痛苦,
醫言此病爲濕炎所發, 治之見效未易, 奈何奈何. 方臥席叫楚, 不遑吟
哦詩句, 倂俟少間, 卽謀和呈, 幸以此意, 詮告如何. 再昨在馬州, 奉
答惠書, 未知能免浮沈耶. 亦望示及, 識面之願, 耿在心腑, 而行軒咫
尺, 又坐病縶切悶如之何. 臥艸數行, 筆不導言, 統惟諸禪師適鑒片
楮, 以諒此狀. 不備.

≪奉呈以酊菴長老舟中侍人書≫ 此書翻轉達來　　　申學士

星槎之到仙府, 恰滿二十日, 府中士無與還往者, 自以語言不通誠
志交阻, 獨寥寥掩門, 客愁山積, 辱荷眷念, 屢賜瓊琚, 每令人傾倒誦
詠, 至令帳下羣眞, 竝皆不鄙, 而詩歌之種種珍貺, 如珠貯匣, 區區感
意, 直欲奉贄山門, 以嵌下塵, 而輿馬出入, 不敢煩公府, 邇者, 薄次柁
樓, 望仙舟如咫碍, 而異鄕疎跡, 動有罣碍, 耿然之私, 無時可釋, 不自

意, 尺牘損左, 辭旨懇懇, 至論身心離合處, 如罝罿站指頭, 頭是道, 雖使此物, 得在清梧之旁, 面承金篦, 以刮塵膜, 何以加諸感隕之極, 謹敷腹心如左, 不佞早嗜古書, 中而病惰, 自謂世間樂事, 不必在朱車華屋, 而佳山麗水, 得一素心人, 相從便足終老, 惟是匹夫之節未固, 名動之緣未磨, 偶逐塵埃, 絆身簪組, 今之跋涉風波, 淹泊雲嶠, 實出於平生夢寐之所不到也. 但與一心爲期者, 不過曰, 敷誠效信, 以待俊士, 玩心頤精, 以賞雲物, 可幸無罪於貴邦之諸君子矣. 承諭儒釋跡而道原一語, 益爽人懷, 不佞雖魯鈍無似, 亦嘗聞禪家之定慧, 自有動靜根葉, 互應於忠怒之門, 其要只在剗卻僞魔, 杜了妄想, 如猫搏鼠, 如雞抱卵, 使本原之地, 常常保得, 一片虛明, 原無毫髮可翳. 夫所謂本原之地者, 即吾人同得之天也. 自天降衷以來, 日月所照, 霜露所墜, 舟車所通, 何往而非吾天者. 本原既明, 萬物皆燭, 以之居家, 以之奉國, 以之與人, 交皆從活潑潑源頭, 做去一切, 絲絲岐念, 脉脉細意. 初未嘗容住其間, 儒釋之所共勉者, 若是而已. 況今天祚兩邦, 德音孚如, 使者銜綸, 遠涉層溟, 惟曁不佞, 亦忝恩命, 載筆而隨之, 所冀諸執事先生, 秉心淵實, 以勤以念, 刮去毛皮, 輸寫肝肺, 俾王事克修惠好, 無斁鄙願幸甚. 此又鄰和之所共勉者故, 不得不申復焉. 猥蒙謬愛, 瀆擾至此, 悚罪悚罪. 帆風久閣, 旅膓增熟, 苦待破浪, 歷岐州, 經藍島, 若值几杖之密邇, 攀援有階, 幸賜一跪之地, 以副瞻仰. 病伏不備.

≪復申學士書≫　　　　　　　　　　　　　　月心

頃啓短牘, 纔詢興居, 駕船匆匆, 卽抵岐陽, 辱荷回示, 讀之乃知足下置身於翰林訓酢間, 遊心於宗門典籍上, 於戲翠鬟學士, 何克如斯博雅乎. 不慧向儚視風度, 實知厥爲雅也. 服欽之深, 靡言可陳. 不慧自幼離家, 入一叢林, 出一叢林, 酸辛痛苦, 雖自激勵, 駑鈍之資, 未嘗窺佛祖之藩籬, 因循空消三二十年, 只圖深林邃谷木茹澗飲, 俱艸木腐而已, 不意濫膺公選, 住持官寺, 更奉王命, 接伴官使, 因玆與學士暨三書記, 神光厮結, 獲荷厚誼, 於不慧分上, 奚系當之, 靦悚惟多. 所惠書中有云, 禪家之定慧, 其要只在劃卻僞魔, 杜了妄想, 寔如諭矣. 吾佛之道, 非瓖異妖藥之術, 又非玄妙奇特之事, 只在使羣蒙, 發明心地而已. 心也者, 何不涉古來今, 超然無比況者, 又如椽筆所托, 然世殊事異, 其道欲寖下衰, 梁普通年間, 吾䠶齬祖佩佛心印東來, 戾止菘山, 以不立文字直指人心, 使入究決緊要, 瞥轉樞機, 是謂敎外別傳, 神光三拜, 的的承當, 敎外之示, 布滿天下, 而鋸儒搢紳賢士夫, 繼踵歸者, 未爲不多矣. 如張相國·柳刺史·黃太史·蘇翰林, 暨宋文憲公, 不離爵綠功名, 科擧婚官之間, 發明直指道, 氣呑佛組, 眼高乾坤, 此乃掃空文字語言, 證得獨脫無依底之樣子也. 雖然如此, 又不由文字, 詎庸傳澆末, 以故吾祖, 有六門之字, 而以垂兒孫, 又非文字般若之力乎. 道本無言, 籍言顯道者是也. 道與文字, 孰曰有兩般乎. 魯聖所謂克己復禮之敎, 亦洞通聖旨則, 何必稽滯字言乎. 然則儒釋同其原, 蓋應徵焉. 儒雅風流之士, 和調陽春白雪於摛藻操觚之際者, 亦恐在玆而已. 足下當製述官, 負穎脫資, 高風雅韻, 激昂志節, 望彌高齡彌高, 播聲光于上國則, 雖曰, 張柳黃蘇之輩, 或可不減之. 今如官使來聘, 遙踪溟渤, 復寧非道誼所存乎. 祝祝, 因憶如書記三君, 栴檀林中, 全無雜樹者, 洵可尙也. 丐同達卑意幸甚. 不備.

『桑韓星槎答響』卷上終

『桑韓星槎答響』卷下

≪舟次臺歧州，奉和可竹和尙超溟新什見寄≫　　　　　申學士

千帆發南嶠，朝日初映東，馮夷喜鼓儛，政值扶搖風，輕霞媚幽壑，
燁如春和穠，婆娑雪山侶，調笑煙波中，鼇蟠岳縹緲，蜃結樓穹窿，浮
盃法象幻，泛槎天梯通，還思去采樂，未嗟行轉蓬，秋觴醉兀兀，午鼓
鳴韸韸，停舟得津館，嶂夾靑冥濛，伊誰倡水調，慕子淸而丰，雲杉響
夕波，聽曲娛心衷，從兹願託契，豁我狂塵蒙．

≪衣原韻呈謝靑泉學士≫　　　　　　　　　　　　月心

箕疇一乘範，國近燕京東，典禮學三代，朴淳回古風，黎庶豊而富，
梁稻肥甚穠，器材多瑚璉，政刑執厥中，儒雅兼文物，總依二祠窿，惟
有翰林逸，無道不該通，今爲聘使輔，乘槎逐萍蓬，義深未傾膽，空聽
館鼓韸，僑居注溯切，引睇鳧鶩濛，願身生翎翮，翩翩馴標丰，因忘守
株拙，卑和呈寸衷，聞君中瘴毒，勤避腤暑蒙．

≪復副簡≫

投愚徒等，華箋剝織圭復，同涉巨浸，皂白無猲，足可共懼，因承足
下，頃發痔疾，調治未效，瘴厲卽深，對候保嗇，惟祈而已．向所惠呂
示，亦昨夜自芳洲儒生，而落掌，熟讀數過，感喜之餘，重寫數字，今附
封中，勿必觸雷矚，而勞精神．希待完瘳，浣目看過，且所呈超溟之拙
什，荷姜張二書記和章，豊雅精絶，不可獲而議也．微意已足矣．臥狀
之間，勿要和篇，匆匆布字．

≪復疊前韻，呈各君，併謝數篇惠意≫　　　　　　　　月心

和韓幾采舫，聯翩凌海東，歧陽款數日，幸獲避猛風，風歇又雨歇，
餼牽物咸穠，四面山崒屹，罨畫揭睫中，曉月冷看立，灝氣滿蒼窿，免
裘豈不想，秋潮信纏通，願早懸征帆，日日近天蓬，推枕耿無夢，鐘鼓
互殷韽，吾有魚魚技，望熟蘋蓼溁，賓館四君在，誰不仰雅丰，訓酢勤
娓娓，各筆抽精衷，何當遂披雲，連榻開鬱蒙．

≪和呈可竹和尚道案≫　　　　　　　　　　　　成書記 嘯軒

月出吾船西，日出吾船東，吾船近扶桑，蓬萊寧阻風，仙侶若可招，
三花幾枝穠，先逢白拂僧，路指虛無中，鏡面清夜空，玉宇秋穹窿，心
共水月虛，興與神明通，一唱又一和，不愁身轉蓬，鮫人杼札札，馮夷
鼓韽韽，神清了無寐，永夜波聲溁，相攜步青洲，蘭茗掇茸丰，粗跡何
暇論，相照惟心衷，願借曹溪波，一洗輕垢蒙．頃有薪憂，致令詞盟久寒，歎歎
累枉慈悲之句，何感如之，今纔起枕，更修舊好，或供侍者一莞．

≪復疊原韻呈謝嘯軒書記見惠≫　　　　　　　　　月心

岱輿興員嶠，祖洲列在東，日精如可得，曷辭去御風，相傳不死草，
似菰葉葉穠，多少神仙屬，恐遨縹緲中，弱水險難涉，銀濤摩穹窿，奇
瓌置不論，祇懽國信通，睠個昇平地，奚克讓登蓬，隣睦百年固，爭聽
鼙鼓韽，矧今避海颿，柂樓快過溁，遠山如黛爾，雲表擎美丰，聞君旣
起枕，中心怊赤束，昨夜承瑤報，讀罷解滯蒙．承頃纔起枕，少安馳抱，瘴霧蒸
騰，候氣不和，勿忘調治，只如筆力遒勁，完瘉之兆，在玆耳．祝祝．

≪又疊東字韻仰呈可竹和尚道案≫　　　　　　　成書記

昔聞夷亶洲，乃在桑海東，山戴太始雪，花開四時風，食棗安期壽，

采樂秦女禩, 菅原與晁卿, 名播寰宇中, 剞劂器用利, 負海城闐隆, 壤
漏職方貢, 路與箕邦通, 玉節講隣好, 學士降瀛蓬, 已喜書軌同, 不聞
戍鼓鼙, 長風送彩鷁, 瞥過歸虛溁, 齊榜有詩僧, 道貌頎而丰, 相對潤
龍鱗, 水月皎素衷, 詩來若金篦, 塵眼開昏蒙. 帆風不利, 慈航猶滯, 仰惟道履
清迪, 一掬寶珠, 又落塵壒, 三復諷誦, 頓豁蒙蔽, 藥裏關心, 久疎鉛槧, 而重違侍者鄭重之
意, 須摩枯鈍耳.

≪奉呈可竹和尚書≫　　　　　　　　　　　　　申學士
　病伏篷頭, 風雨如晦, 涔涔七尺, 出沒於魚鼈驚波間, 痛定則睡睡而
神悸, 不復知身外有何物, 忽奉惠牘, 煙霞蔚然, 稍稍熟目而矢口, 乃
又作五色蓮花, 照耀黃金地, 令人精魂洒洒, 若從雙樹下, 得甘露, 洗
沈痾也. 至其出入三昧, 揚拖千古, 以張·柳·黃·蘇諸君子, 高情逸氣,
汎濫方外者, 謂可以與聞於敎外之旨, 而下逮不佞, 勉以道誼. 夫張·
柳·黃·蘇, 卒不可得, 而彼尙沿於習氣, 汨於名華, 渺渺如初地人, 見
佛現身, 了無津梁, 況於不佞, 何有哉. 雖然亦嘗聞直指之傳, 爲禪家
上承故, 阿難之總持, 弗如雪山之趺坐, 若其澹然虛明一超, 而到如來
藏則可矣. 其言一立, 而率天下不職字衆生, 舉皆膠柱於須彌山放下
著一話, 所托於空者, 或得其頑, 而往往自墮於野狐窟中矣. 惟儒家亦
有是存養博約兩個語, 陸子諍駁紫陽云, 六經註我, 我註六經, 當時已
病其太高, 而王陽明·陳白沙諸賢, 又皆左祖於存養, 至令天下學聖人
之道者, 厭薄箋註, 目爲支離影響, 其源蓋出於佛家心印, 而氣稟之高
者, 或得其彷彿一二, 其下者, 自在事障業障, 頭頭換面, 著落無關, 將
明德之云何, 此於儒釋之門, 各有眞妄之分, 不可不審也. 若夫詞華聲
曲, 是特輕浮, 竪子販名一技耳. 彼其習苦而甘之者, 亦自以風雅爲鼻
祖, 然考今之雕花鏤月摘黃耦白, 有可以興觀羣怨, 不隳於夫子之旨

者哉. 隋唐以下, 此法甚盛, 人操白雪, 戶握玄珠, 歷宋至明, 而天下
波流, 言日益繁, 而道日益遠, 不佞嘗思一切掃去, 盡付祖龍手段, 而
不可得矣. 猶且蓄倡而娛寢曰, 我戒色, 連觴而引滿曰我惡醉, 衆皆調
笑不暇, 豈有肯信吾言者乎. 從今以往願割文字緣, 杜門深谷, 作一痴
田父, 了此生郎, 無論出禪入玄, 要不是輕儇挑達技藝人, 鄙願良足
矣. 第承誨意, 若以都邑聲光, 爲不佞地者, 慚甚慚甚. 使不佞琢字鍊
章, 用盡三鳴, 以幸諸君子野鶩之嗜郎, 所衒何物, 所獲何名. 楊子雲
學相如, 摸擬爲文, 至白首乃曰, 雕蟲篆刻, 壯夫不爲如僕知之已. 早
而但坐前生惡業, 誤在世法中, 自我而不屬文則易, 自世人而容我不
屬文則難, 所以黽俛王事, 遠涉滄海, 每聞人人稱製述學士, 輒赧然面
熱, 書辭煩委, 敢布腹心, 乞賜優容, 不以卮談, 而覆瓿之, 幸甚. 賤疾
比昨, 痛楚少減, 而四大爲祟, 根核日深悶, 如之何. 外偈語四章, 替
陳承筐, 以佐定中之舞, 統希照入. 不備.

≪復靑泉學士書≫　　　　　　　　　　　　　　月心

迺者通械, 未消數日, 復荷縷箋與芳偈竝至, 細閱忘勌, 服感罙深,
惟稱不慧, 奚其過實. 忸怩忸怩, 所諭佛祖下事, 精粗無遺, 激發殊劇,
況又儒門輨輨, 勤竭底蘊, 至于立論極理, 探賾乘範, 知其辯博無礙
矣. 元普應國師, 應高麗王所, 請通書, 進直指道, 遺風餘烈, 至今不
廢, 因學士之椽筆, 增知事蹟不虛也. 不慧逢斯嘉運, 不忍淵默, 誤失
吻皮, 且泄所聞, 吾宗門一著, 非聰明所爲, 非肆辯所盡, 又非以計較
安排知見解會, 可卜度, 但將正徹正悟, 爲要耳故, 傳燈一年七百員知
職, 各有未了公案, 使人徹負徹證自悟自得, 譬如人飮水冷暖自知, 從
門入者, 不是家珍也. 當其提撕之時, 不問容髮如救頭燃, 而平生所有
底之物雜鶩, 忽放下向放下處, 切著精彩始得. 昔者明道先生, 有與開

善謙師, 講方外之雅, 謙答先生之請云, 時光易過且緊緊, 做工夫, 別無工夫, 只放下卽是, 但將平生所有底, 一時放下. 山僧尋常云, 行住坐臥決定不是, 語言問答決定不是, 見聞覺知決定不是, 思量分別決定不是, 試絶却此四箇路頭, 看不絶決定不悟, 四箇路頭若絶, 僧問趙州, 狗子還有佛性也無, 州曰無, 雲門曰乾屎橛管取呵呵大笑, 此卽不假私飾, 使人自證自得, 底之樣子也. 來書所諭須彌山放下著亦雲門趙州之話, 而須彌山答安身立命, 放下著答一物不將來事, 雖似異理曷不一乎, 不要容安排于其間, 又山谷老人訪晦堂禪師, 共山行之次, 谷云孔聖所謂吾無隱於爾, 意旨如何, 晦不答, 驟步之間, 岩桂盛開, 芬芳穿鼻, 晦曰聞木犀香麼, 谷曰聞, 晦曰吾無隱於爾, 谷於茲瞥然, 又與前段, 無有欠少, 皆是撒手薿崖, 片段弗遺之境界也. 至茲說甚麼總持趺坐, 論甚麼存養博約, 不立文字直指人心之義盡矣. 學士旣爲使佐, 膺選東卒, 筆拂千軍, 努報國恩, 諄夙積之所令, 然非輕輕之事, 若能向筆頭上, 點出金剛正眼, 得照天照地去則, 寧與佛祖之地位, 有毫末之滲漏乎. 承割文字緣, 杜門深谷, 作一田父了此生, 是不慧所不肯也. 如張柳黃蘇, 亦在禮樂政刑事業, 揖讓之際, 撥轉關柝, 得與奪自在, 底大丈夫也. 何致以朝市山林閴閙環堵之有差, 爲證道之碍乎. 西竺尊者, 有言隨流認得性, 無喜又無憂, 希深思之. 書中因有所徵, 寫兩段因緣, 且加譫語許多, 以復何堪戰慄之至. 不備.

≪呈可竹和尙偈竝序≫   申學士

余寔對馬州, 兩旬餘所, 與可竹和尙曁門下諸禪, 倡訓詩若亡虛日, 屬槎頭響都下和尙亦具舟, 而偕洋溟數千里, 得雲水風月草木魚鳥之觀, 可與會心, 可與悟眞, 可與忘世, 而翺游, 和尙固衆外人, 其視幻中色相, 不過爲六塵緣影已, 余雖未閑於維摩家, 自謂皎然之地, 本無豊嗇, 敢獻四偈, 願聞緒言.

≪雲水≫

英英白雲[51], 淼淼蒼波, 乘流則逝, 眺景斯哦, 高憑太虛, 廉覽無涯, 芥子須彌, 何少何多.

≪風月≫

迎風海棹, 傃月林亭, 孰噓揚是, 而動觀聽, 漫漫色空, 與化亡停, 一顆摩尼, 圓通有靈.

≪草木≫

維舟橘浦, 息徙蘭阿, 藹藹幽香, 榮榮素柯, 杜我塵根, 暢以天和, 嘉彼祇林, 暜照蓮花.

≪魚鳥≫

魚潛載泳, 鳥集以翔, 從容至道, 樂在冥茫, 彼養伊何, 慈悲是彰, 我歌無生, 與爾相忘.

月心

青泉學士, 以雲水風月草木魚鳥, 爲題作四偈, 見惠意句敏絶, 令人拭目, 序文所謂皎然之地, 本無豊嗇諒然矣. 因記昔白侍郎, 訪鳥窠林師, 以問法要, 林曰, 諸惡莫作, 衆善奉行, 侍郎曰, 三歲孩兒, 能言之, 林曰, 三歲孩兒, 言卽易, 八十老翁, 行卽難, 希善淡思之, 而透徹說默一時樂病一如, 而始得學士信根之厚, 不忍杜口, 漫書古哲消息, 以瀆

---

51 소아(小雅)에, "아름답게 피어오르는 흰구름[白雲]은 저 갈대와 띠에다 이슬을 내려 준다[英英白雲露彼菅茅]" 하였다. 저 흰구름이란 다만 비를 만들어 내리지 못할 뿐 아니라 별과 달을 막아 가리는데 어찌 이슬을 만들어 내려 줄 수 있겠는가?

慧眼, 不知肯心如何, 且投小徒, 箋尾承偈, 語無和韻之諭故, 不和呈, 第假四題, 別賦一偈, 呈之詞案, 聊寓卑意而已, 看過幸甚.

浮世逐雲影, 圓通空水聲, 襟懷風爽爽, 鑑覺月明明, 露滴草芽動, 時秋木葉驚, 鳥飛魚躍的, 何物不天成.

≪舟發勝本, 抵藍嶋, 拙賦呈學士三書記≫　　　　　　月心
又整征颿發勝湄, 海嶠點點翠螺奇, 仙都物色曷堪況, 漁浦風流只自知, 時泰應須無鱷蚌, 水靈定是有龍龜, 停橈藍嶋多淸趣, 故俾詞賓動藻思.

≪和韻奉呈≫　　　　　　　　　　　　　　　　姜書記
擊鼓發舡風浦湄, 區中浩浩客行奇, 棹歌長短水禽起, 海色陰晴舟子知, 此去已拚窮絶域, 前程不欲問靈龜, 滄波漸與<u>雞林</u>遠, 回首天東黯黯思.

≪和韻謹呈可竹和尙道案≫　　　　　　　　　　成書記
參差籬落水之湄, 側嶋風煙畫裡奇, 海濶帆檣乘夜至, 天遙方位以星知, 興高直欲騎鸞鶴, 行穩何須問筮龜, 桑下又生三宿戀, 依然<u>勝浦</u>夢中思.

≪奉和可竹禪師寄示韻≫　　　　　　　　　　　張書記
輕帆飛出大洋湄, 觸目雲煙處處奇, 斯役幸敎波浪靜, 此心應有鬼神知, 嗟余病蟄籠中鶴, 羨子浮遊葉上龜, 詩到篷窓人不見, 一回吟罷一回思.

≪再次呈謝三書記詞案≫　　　　　　　　　　　　　　　月心

潮聲拍拍浙江湄, 雪浪翻銀也一奇, 批抹豈無騷客驚, 淡濃奚克老
漁知, 含祥荐至翰林鳳, 得遇却慙浮木龜, 風止開颿應在邇, 赤城壯觀
使吾思.

八月七日, 申學士遇芳洲爲媒, 招遠儀於賓館, 接遇最厖, 三書記亦
坐列, 倡詶若干, 學士最初揮筆書云, 平生甚喜禪家之話, 今承淨襟來
照, 歡悅無涯, 詩墨相詶, 亦恐忙了, 半日幸敷淸話, 淡然對坐, 以寄雲
水之思, 日昨敬奉和尙, 復書及詩律偈語, 感荷千萬, 此物連有病, 今
始巾洗以故, 不遑仰謝, 恨悚之意, 幸爲告及如何云云. 其餘酬酢等,
此不記焉.

≪疊和≫　　　　　　　　　　　　　　　　　　　　姜書記

天外浮槎銀漢湄, 三山消息謾傳奇, 秋聲漸覺寒螿動, 海味偏敎久
客知, 身遠意同辭壘燕, 才疎文似刮毛龜, 篷窻獨照西峰月, 時寄郵筒
慰遠思.

≪疊次前韻謹呈可竹和尙道案≫　　　　　　　　　　　成書記

家在蓮城曲水湄, 乘槎萬里此遊奇, 神仙窟宅尋常近, 天地方圓表
裏知, 畵楫憑風凌快鶻, 鐃歌響月躍穹龜, 汀洲采采瓊瑤草, 悵望雲端
有所思.

≪復用湄字韻奉呈可竹和尙道案≫　　　　　　　　　張書記

家在黃驪湖水湄, 狂歌蹤跡亦淸奇, 入山采藥眞堪樂, 跨海乘槎不
自知, 伏櫪誰憐千里驥, 潛身未學六藏龜, 幽期獨有湯休在, 蓮社香山

費夢思.

《又》

悠悠行邁大瀛湄, 處處江山景絶奇, 秋色暗從愁裡晚, 雨聲先到病中知, 甦黲我媿羊公鶴, 神識君哈宋國龜, 竣事早還同所願, 王程此外更何思.

《復依原韻呈謝三書記》　　　　　　　　　　　　　月心

秋光自在水之湄, 韻歛煙飛一樣奇, 胡種折蘆曾眘度, 巴歌鳴竹欲忘知, 絢身爭耐籠中鷁, 曳尾何爲泥裡龜, 東嶺纜懸半輪月, 峨眉山下悅相思.

《奉次湄字韻謹呈可竹長老道案》　　　　　　　鄭后僑菊塘

槎影迢迢銀漢湄, 男兒偶作此遊奇, 虎溪一唉何曾料, 支遁高名舊已知, 憐我形容如病鶴, 嘆君骨格若神龜, 清篇帶得青蓮色, 幾度吟過慰客思.

《昨承菊塘豪丈和湄字韻, 見惠再依前韻呈謝》　　　月心

采舫若非款海湄, 爭聞鮫杼墮珠奇, 寄聲方外有情厚, 忘憚遞中只意知, 豪放文應戒鋸鱷, 雄威範獲佩金龜, 神交何克論新舊, 館裡餗茵誰不思.

《復疊湄韻奉呈可竹禪師》　　　　　　　　　　張書記

跌宕山阿與水湄, 半生筇屐恣探奇, 金剛仙窟身重到, 桑域名區夢已知, 直欲乘雲輕翳鳳, 豈因迷路忽騎龜, 壯遊天地心殊快, 擾擾塵緣匪我思.

風雨留人極浦湄, 蘭舟竝著事堪奇, 討探溟岳多新得, 露出心肝若
舊知, 仙骨瘦如天歲鶴, 淸詩價重十朋龜, 旅悤不有時相問, 爭耐悠悠
故國思.

≪四疊呈寄菊溪居士≫　　　　　　　　　　　　　　月心
不是湘江一帶湄, 冥濛煙雨見全奇, 酒酣逸興恐無罄, 詩就豪縱足
可知, 閑雅須追締社鳥, 浮生孰有閱年龜, 漢川鴨水末有掬, 健筆蘸來
慰我思.

≪四光寺病臥奉懷可竹長老漫呈一律≫　　　　　　　　成書記
日東漢北各天涯, 萍水相逢本不期, 萬里共浮三大海, 一秋同詠百
篇詩, 長州風急迴船處, 孤嶋雲生繫纜時, 幽夢幾回鐘碧月, 一般歸思
也應知.

≪次韻嘯軒居士寓西光寺惠贈≫　　　　　　　　　　月心
海環慈嶋水無涯, 轉軸泊來似有期, 寶宇齊鳴三際籟, 招提已就八
又詩, 漫漫高興奈良夜, 眷眷再遊復幾時, 聞爲造兒遭戲著, 客中誰不
想心知.
阻風數日泊偏涯, 超海頻頻孰不期, 吹恨何樓亮長笛, 忘疲通夜誦
新詩, 懷消篷底月傾後, 夢斷練若鐘度時, 窹寐由來恒一矣, 個心可有
逸人知.

≪舟次慈嶋, 偶逢仲秋, 爭奈海嶠雨暗, 風濤甚惡, 數船漂動, 佳節
失興, 篷底拙什, 賦呈學士曁三書記≫　　　　　　　　月心
仲秋節此臨, 天暗懶微吟, 雲雨月牽翳, 風濤霧綠深, 有朋雖執榼,

無客不傷襟, 因憶寒山子, 撈光作我心.

《西光寺病中, 奉和可竹和尚中秋風雨韻》　　　　　　成書記
一雨阻登臨, 佳辰多苦吟, 船隨風浪舞, 人與佛燈深, 待月韻遮眼,
懷鄉病滿襟, 不眠禪老在, 知我五更心.

《再次嘯軒居士惠韻》　　　　　　　　　　　　　　月心
柁樓無月臨, 跋燭獨閑吟, 句寄粗粗思, 和承綣綣深, 敏縱彰朵筆,
感激溢緇襟, 儒釋雖蹤異, 喜君識個心.

《謹次可竹禪師中秋無月詩韻二首》　　　　　　　　姜書記
菴高悄獨臨, 遲月復長吟, 雨積林逾暝, 雲歸龕自深, 未能酬病眼,
徒自益煩襟, 夜久千燈在, 光明照佛心.
山寺客登臨, 空林一鳥吟, 庭虛受月易, 塔古上苔深, 境寂宀聞法,
神清更整襟, 愀然忽不適, 黃葉動歸心.

《再次耕牧居士惠韻》　　　　　　　　　　　　　　月心
倡酬逸興臨, 雅韻助卑吟, 方外盟何篤, 程中懷甚深, 山皆極風鑒,
物豈滿虛襟, 望後餘明月, 不妨照客心.

《西光寺病中奉次可竹和尚疊示韻》　　　　　　　　成書記
嘯聲雲海臨, 萬木動悲吟, 鳥去暮天濶, 龍潛秋水深, 孤舟猶絶嶋,
百慮已煩襟, 誰問漳濱疾, 空門有月心. 押韻之際, 偶犯法字, 而古人於吟詠之
間, 不避名字, 非敢慢也. 恕諒幸甚. 海嶠共誰臨, 病中莊寫吟, 藏船沙港淺,
伏枕右樓深, 邂爾懷前路, 愀然正客襟, 詩來喜無寐, 晴月到天心.

≪復疊原韻謝呈嘯軒居士兼酬菊溪居士封字≫　　　　　月心

音容日日臨, 篇至喜琅吟, 韻峻如山峻, 情深於海深, 雲濤隨健筆,
冰雪塞淸襟, 隻字猶應襲, 所封見赤心. 上封有菊溪同封之四字卽, 菊溪自筆也
故云云.

≪赤間關拙什≫　今般有以不投韓客故, 對州儒生有和.

憶昔龍舟漂海門, 望之波浪渺空存, 六軍不發幼天子, 兩相爭禁舊
世冤, 墳垃視而頻墮涕, 潮鳴聽者欲消魂, 玉容遺得彌陀刹, 槎客是誰
不慕尊.

≪有感二首奉次可竹老和尙淸韻≫　　　　　芳洲　對州記室雨森氏

寥閴黃祠枕海門, 可燐香火至今存, 龍歸仙府杳無迹, 鳥叫秋風如
訴冤, 遺恨未焚姦宂骨, 空名難慰義忠魂, 厲階千古因長舌, 當日無人
諫至尊.

昔時朝政出多門, 典禮周家幾個存, 兇逆干戈互分黨, 生靈塗炭輒
呼冤, 雨昏皇廟秋風恨, 波湧龍宮月夜魂, 聖代秖今戒陳跡, 乾坤白日
帝居存.

≪再依前韻謝呈芳洲儒生書案≫　　　　　月心

世遶不敢見關門, 文字赤間名此存, 山嶽年年增壯觀, 海潮日日洗
讎冤, 幽塗親弔哲人韻, 覺路可登諸將魂, 都會雲林龍樹密, 依稀相對
逸多尊.

≪疊和可竹和尙玉韻≫　　　　　芳洲

官路紛紛殊佛門, 東來書劍喪吾存, 鴻飛半夜雨中恨, 蛩咽千林霜

後冤, 秖厭乾坤催老鬢, 且須風月役吟魂, 衰齡幾日齋居久, 好扣禪扉禮世尊.

≪復疊謝呈≫　　　　　　　　　　　　　　月心
海濶圓通無礙門, 一重關鎖亦何存, 璃琚足委君臣義, 榔楡徒擔佛祖冤, 感極增看昂志氣, 詞豪未用費精魂, 可欽儒雅眞文物, 恐起潛龍宮裡尊.

≪三疊謹奉可竹和尚梧右≫　　　　　　　　芳洲
翠華何事出都門, 朝算恨無謀士存, 堙沒層溟斷消息, 燈燃冷殿照幽冤, 周王不返河濱淚, 蜀帝將迷雨後魂, 天祿永終非一日, 方知大寶哲爲尊.

≪奉和可竹老和尚赤關懷古韻二首≫　　霞沼 對州記室松浦氏
西去雄關控海門, 悠悠舊事蹟徒存, 渚煙久沒當時壘, 山鳥猶啼千古冤, 浩眇空波秋倚棹, 淒凉風雨夜驚魂, 也知彝好人間在, 終有茅祠奠至尊.

枕海荒祠茅作門, 蒼凉古木知今存, 潮聲衝石旋成咽, 山色拖雲似結冤, 圖壁春風空遺恨, 停颿秋夕只傷魂, 欲搜往事無由得, 時聽村氓說至尊.

≪再次霞沼儒生芳韻≫　　　　　　　　　月心
鼛聲一自輪津門, 博岸至今有響存, 武烈縱難消舊憤, 皇風奚克認生冤, 影階雨滴亦從涕, 曲几煙凝應返魂, 仙府寧論幽顯異, 朝來頓頼袞龍尊.

『桑韓星槎答響』 卷下 終

享保四孟冬吉旦　平安　六角通御幸町西江入町書舗　茨城多左衛門
繡梓

상한성사여향

桑韓星槎餘響

상한성사여향(桑韓星槎餘響)

향보(享保) 기해년(己亥年) 한사(韓使) 내빙(來聘) 창화(唱和)
상한성사여향(桑韓星槎餘響) 평안서림(平安書林) 유지헌(柳枝軒) 간행

나그네 길 중양(重陽)을 맞아 청천(青泉) 학사, 경목(耕牧), 소헌
(嘯軒), 국계(菊溪) 세 분 기실(記室)의 첩탑 아래
客中重陽賦呈青泉學士 耕牧 嘯軒 菊溪 三記室 僉榻下

여관 안에 준수한 이 얼마나 많은지	館中俊又幾多般
중양절 좋은 날 기쁨을 다하네	九九良辰知竭歡
향기로운 난꽃을 차고 비단 옷자락 여미며	珮紐香蘭襲綵襽
술에 국화를 띄워 잔이 넘치네	酒浮黃菊藉杯盤
인사 나누며 흥이 높으니	帽傾應有孟嘉興
시를 지으매 누가 마힐(摩詰)의 탄식이 없을손가	詩就孰無摩詰嘆
뛰어난 시에 높은 풍모 두보의 후손이니	逸韻高風工部後
예쁜 꽃 자세히 들여다보는 것 방해 않네	不妨子細把萸看

방외(方外) 저납(樗衲) 가죽(可竹) 초고

낭화(浪華)[1] 성에서 가죽 화상이 주신 시에
浪華城奉訓可竹和向惠贈韻

큰 바다 바람 안개 백반(百般)을 희롱하니	海嶠風煙弄百般
이름난 성의 좋은 절기 모름지기 기쁘네	名城佳節且須歡
푸른 나무가 황금빛 귤에 올라타는 것을 읊고	吟過碧樹乘金橘
국화 꺾어 옥 같은 잔에 가득 채우는 것을 웃노라	笑橘黃花滿玉盤
주머니 속에는 날마다 시 원고가 쌓여가고	囊底日添詩草重
베개 머리에 이슬 스며도 나그네 옷이 넉넉하네	枕邊霜透旅衣寬
술빚은 이제 갚으려나	旗亭酒債今宵劇
달 돋아 사람마다 취해서 보네	月出人人倚醉看
뜬 구름 인생이 덧없이 천년	浮生幻劫有千般
선승은 한번 웃음으로 기뻐하네	贏得禪翁一笑歡
손 안에 경전을 들고 패엽(貝葉)을 전하는데	手裏經書傳貝葉
마음속 정혜(定慧)는 주반(朱盤)과 닮았네	心中定慧似珠盤
추호(秋毫)로 수미(須彌)의 거대함을 받아들이고	秋毫剩納須彌大
푸른 바다는 도리어 정법(淨法)의 넓음을 따르네	滄海還隨淨法寬
원통보살의 진면목을 보고자 하여	欲識圓通眞面目
푸른 하늘 가을 달이 예나 이제나 보네	碧空秋月古今看

기해년(己亥年) 중양절 저녁 청천 신유한(申維翰) 초(艸)

---

1 낭화(浪華) : 나니와. 오사카의 옛 이름.

가죽 장로 중양절 시를 보고
追次可竹長老重九見贈韻

생각이 묶인 이래 돌려서 천반인데	邇來羇思轉千般
좋은 절기 남을 따라 억지로 기쁜 척 하네	佳節隨人强作歡
남의 나라 가을 향기 굴과 떡을 전하니	異國秋香傳橘餅
고향의 풍미는 화반(花盤)을 기억하네	故園風味憶花盤
산천에서 북망(北望)하나 어찌 저리 막는지	山川北望何多阻
기러기 남쪽으로 날아 다시 한 번 탄식하네	鴻鴈南飛復一嘆
어찌 그대를 따라 불탑(佛榻)에서 살리오	安得隨君棲佛榻
은빛 병에 국화를 꽂고 즐거이 함께 보네	銀瓶揷菊好同看

경목자(耕牧子) 강자청(姜子靑) 삼가 씀

　스님이 거듭 도타운 말씀을 주시어 마땅히 하나하나 사례해야 하는데, 제가 평생 질병이 적었으나, 행로의 피곤함이 거듭하여 제대로 자지 못하였는데, 날마다 신음(呻吟)을 사모하여 중양절의 시를 이제 비로소 드립니다. 다만 장로께서 고담풍치(枯淡風致)를 받아들이지 않는 것만이 아니라, 국화의 웃음거리를 입을까 두렵습니다.

가죽 화상의 중양절 시에
奉次可竹和尙重陽韻

세상일 분분하여 몇 백반인가	世故紛紛幾百般

멀리 노닐어 곳 없이 청환(淸歡)을 가르네　　　　遠遊無處辨淸歡
홀로 아름다운 국화를 보며 이슬 맺힌 꽃술을 펼치는데
　　　　　　　　　　　　　　　　　　　　　　獨看佳菊披霜藥
향기로운 떡이 손님의 상에 오르는 것을 보지 못하네　不見香糕上客盤
고향 생각 시에 실어 떨치지 못하고　　　　　　　鄕思莫憑詩句遣
병 깊어 술잔 가득 받지 못하네　　　　　　　　　病懷難借酒杯寬
도인은 중양절 작품을 썩 내놓는데　　　　　　　道人昨枉重陽作
손으로 요함(瑤緘)²을 펼쳐 눈 씻고 바라보네　　　手拆瑤緘刮眼看

　　　　　　기해 중양 국계(菊溪)가 대판(大坂)³ 성에서 씀

비파호 경치를 멋대로 그려 학사와 서기 4군자에게 드림
謾寫琵琶湖景呈學士書記四君
　　　　　　　　　　　　　　　　　　　　　　　가죽

주(州)는 동도(東道)에 접해 있고 경기(京畿)에 가까운데
　　　　　　　　　　　　　　　　　　　　　　州接東道京畿邇
땅은 비옥하고 사람은 출중하여 뛰어난 기운을 모았네
　　　　　　　　　　　　　　　　　　　　　　地勝人俊鍾逸氣
지역 내는 나누어 18군을 두었고　　　　　　　　疆內分置十八郡
눈 씻고 보니 산수는 맑은 눈썹 다했네　　　　　潑眼山水盡明媚
가운데 만경 푸른 호수 있는데　　　　　　　　　中有一碧萬頃湖

---

2 요함(瑤緘) : 훌륭한 편지.
3 대판(大坂) : 오사카.

호수 빛깔은 하늘에 비추고 담박함이 미묘하네	湖光蘸天湛渺瀰
점차 넓고 둥글어	其袤漸次廣而圓
뻗어 가면 백여 리가 넘네	延則踰於百餘里
서로 이어오는 형국이 가로 누인 비파 같아	相傳形似琵琶橫
예로부터 얻은 이름 어찌 우연이랴	終古得名豈偶爾
물결은 곤어 힘줄을 빌린 것 아니나	波面非是假鯤筋
바람 불어 방불하니 울어 그치지 않네	風來彷彿鳴弗已
대현 소현 마치 번갈아 연주하는 듯하고	大絃小絃如交彈
느리고 급하게 자연스레 흐르는 징표 같네	緩急天然恊流徵
가마 빌려 때때로 나루 역점에서 쉬며	稅駕時休津驛店
해 기울어 차려 입고 시장을 지나네	午遷促裝過城市
첩첩한 맑은 이내 사람들 말소리 시끄러운데	疊疊晴嵐人語嘩
펄럭이는 소매 자락에 상쾌한 생각이 드네	翻俾衲裙爽生意
모두 다리에서 둘러보고 있으니	勢多橋畔回旋觀
돛을 펄럭이며 돌아오는 배는 참으로 기이하구나	翩翩歸帆眞一奇
만장(萬丈)의 천대(天台)는 가득 모여 있고	萬丈天台蔚集嶪
빼어난 누각이 한표(漢表)에 솟았네	曼殊樓峨漢表峙
지난 날 삼천방을 얻어 적었으나	記得曩日三千坊
이제 반쯤 줄어 푸른 산 빛을 감싸네	如今半減裹曖翠
가로 흐르는 강물에 높은 산이 줄지어 섰고	比良橫川列層巓
지하(志賀)⁴와 당기(唐崎)⁵는 물길로 이어지네	志賀唐崎連隈浹

---

4 지하(志賀) : 시가.
5 당기(唐崎) : 카라사키. 사가현(滋賀縣) 오츠시(大津市)에 있는 마을.

눈을 모아 동쪽으로 보니 언근(彥根)[6] 성이고　　極眸東望彥根城

호수는 참호가 되어 구름 속에 아득하네　　湖爲塹壕渺雲裡

주 가운데 가장 큰 이 도회　　州中最是一都會

돌아가는 길 이 곳에서 머무네　　紆路退退去泊此

대나무 자라고 섬 떠있어 파도 사이에 있고　　竹生島浮在波間

수풀은 아득하여 호수 안개에 덮였네　　林巒縹緲篆煙水

물오리와 학이 어찌 같으랴　　鳧渚鶴汀幾許般

왜가리 갈매기는 기뻐 노네　　鷺朋鷗侶須嬉戲

강좌의 천년에 자못 우아함 있으니　　江左千載頗有雅

나 또한 한가로운 취향을 알지 못하네　　我亦不知俱閑味

넓은 도량 정히 좋아 묵은 때를 벗고　　襟宇正好脫浣埃

세상을 잊어 다만 올바른 뜻을 깨닫네　　忘物但覺適素志

멀리 노래 불러 흉내 내며　　遙吟聊歌擬抹批

위에 올려 보이며 맑은 아름다움을 자랑하네　　程上風鑒夸清美

다시 조선의 손님 호방한 자질이 있어　　更有韓客豪放資

가슴은 산만큼 부요하고 매우 기위(奇偉)하네　　胸富丘壑太奇偉

빛나는 시들은 인색한 하늘을 깨니　　吐詞光芒破天慳

붓끝의 오색은 저절로 순수하네　　筆端五色自純粹

비천한 시 잘라내 뜻이 없는 바가 아니나　　鄙句索刪非無意

바다와 산을 시켜 경치를 더할 뿐이네　　要令湖山添景致

---

6 언근(彥根) : 히코네.

비파호(琵琶湖)에서 가죽(可竹) 화상의 시에
琵琶湖行奉次可竹和尚韻

위원(葦原) 땅과 부상(扶桑)은 멀어	葦原地與扶桑邈
난바다 망망히 일원의 기를 뿜네	瀛海茫茫一元氣
부사산(富士山)[7]과 웅야(熊野)[8]는 신선이 굴을 만들었고	
	富士熊野仙作窟
옥 같은 풀과 꽃은 봄을 맞아 정히 아름답네	瑤草琪花春正媚
큰 물결 또한 비파호에 있으니	巨浸亦有琵琶湖
너른 들판을 삼켜 얼마나 큰가	潤吞鉅野何瀰瀰
온갖 강물이 섞어 흘러 기세가 대단하고	百川交會氣勢大
감호(鑑湖)[9] 삼백 리에 대적할 만하네	可敵鑑湖三百里
누가 개척하여 경영하는지 묻노니	問誰開鑿費經營
신공(神功)의 조화가 부린 능력이구나	造化神功乃能爾
해와 달이 빈 하늘 가운데 뜨고 지고	日月出沒空明中
검푸른 하늘 크고도 커 다함이 없네	靑冥浩蕩無極已
양쪽 호숫가 누각은 비단을 열고	兩岸樓臺開錦繡
아름다운 이의 거문고는 궁징(宮徵)을 고르네	佳人寶瑟調宮徵
이로부터 서호(西湖)는 아름다움을 더하니	自是西湖擅佳麗
하물며 미파(渼陂)는 도시에서 가깝네	況乃渼陂近部市

---

7 부사산(富士山) : 후지산.

8 웅야(熊野) : 구마노.

9 감호(鑑湖) : 중국 절강성에 있는 호수 이름. 경호(鏡湖)·장호(長湖) 등으로도 불리워짐.

비 기운에 하늘 흐리니 맑은 날 또한 좋고　　　雨色空濛晴亦好

올라 보니 세상 밖의 뜻이 있구나　　　登臨宛有塵外意

나그네 길 바람과 먼지에 막히고　　　客子脩程困風埃

아득한 회포는 울울하여 부칠 곳 없네　　　幽懷臺鬱無處寄

눈이 이름난 호수에 이르러 충분히 밝아지니　　　眼到名湖十分明

가장 사랑스럽기로는 죽도(竹島)의 파도치는 마음의 끝이네

　　　最愛竹島波心峙

나는 듯한 관음각이 빈 하늘에 걸쳤는데　　　觀音飛閣跨空碧

모습은 마치 신령스러운 신기루가 바다 위에 떠있는 듯하네

　　　狀如靈蜃浮海翠

차가운 파도 다한 곳 끝없이 맑으니　　　渺盡寒波徹底淸

한줄기 푸른 가을 햇빛이 아득하구나　　　一碧秋光渺無涘

바람이 백사장 새에게 불어 보일락 말락　　　風帆沙鳥與明滅

뭇 산은 옥 같은 거울 속에 거꾸로 비추네　　　羣山倒影玉鏡裡

나는 악양루에 앉아 있는 것처럼　　　悄然坐我岳陽樓

동정호는 황홀하게 이곳에 옮긴 듯하네　　　洞庭怳忽移於此

크나큰 장원(長源)은 아득히 접했고　　　浩浩長源接混茫

상근(箱根)[10] 호수와 두 큰물을 이루었네　　　與箱湖作兩大水

왕정(王程)은 기한이 있어 갈 길은 바빠　　　王程有期征車忙

배 띄워 마음껏 놀 겨를이 없네　　　未暇楊舲恣遊戲

가죽 장로와 함께 와 다행인데　　　同來幸有可竹翁

호숫가 한가로운 정은 청아한 맛이네　　　湖海閑情淸一味

---

10 상근(箱根) : 하코네.

삼키고 뱉는 호수 위 안개 걷힌 뒤	呑吐湖上霽後色
새로운 시 한 편 써서 뜻을 말하네	一篇新詩以言志
맑은 파도 만경 바다 붓 끝에 일렁이는데	澄波萬頃漢筆端
서자(西子)[11] 절대의 아름다움을 발휘하네	發揮西子絶代美
소순(蔬筍)의 기미(氣味)[12]는 한 점도 없고	蔬笋習氣無一點
구름 같은 꿈속의 마음 서로 커가기만 하네	雲夢胸襟相壤偉
흰머리 늙은 나이 벌써 붓을 돌리니	白頭衰年已還筆
자주 용과 지렁이 정수(精粹)가 모자라네	往往蠣蚓乏精粹
억지로 담비를 이으려 하니[13] 얼굴 붉어지고	强欲續貂面發赤
졸렬한 말이 지극히 맑은 정성에 누 될까 두렵네	拙語恐累淸絶致

기해(己亥) 가을 9월 조선 소헌(嘯軒) 성몽량(成夢良) 씀

가죽 화상 비파호 시에
奉次可竹和尚琵琶湖韻

| 동쪽 바다 가깝고 해지는 곳 멀어 | 東溟咫尺咸池邈 |
| 이 안에 흐르는 고개에 신령스런 기운 가득하구나 | 域中流峙多靈氣 |

---

11 서자(西子) : 춘추 시대 월(越)나라의 미녀인 서시(西施). 범려(范蠡)가 오왕(吳王) 부
차(夫差)에게 그녀를 보내 오나라를 패망케 하였다 함.

12 소순(蔬筍)의 기미(氣味) : 야채와 죽순을 먹고 고기는 섭취하지 않는 승려 집단의 분
위기를 말함. 소식(蘇軾)이 일찍이 도잠(陶潛)의 시를 평하여 "한 점 소순의 기미가 없
다."고 일컬었음.

13 속초(續貂) : 담비 대신 개 꼬리로 관을 장식하였다는 '구미속초(狗尾續貂)'의 준말.

산은 모두 옥 같고 곰은 더욱 기이한데	山皆蘊玉態益奇
연못에 잠긴 옥은 빛이 저절로 나네	澤共潛珠光自媚
근강(近江)[14]의 동쪽 언근(彦根) 서쪽	近江之東彦根西
한 구역 잠잠한 호수 파도는 넘실대네	一區平湖波瀰瀰
마땅히 조물주 기량이 많고	應知造物多伎倆
동정호 7백 리를 나눠 갖네	割取洞庭七百里
그렇지 않으면 나머지 산은 넘치는 물 사이요	不然殘山剩水間
호수는 얼마나 큰지 어찌 말하랴	濶大因炫何乃爾
만(灣)을 돌아 흐르는 물 밀어 다시 흐르니	回灣曲渚推復却
이름 지어 비파라 불러 그만 두지 못하리	作名琵琶稱不已
때로 바람 이는 샘에 저절로 서로 몰아치니	有時風泉自相激
팽배한 맑은 소리 시로 불러보네	澎湃清音叶羽微
문득 분포의 물인가 의심하니	忽疑潯陽溢浦水
만 리 날아와 큰 도시이네	萬里飛來大城市
마땅히 상부(商婦)[15]는 아래 소리를 가리키니	當時商婦指下聲
평생 불평하는 뜻을 하소연하는 듯하네	似訴平生不平意
솔바람 대나무에 맺힌 이슬 상쾌함을 더하는데	松風竹露助清爽
천고의 기이한 곡조는 여기에 부치네	千古奇調此間寄
황아의 거문고 들을 수 있는 듯	皇娥梓悲若可聽
늘어선 산이 동봉(桐峰)의 언덕이네	列峀宛是桐峰峙

---

14 근강(近江) : 오우미.

15 상부(商婦) : 백락천이 구강군(九江郡) 사마(司馬)로 좌천된 이듬해, 심양강(潯陽江)에서 상인(商人)의 아내가 비파 타는 소리를 듣고 〈비파행(琵琶行)〉이란 시를 지어 유명하므로 상부(商婦)가 후세에 전함. 뛰어난 시인을 만나 이름을 알리게 됨을 말함.

파도 위를 둥실둥실	波中泛泛幾蚱蜢
모래 벌에 오가는 두 마리 비취	沙際交交雙翡翠
나는 정히 가을날에 와서 만나	我來正逢秋水時
갈대는 하늘에 닿고 물가는 아득하네	蘆葦連天渺涯涘
가마 타고 걸음걸음 물길을 따르고	肩輿步步遵芳渚
하루 종일 가고 가서 빛 속에 비추네	盡日行行鏡光裡
상근(箱根) 마루 위 호수를 물으니	惜問霜根嶺上湖
맑고 뛰어남 어찌 이와 같으리	清奇秀異何如此
마고할미 소식은 찾을 곳 없고	麻姑消息無處尋
다만 동해의 맑은 물을 보네	但見東海清淺水
나는 말을 멈춰 맑은 모래에 앉고자 하나	我欲停鞭坐明沙
손으로 황학을 불러 서로 놀고 있네	手招黃鶴相遊戲
구절의 창포에 삼수(三秀)[16]가 넘치고	九節菖蒲三秀泛
먹는 음식은 세상의 맛이 아니네	服食不是人間味
한번 가슴을 씻어 아홉 구름의 꿈이요	一洗胸中九雲夢
남아가 지닌 사방의 뜻을 얻네	償得男兒四方志
산 속에 사는 도인은 보는 눈이 넓어	雙林道人眼界寬
구른 안개 헤친 아름다운 모습이네	覷破煙霞光景美
보리심 명경심은 둘 다 세상에 없으니	菩提明鏡兩無塵
나머지 문장을 섬겨 또한 크고 크네	餘事文章亦環偉
붓은 호수의 파도 천 곡(斛)에 담아 오고	筆挽湖波千斛來

---

16 삼수(三秀) : 상서로운 풀로 불리는 영지초(靈芝草)의 별칭. 1년에 세 번 꽃이 핀다
하여 붙여진 이름.

기이하고 오래되며 맑고도 청아하네　　　　　　　　奇而古兮淸而粹

연 나라 구슬[17] 부족하여 초나라 구슬로 보답하니　　燕珉不足報楚璧

다만 소요하며 함께 맑은 뜻 다함을 기뻐하시라　　只喜逍遙共淸致

기해 늦가을 국계(菊溪) 거사 장필문(張弼文) 삼가 씀

부사산 시를 학사와 서기에게 드림[18]
富士拙什呈學士書記

들자니 거북이 삼도(三島)를 지고 있다는데　　　　聞說鼈背戴三島

첩첩히 아득한 바다 그윽이 보이네　　　　　　　疊溟茫茫暗覘覦

다섯 빛깔의 구름 일어 몽울몽울 나타나니　　　　五色雲興靉靆表

다만 해 그림자 뽕나무 둘러 가네　　　　　　　但見日影轉桑楡

진인(眞人)은 겨우 만나고　　　　　　　　　　降乩眞人因罕遇

끝내 물어서 있는지 없는지 따져보네　　　　　　末階杏而質有無

우리나라 부사산 우뚝 솟아　　　　　　　　　　崒出我邦富士嶽

한 송이 부용이 하늘 모퉁이에 피었네　　　　　　一朵芙蕖開天隅

아주 옛날 진나라의 신동자(神童子)가 피하여 왔고　曩初避秦神童子

머물다 봉호(蓬壺)에 들어갔다 하네　　　　　　戾止乃曰入蓬壺

기이한 자취 이제 더욱 드러나니　　　　　　　　奇躅臻今尤著矣

---

17 연 나라 구슬 : 연민(燕珉)은 옥(玉)과 비슷하나 옥이 아니며, 초(楚)나라 변화(卞和)가
　　형산(荊山)에서 얻은 박옥(돌 가운데 옥이 든 것)은 천하의 보옥(寶玉). 송(宋)나라 어느
　　사람이 연민(燕珉)을 박옥으로 알고 속은 일이 있었음.

18 원본에 지은이가 나타나 있지 않지만 가죽(可竹) 화상의 시로 보임.

육첩(六帖)에 적은 바가 어찌 거짓이리오	六帖所記豈其迂
도는 곧 인왕(人王) 7대(代)의 집이요	道是人王七代宇
이 산은 잠깐 사이에 솟아났네	地坼玆山涌須更
기세는 빼어나 너무 수려하고	氣勢崛起已秀麗
여러 봉우리는 어찌 감히 영수(嬴輪)를 논하리오	諸峰何敢論嬴輪
공공이 만져 진정 하늘의 기둥이 되었고	共工觸殘眞天柱
산들은 높이 뻗어 신선 사는 구역이 많구나	嵯峨嶙峋多仙區
계수나무 깃발 아름다운 지붕이 안개 속인가 싶은데	桂旗芝蓋恐霧中
마침 피부에 스며드는 큰 기운이 잡히네	應把灝氣冷透膚
빈 구멍에 바람 일어 텅텅 비니	孔竉風生廓洪洪
늘 거하는 곳 극도(克圖)[19]를 없애네	環異居常沒克圖
치맛자락 펄럭이며 노는 일 없고	霓裳纚纚無遊戲
귀에 스치는 생황 소리 누가 듣지 않는가	竦耳誰不聽笙竽
네 계절 가득찬 태초의 눈	四時瑞盈太始雪
희디 흰 좁쌀처럼 보이네	疑沍認得白糘糊
정화(精華) 비추는 경요루(璚瑤樓)	精華掩暎璚瑤樓
아홉 기운[20]은 어찌 밖을 향하는가	九氣胡爲向外需
모름지기 나그네 길 시인임을 알겠으니	須識行中挾藻士
자주 붓을 들어 맑은 구슬 떨어뜨리네	揮筆頻頻墮明珠

---

19 극도(克圖) : 칭기스칸의 후예로, 5·6대 이상을 환생했다는 기인.

20 아홉 기운 : 희(喜)·로(怒)·비(悲)·공(恐)·한(寒)·서(暑)·경(驚)·노(勞)·사(思)를
   말하니, 『雲笈七籤』에 "구기는 만물(萬物)의 뿌리가 된다."고 하였음.

가죽 화상의 부사산 시에
奉次可竹和尙富士山雜詠韻

천하의 서른여섯 이름 난 산	宇宙三十六名山
스스로 우화(羽化)하지 않곤 보기 어렵네	自非羽化難闚覦
지팡이 잡고 미치는 바가 다만 해내(海內)	笻鞋所及只海內
어찌 메까치가 방유(枌楡)²¹ 안에 사는 것과 다르랴	何異鷽鳩搶枋楡
전해 듣건대 일동의 부사봉은	傳聞日東富士峰
빼어나고 기이하기가 천하에 없다 하네	蘊秀藏奇天下無
평생 꿈이 이루어지니	平生夢想邦可到
눈으로 푸른 바다 동쪽 모퉁이를 끊네	目斷碧海之東隅
사신의 배 8월 푸른 물결을 헤쳐	星槎八月泛滄津
드넓은 바다의 땅 지나 방호(方壺)를 넘어가네	騖過廣桑超方壺
눈앞에 역력한 신선의 일	眼前歷歷神仙事
연 나라와 제나라의 일이 괴이하지 않음을 믿겠네	却信燕齊非怪迂
정정한 한 가지 백련 꽃이여	亭亭一枝白蓮花
안개 덮이고 구름 일어 순식간에 있네	吐霧興雲在俄更
눈빛이 가득 덮여 한 지역을 진압하니	嵯峨雪色鎭一域
펄펄 뛰는 신령스러움이 여기에 맡겨졌네	活刧靈奇此委翰
신선의 구절장(九節杖)²²을 가지고서	欲把仙翁九節杖

21 방유(枌楡) : 잡목. 좁은 세계, 혹은 고향을 말하기도 함.
22 구절장(九節杖) : 도가의 지팡이. 1절(節)은 태음성(太陰星), 2절은 형혹성(熒惑星), 3절은 각성(角星), 4절은 형성(衡星), 5절은 장성(張星), 6절은 영실성(營室星), 7절은 진성(鎭星), 8절은 동정성(東井星), 9절은 구성(拘星). 요사(妖邪)를 항복(降伏)시키고

저 높은 곳에 올라 세상을 내려 보고 싶네	陟彼高巓俯寰區
몸이 막고야(藐姑射)²³에 이르기 기다리지 않고	不待身到藐姑射
한번 신인의 눈 같은 피부를 보겠네	一見神人冰雪膚
서린 뿌리 내려 심어 천지(天池)가 넓고	盤根挿入天池濶
때로 남쪽의 대붕을 꾀하네	時有南爲大鵬圖
바람이 구멍에 일어 귀퉁이에 소리가 울리니	風生竅穴唱干隅
신선의 음악 퍼져 대 피리 시끄럽네	仙樂嘈然喧籟竽
태허에 홀로 우뚝 솟으니	孤撑太虛自突兀
세상의 티끌을 받지 않네	不受塵埃紛塗糊
육지(肉芝)²⁴는 바위굴에서 나니	肉芝鵝蘂産岩洞
따 와서 신선의 주방에 마련해야겠네	摘來可作仙廚需
기원²⁵의 도인은 신령스러운 붓을 놀려	祇園道人弄神筆
한 글자 빛나는 값 수주(隋珠)를 기울이네	隻字光價傾隋珠

조선 국계거사(菊溪居士) 장 필문(張弼文) 씀

신령(神靈)이 지휘를 듣는다고 함. 『산림경제』 권4.

23 막고야(藐姑射) : 신선이 살고 있는 곳. 『장자(莊子)』〈소요유(逍遙遊)〉에 "막고야의 산에 선녀가 있는데 피부가 하얗고 윤택하여 옥설(玉雪)과 같다." 하였음.

24 육지(肉芝) : 만년 묵은 두꺼비. 이것을 5월 5일에 취하여 말려서 몸에 지니고 다니면 병기(兵器)를 물리칠 수 있는 효험이 있다고 믿음.

25 기원 : 옛날 인도(印度) 기타태자(祈陀太子)의 정원을 급고독장자(給孤獨長子)가 매입하여 석가(釋迦)에게 바쳤던 곳. 불교를 가리킴.

급히 가죽 화상의 후지산 시에
走次可竹和尚富士詠韻

곤륜산은 해지는 곳에 있으나	崑崙山在日沒處
바람에 길이 끊겨 누가 보았는가	閶風路絶誰窺觀
부사산 해외에 이름이 알려져	曰有士峰名海外
푸른 땅에 우뚝 솟아 백유(白楡)[26]에 가깝네	湧出蒼陸近白楡
절정에 빛나는 만고의 흰눈	絶頂皓皓萬古白
사시에 눈이 쌓여 없는 때가 없네	四時積雪無時無
뿌리는 삼주(三州)에 서리고 기세는 웅대해	根盤三州氣勢雄
우뚝 솟아 동쪽 모서리를 진압하네	截然屹立鎭東隅
상서로운 구름이 덮어 기화(琪花)의 숲이요	祥雲掩映琪花林
천지의 특별한 곳 옥호를 감추었네	別有天地藏玉壺
안기 머문 지 묻노니 몇 년인가	安期齒潟問幾年
서복이 약 캐러 온 꾀 우활(迂闊)하지 않네	徐福采藥計非迂
화옹이 경영한 처음을 생각하니	想得化翁經營初
이 땅 움켜쥔 것 잠깐이 아니네	攫土搏沙匪須更
금오의 장쾌한 힘으로 흘연히 이니	金鰲壯力屹然戴
혼돈스러운 원정(元精)[27]은 여기서 모두 나르네	混沌元精此全輸
먼 손님 배를 타고 흥은 묘연한데	遠客乘槎興杳然
가는 길 우연히 솟아난 아름다운 곳이여	去路偶出名勝區

---

26 백유(白楡) : 별을 말함. 『고악부(古樂府)』의 농서행(隴西行)에, "하늘 위엔 무엇이 있는가, 가지런히 백유가 심어져 있네.[天上何所有 歷歷種白楡]" 하였음.

27 원정(元精) : 각 존재마다 하늘로부터 품부받는 고유의 정기(精氣)를 말함.

봉우리 앞에 말을 세워 눈 풍경 바라보니　　　　峰前立馬看雪色

차가운 한기(寒氣)가 피부에 느껴지네　　　　　　溧溧寒粟生肌膚

팔엽의 잎사귀 부용꽃 피었는데　　　　　　　　八葉菡萏芙蓉開

완연히 풍악산 진짜 모습의 그림이네　　　　　　宛爾楓岳眞形圖

예 이제 몇 사람이나 시를 썼는가　　　　　　　今古幾人費題品

내 미미한 재주 돌아보니 남간(濫竽)²⁸일 뿐이네　顧我微才亦濫竽

높이 날아 올라가고 싶으나　　　　　　　　　　欲向層岸飛蠟屐

세상 일로 이 사람은 들러붙은 듯하네　　　　　世故泥人如粘糊

군산은 어느 곳에 신선의 술을 감췄는가　　　　君山何處秘仙酒

응대하며 우리들 불시에 필요하네　　　　　　　應待吾曹不時需

돌아갈 때 따라가 지팡이 짚으며 노니니　　　　歸時倘隨錫枝遊

함께 높은 나무에 올라 삼주(三珠)²⁹를 따세　　共攀嚴樹摘三珠

　어제 부사산을 지나며 말 위에서 입으로 7언 고시 한 편을 지어, 도
안에게 드리고자 하였으나, 피곤하여 글로 써서 주지 못하였다. 그 분
의 시 또한 청천의 허락으로 내(來)를 전하니, 시인의 의사가 일반(一
般)이라 할 수 있겠다. 내(來) 운으로 앞 시에 화답하면, 편지가 석상
(石霜) 장로가 있는 곳에 지나, 함께 보고 다시 화답이 이르리니, 망망
한 반(般) 자 또한 화답을 끝낸다.

---

28 남간(濫竽) : 재주도 없이 자리에 있으면서 머리수만 채움.

29 삼주(三珠) : 전설 속의 진귀한 나무로 측백나무 잎과 비슷한데 모두 진주가 된다
　고 함.

산중의 뜻은 일반이라   支許雲林志一般

함께 붓을 들고 맑은 기쁨을 나누네   共將毫墨做淸歡

깊은 밤 글을 짓는데 바람 파도는 잠잠하고   重溟齊榜風濤穩

오랜 골짜기에 돌길을 가마 나란히 하네   古峽聯輿石路盤

옛 병이 찾아와도 몇 번 물었는가   舊病添來叨幾問

새로운 시를 읊기 다하니 거듭 세 번을 감탄하네   新詩唱罷更三嘆

가을 빛 벌써 시름 속에 지는데   秋光已向愁邊盡

애처로이 남은 단풍을 말 세워 바라보네   爲愛殘楓立馬看

소헌(嘯軒) 성몽량(成夢良) 씀

대판 중양절 시에 화답하여 가죽 화상에게
和大坂重陽韻呈可竹和尙几下

가을 오자 나그네의 안타까움 누구나 같아   秋來客恨也千般

다시 좋은 절기 맞아 조금은 기쁘지 않네   更遇佳辰悄不歡

고향의 들국화 가득 피었겠지   故里寒花應滿砌

타관 땅 새로 난 귤은 상위에 오르네   異鄕新橘已登盤

붓을 휘둘러도 글씨는 힘이 없고   揮毫轉覺詞華減

모자를 떨어뜨려도 예절은 관대하네   落帽偏知禮數寬

양쪽 귀밑머리 서리 내린 머리카락 몇 개나 더했는가

兩鬢霜毛添幾箇

푸른 거울 들이대 먼지 털어내며 보네   試將靑鏡拂塵鹿

소헌 씀

큰 강을 건너며
渡巨川

아득히 큰 강 흰 파도 넘실대고 　　　　渺渺洪川白浪騰
다리도 뗏목도 없는데 어찌 무난히 건널까 　無梁無筏險何勝
역부(驛夫)는 강 건너는 기술에 기대고 　　驛夫自有憑河術
마차를 부려 파도를 지나네 　　　　　盡使騎車扶獲凌

청견사
淸見寺

바람 더욱 거센 미호(美穗)의 소나무 　　風鑒也奇美穗松
숲 가득한 절을 흰 눈이 막았네 　　　林巒刹古白雪封
큰 자라 서리 속에 가니 이름만 부질없이 남아 　巨鰲霜去名空在
등 뒤에 길게 남은 팔엽의 봉우리 　　背後長餘八葉峰

역에서 우연히 짓다
驛上偶作

상쾌한 피리소리 가을 하늘 가득 　　爽籟颼颼秋滿空
행장을 꾸리니 말발굽 바쁘구나 　　行裝尤覺馹陰忽
천백 리 두 서울은 멀어 　　　　一千百里兩京遠

쉰세 개 역으로 큰 길이 통하네 　　　五十三郵大道通

역마다 말을 갈아 짧은 이정표를 지나고 　　遞驛弄蹄過短堠

멍청한 파리[30]는 꼬리에 붙어 긴 바람을 쫓네 　痴蠅附尾逐長風

어깨를 문지르며 구구한 길손 　　　　肩摩袂襟區區客

누가 한단에서 나와 남은 꿈을 꿀까 　　誰出邯鄲殘夢中

국서를 바치니 축하하며
賀獻 國書

두 나라 강역에 어찌 끝이 없을까 　　　兩邦疆域曷無垠

세속의 아름다움 도리어 기뻐 이웃의 정 닦았네 　俗美還歡修睦隣

덮어서 하나를 얻어 무열(武烈)을 드높여 　覆載得一偃武烈

여러 백 년 백성을 편안하게 하네 　　居諸累百安黎民

이제는 기해년[31] 　　　　　　今玆屠維大淵獻

사신의 행렬 달려오니 푸른 하늘을 업신여기네 　使星馳來凌蒼旻

준비는 넘치지 않고 폐백은 갖추어졌으니 　帶礪不逾圭幣腆

우리 왕이 국권을 잡은 것 축하하네 　鳴賀吾王秉國鈞

근정전 위의 옥절을 받아 　　　勤政殿上領玉節

---

30 멍청한 파리 : 벽에 얼어붙어 꼼짝 않는 겨울의 파리를 말함. 참고로 두보(杜甫)의 시에 "멍청하긴 흡사 추위 만난 파리꼴[癡如遇寒蠅]"이라는 표현이 있음. 『杜少陵詩集 卷4 送侯參謀赴河中幕』

31 기해년 : 고갑자(古甲子)로 도유(屠維)는 기(己)이고 대연헌(大淵獻)은 해(亥)임.

숭례문 아래서 의관을 매만졌네	崇禮門下整簪紳
팔도의 구름 안개 장식을 따르니	八道雲煙從裝飾
만 리 뱃길 쓰디씀을 잊었네	萬里梯航忘酸辛
박망(博望)의 절조는 굳세고 강하며	博望節操昂而勁
연릉(延陵)³²의 검기(劍氣)는 닦아서 새지 않네	延陵劍氣磨不磷
쉰세 역 동안 풍감(風鑒)을 잡았고	五十三驛執風鑒
마차 타고 강호(江戶)³³의 손님 되었네	駟蓋蟬聯江都濱
관반의 접대는 감히 옛 법도를 거스르지 않고	館接弗敢爽舊典
달리듯 시를 지어 갖추니 성이 가득하네	驪詞備引進城闉
의범은 탁월하여 진정 삼걸(三傑)이요	懿範卓出眞三傑
태산을 바라보듯 스스로 빼어나구나	望之泰山自嶙峋
보배로운 글월 높이 받들어 엄숙하고	寶書高擎嚴肅肅
계단에서 예절로 큰 손님을 만나네	璿階禮竣見大賓
관리는 명을 받들어 잔치를 베푸니	郡官奉命延設醮
줄줄이 땅과 바다의 진기한 것을 나열했네	雜遝羅前陸海珍
봉궐(蓬闕)의 하늘과 땅은 상서로움이 펼쳐져있고	蓬闕乾坤敷瑞謝
온화하고 좋은 기운이 울연히 사람에게 끼쳐오네	氤氳嘉氣鬱襲人
일대의 쌓은 공 어찌 다 적으리	一代勛勛何克記
영광스럽게 기린에 반드시 올라가리라 기약하네	榮旋必期上麒麟
이제 가거든 현묘한 거북이 파도를 불릴 것이요	此去玄鼇可吹浪

32 연릉(延陵) : 춘추 시대 오왕(吳王) 수몽(壽夢)의 넷째 아들 계찰(季札). 왕위를 전해 주려 함에도 받지 않고 연릉에 봉해진 뒤 상국(上國)을 역빙(歷聘)하며 당시의 현인들과 교유함. 『史記 卷31』
33 강호(江戶) : 에도.

붓 끝의 호쾌한 흥은 품론(品論)을 끊네　　　筆端豪興絶品論
여러 하늘과 산하의 아름다움은　　　　　　儲毓各天山河美
기뻐 화답하며 억만년 역사를 길이 비네　　懽和永祈億秋春

가죽 장로에게 드림
奉贈可竹長老禪案

맑은 기운은 눈썹 사이에서 나오고　　　　　　　愛君淸氣出眉間
마주 대해 흔연히 좋은 얼굴을 짓네　　　　　　相對欣然作好顏
갈댓잎 배 한 척으로 멀리 하늘 밖 바다를 건너고　蘆葉遠隨天外海
가마 타고 함께 비오는 산길을 지났네　　　　　篋輿同過雨中山
아름다운 시 주시니 뜻이 많으나　　　　　　　瓊章落手偏多意
왕의 일에 마음 걸려 홀로 한가롭지 않네　　　王事關心獨未閑
물러나 양춘곡 화답하는데 어찌 이다지 느린가　退和陽春何苦晩
노스님 가만 웃기만 하니 이 몸은 완고하기만　老師應笑此翁頑

북곡산인(北谷散人) 씀

정사(正使) 대인의 시에 바침
奉次正使大人惠韻

가죽

한 알의 구슬이 변변치 못한 집에 떨어지니　一顆唾珠落棐間
찬연히 거친 얼굴 비춰 나를 기쁘게 하네　　璨然喜我照衰顏

녹포(綠袍)에 색을 더하니 뱃전의 물이요 　　　綠袍添色檻前水
글씨에 빛이 나니 호수 위의 산이네 　　　　彩筆生光湖上山
깃을 정비하니 정녕 창골(蒼鶻)의 준엄함이 없고 　整羽寧無蒼鶻俊
회포를 잊으니 다시 백구(白鷗)의 한가함이 있네 　忘懷復有白鷗閑
재목 가운데 버릴 물건은 버릴 수 없고 　　　　材中棄物不能棄
깎아 내기 싫어하지 않아 일개 완고함을 간직하네 　慕厭抹刪藏個頑

가죽 장로에게 드림 앞길이 더욱 멀어 다시 과보(瓜報)를 본받으니, 혜량해 주시기를. 奉贈可竹長老禪案

선문의 의발은 종풍이 있고 　　　　　　禪門衣鉢有宗風
바다 밖에서 만나니 모습은 어린 아이 같네 　海外逢迎貌若童
스님이 오시니 보배로운 뗏목을 타고 　　雲衲磨來乘寶筏
여주(驪珠) 떨어진 곳 우편으로 보네 　　驪珠落處見郵筒
손님의 길 주선하며 세 계절을 보내니 　周旋客路三秋過
이웃의 맹약을 맺으며 백년이 한결같네 　講苙隣盟百載同
객관의 지난 밤 서로 생각느라 애썼는데 　旅窗昨夜勞相憶
대나무에 스치는 소슬바람 달은 하늘에 떴네 　脩竹蕭蕭月上空

노정산인(鷺汀散人) 씀

부사(副使) 대인의 시에 바침
奉次副使大人惠韻

가죽

사람 사는 세상 어찌 바람이 없다 하리	人世胡爲無閭風
신선 얼굴에 빛나는 옥 어린 아이보다 아름답네	仙顏刮玉麗於童
바뀌는 중에 몇 날인가 소(蘇) 한림[34]을 생각하고	遞中幾日想蘇翰
방외에서 다행히 이제 이통(李筒)을 얻었네	方外幸今獲李筒
만 리 사행 길에 이웃나라의 덕은 돈독하고	萬里使槎隣德篤
하나로 꿴 문물은 도(道)와 정(情)이 같네	一貫文物道情同
관청의 가마 때로 머문 곳 호수가의 역이요	官軺時泊湖邊驛
가을 물의 정신은 어찌 하늘을 이길까	秋水精神曷克空

가죽 장로에게 드림
奉寄可竹長老道案

팔월의 뱃전에 강물은 맑고	八月槎邊河潢明
노스님에게 잔을 드니 웃으며 서로 맞네	浮盃老釋笑相迎
이로부터 이웃의 좋은 정 틈이 없고	爾來隣好俱無間
우리들이 나눈 기쁨은 또한 가득하여라	吾輩交驩亦有榮
고해의 미혹한 나루 함께 보배로운 뗏목을 타고	苦海迷津同寶筏
맑은 시 땅에 던져 금옥 소리를 보네	清篇擲地見金聲

---

34 소(蘇) 한림 : 소식(蘇軾).

왕의 일에 겨를 없어 병도 잦으니   不遑王事仍多病

보배 구슬 오래 갚지 못함을 괴이하게 여기지 마오   莫怪瓊琚久未賡

동화사객(東華使客) 씀

종사(從事) 대인의 시에 바침
奉次從事大人惠韻

가죽

사신의 행렬이 오시니 도(道)가 밝아지고   使星馳來道方明

명령을 받들어 외람되이 송영(送迎)을 맡았네   奉命慙吾勤送迎

예를 가려 이루니 천년의 법전이나   階禮亟成千載典

돌아갈 길 재촉하니 한때의 영화로다   錦旋頻足一時榮

기주(箕疇)는 영원히 규범을 잃어버리는 일 없고 箕疇弗永失規範

상역(桑域)은 마땅히 영예로운 성가를 남기네   桑域應須遺譽聲

뛰어난 시 보배로운 구슬 같아 다시 얻기 어려우니 逸韻驪珠難復獲

저산(樗散)[35]임을 잊고 외람되이 서로 갚는 것을 용서하오

恕忘樗散猥相賡

---

35 저산(樗散) : 크기만 했지 무용지물(無用之物)인 저(樗)나무. 『장자(莊子)』 소요유(逍
遙遊).

정사 대인의 시에 바침
奉和正使大人韻

송우(松雨)

봉래산의 약수 사이를 지나 / 經過蓬萊弱水間

신성풍의 도골이 흡사 어린 아이 얼굴이네 / 仙風道骨恰童顔

사신의 배는 달빛 타고 몇 천리인가 / 星槎乘月幾千里

맑은 눈 하늘에서 내리니 둘 없는 산이네 / 晴雪出霄不二山

사신을 받드는 예의는 엄하고 명령을 더럽히지 말아야 하는데 / 奉使禮嚴無辱命

나를 돌아보니 성격은 한가로움을 좋아하네 / 顧吾性僻好耽閑

배를 서울의 여관에 대고 겨우 삼일 / 停輈京館纔三日

나아가 화답하고 글을 주고받으니 정녕 미욱함을 꺼려야겠네 / 和就通筒寧憚頑

부사 대인의 시에 바침
奉和副使大人韻

같음

아득한 봉래산 땅 오우(五雨)의 바람 / 縹緲蓬瀛五雨風

붉은 깃발 햇빛에 비춰 진나라 아이를 꼬였네 / 彩旆映日誘秦童

주빈은 몸소 서진(徐陳)의 의자를 내렸고 / 主賓親下徐陳榻

불교와 유교가 잘 원백(元白)[36]의 통을 통했네 / 釋儒好通元白筒

---

36 원백(元白) : 백낙천(白樂天)이 원진(元稹)과 노닐자 사람들이 원백(元白)이라고 지

천리 도성에 사절을 가지고 이르니 　　千里武都持節到
높디높은 부사산은 구름과 같구나 　　由旬士嶺與雲同
오랜 사해 평화의 때를 만나 　　賴逢四海昇平久
백년의 교맹(交盟) 맺음이 헛되지 않네 　　百載交盟結不空

종사 대인의 시에 바침
奉和從事大人韻

　　　　　　　　　　　　　　　　　같음

좋은 이웃으로 돈독해지며 문명을 보는 　　善隣盟睦見文明
사신의 배 파도 넘어 이곳에서 맞네 　　彩鷁凌濤偶此迎
산은 차갑고 낙엽은 지는데 　　屬目山寒黃落盡
돌아가는 마음 해는 늦어 금의환향이구나 　　歸心歲晚錦旋榮
오직 구합(鷗閤)에 재업(才業)을 달릴 뿐만 아니라 　　不唯鷗閤馳才業
과연 용문에 성가를 높일 줄 알겠네 　　果識龍門倍價聲
저번 아름다운 시 몇 편이나 되는 줄 아나 　　囊裡瓊琚知幾許
양춘곡 한 편으로 갚기가 적을 뿐이네 　　陽春一曲少人賡

목함.

상근 봉우리 위에서 가죽 화상의 시 한 편에 드림
籍根嶺上奉可竹和尚口占一絶

청천(青泉)

서로 만나 반가운 얼굴 눈썹 사이에 보이고	相逢喜色見眉黃
마니보주가 길손의 짐에 비추네	驀得摩尼照客裝
말없이 도(道)를 풀어 이것이 묘한 깨달음인데	解道無言是妙悟
가을바람에 목서향(木犀香) 그치지 않네	秋風不斷木犀香

호수가 객사에서
湖邊客舍又占

같음

흰 구름 가을 경치 산자락 다락에 가득한데	白雲秋色滿山樓
다락 밖 잔잔한 호수 고요히 흐르지 않네	樓外平湖靜不流
선사를 향해 묘계(妙契)를 논하고자 하나	欲向禪師論妙契
태허에 아무 것도 없어 서로 구하지 않네	大虛無物莫相求

백수판(白水坂)[37]을 지나며
過白水坂又占

같음

외론 구름 해 지는데 가을 그늘에 덮여	孤雲落日蔽秋陰

---

37 백수판(白水坂) : 시로미즈자카. 상근(箱根) 가는 길의 옛 이름.

흐르는 물가 빽빽한 숲의 외길이 깊구나　　　　流水叢杉一徑深
선심(禪心)은 바깥 장애가 없을 알겠으니　　　認得禪心無外障
그 중의 두루 깨침은 관음보살이네　　　　箇中圓覺是觀音

삼가 청천 학사의 상근 고개 시에
謹和靑泉學士籍根嶺芳韻

가죽

산 위 가을 호수는 역루(驛樓)를 둘러싸고　　嶽頂秋湖遶驛樓
부사산 그림자 담아 이야말로 풍류　　　　士峰涵影也風流
풍류는 더욱 호수 같은 마음에 있는데　　　風流也有潭心月
묘계는 함께 구하는 바와 같지 않네　　　　妙契不如同氣求

상근(箱根) 고개 가을은 깊어 초목은 누런데　箱嶺秋高草木黃
이곳에 잠시 그대를 만나 갈 길을 잊네　　　逢君暫此忘行裝
마음마다 논하는 것은 깊이가 다른데　　　　心心克論精粗異
보는 바 도는 있어 향기를 알아 보네　　　　目擊道存知見香

백수판
白水坂

같음

치솟은 바위 미끄러운 길로 산 아래 내려가는데　巉巖路滑下山陰
샘은 차갑고 골짜기는 깊네　　　　　　泉寫冷冷澗壑深

사물을 바꿔 정녕 원각(圓覺)의 경지이니   轉物寧間圓覺境
세상의 누가 그 뜻을 모를까   塵寰何者不知音

상한성사여향(桑韓星槎餘響) 마침

〈팔도총도(八道總圖)〉

내가 시중에서 조선 팔도 지도를 얻어 광 속에 깊이 간직해 온 지 오래되었다. 그 발어(跋語)를 읽어본 즉, "이 지도 한 책은 동국방여승람(東國方輿勝覽)[38]에 근거하여, 털끝 하나 틀리지 않고 그렸다. 일찍이 조선 사람에게 물어보니, '이 지도가 가장 좋다' 하니, 이 책만이 진짜요, 다른 지도는 저 땅의 군현리정(郡縣里程)에 그 차이가 없을 수 없다."고 하였다. 내가 이 때문에 진정 이렇게 말한 것이니, 호사(好事)의 일조(一助)가 없을 수 없어, 이 때문에 이 책의 뒤에 붙여, 사방에 공표하는 것이다. 경자(庚子)[39] 초봄, 평안성서포(平安城書舖), 유지헌(柳枝軒) 자성방도(茨城方道)[40] 씀.

---

38 동국방여승람(東國方輿勝覽) : 『동국여지승람』을 말하는 것 같음.
39 경자(庚子) : 1720년. 기해 사행 바로 다음 해임.
40 자성방도(茨城方道) : 이바라기 가타미치. 서점의 주인인 듯함.

桑韓星槎餘響

享保己亥韓使來聘唱和 桑韓星槎餘響 平安書林柳枝軒刊行

≪客中重陽賦呈青泉學士 耕牧 嘯軒 菊溪 三記室 僉榻下≫

館中俊又幾多般,九九良辰知竭歡,珮紲香蘭襲綵襽,酒浮黃菊藉杯盤,帽傾應有孟嘉興,詩就孰無摩詰嘆,逸韻高風工部後,不妨子細把萸看.

方外樗衲可竹艸稿

≪浪華城奉訓可竹和向惠贈韻≫

海嶠風煙弄百般,名城佳節且須歡,吟過碧樹乘金橘,笑擷黃花滿玉盤,囊底日添詩草重,枕邊霜透旅衣寬,旗亭酒債今宵劇,月出人人倚醉看.

浮生幻劫有千般,贏得禪翁一笑歡,手裏經書傳貝葉,心中定慧似珠盤,秋毫剩納須彌大,滄海還隨淨法寬,欲識圓通眞面目,碧空秋月古今看.

己亥重陽夕 青泉申維翰艸

≪追次可竹長老重九見贈韻≫

邇來羇思轉千般,佳節隨人强作歡,異國秋香傳橘餅,故園風味憶花盤, 山川北望何多阻, 鴻鴈南飛復一嘆, 安得隨君棲佛榻, 銀瓶挿菊好同看.

耕牧子·姜子靑謹稿

師屢乘惠語, 當一一報謝, 而僕平生素善疾病, 重以行路機頓之憊, 寢啖全却, 日事呻吟, 重九之韻, 今始和呈, 非但長老不恕之枯淡風致, 恐被黃花笑也.

≪奉次可竹和尙重陽韻≫

世故紛紛幾百般, 遠遊無處辨淸歡, 獨看佳菊披霜蘂, 不見香糕上客盤, 鄉思莫憑詩句遣, 疾懷難借酒杯寬, 道人昨枉重陽作, 手拆瑤緘刮眼看.

己亥重陽 菊溪書于大坂城

≪謾寫琵琶湖景呈學士書記四君≫　　　　　　　　可竹

州接東道京畿邇, 地勝人俊鍾逸氣, 疆內分置十八郡, 潑眼山水盡明媚, 中有一碧萬頃湖, 湖光蘸天湛渺瀰, 其袤漸次廣而圓, 延則蹺於百餘里, 相傳形似琵琶橫, 終古得名豈偶爾, 波面非是假鷗筋, 風來彷彿鳴弗已, 大絃小絃如交彈, 緩急天然恊流徵, 稅駕時休津驛店, 午遷促裝過城市, 疊疊晴嵐人語嘩, 翻俾衲裙爽生意, 勢多橋畔回旋觀, 翩翩歸帆眞一奇, 萬丈天台蔚集崒, 曼殊樓峨漢表峙, 記得曩日三千坊, 如今半減裹曖翠, 比良橫川列層巘, 志賀唐崎連隈涘, 極眸東望彦根城, 湖爲塹壕渺雲裡, 州中最是一都會, 紆路退退去泊此, 竹生島浮在波間, 林巒縹緲篆煙水, 鳧渚鶴汀幾許般, 鷺朋鷗侶須嬉戲, 江左千載頗有雅, 我亦不知俱閑味, 襟宇正好脫浣埃, 忘物但覺適素志, 遙吟聊歌擬抹批,, 程上風鑒夸清美, 更有韓客豪放資, 胸富丘壑太奇偉, 吐詞光芒破天慳, 筆端五色自純粹, 鄙句索刪非無意, 要令湖山添景致.

≪琵琶湖行奉次可竹和尙韻≫
葦原地與扶桑邇, 瀛海茫茫一元氣, 富士態野仙作窟, 瑤草琪花春正媚, 巨浸亦有琵琶湖, 闊呑鉅野何瀰瀰, 百川交會氣勢大, 可敵鑑湖三百里, 問誰開鑿費經營, 造化神功乃能爾, 日月出沒空明中, 靑冥浩蕩無極已, 兩岸樓臺開錦繡, 佳人寶瑟調宮徵, 自是西湖擅佳麗, 況乃渓陂近部市, 雨色空濛晴亦好, 登臨宛有塵外意, 客子脩程困風埃, 幽懷臺鬱無處寄, 眼到名湖十分明, 最愛竹島波心峙, 觀音飛閣跨空碧, 狀如靈蜃浮海翠, 渺盡寒波徹底淸, 一碧秋光渺無涘, 風帆沙鳥與明滅, 羣山倒影玉鏡裡, 悄然坐我岳陽樓, 洞庭怳忽移於此, 浩浩長源接混茫, 與箱湖作兩大水, 王程有期征車忙, 未暇楊舲恣遊戲, 同來幸有可竹翁, 湖海閑情淸一味, 呑吐湖上霽後色, 一篇新詩以言志, 澄波萬頃漾筆端, 發揮西子絶代美, 蔬笋習氣無一點, 雲夢胸襟相壞偉, 白頭衰年已還筆, 往往螭蚓乏精粹, 强欲續貂面發赤, 拙語恐累淸絶致.

　　　　　　　　己亥秋九月　朝鮮嘯軒成夢良稿

≪奉次可竹和尙琵琶湖韻≫
東溟咫尺咸池邇, 域中流峙多靈氣, 山皆蘊玉態益奇, 澤共潛珠光自媚, 近江之東彦根西, 一區平湖波瀰瀰, 應知造物多伎倆, 割取洞庭七百里, 不然殘山剩水間, 闊大因炫何乃爾, 回灣曲渚推復却, 作名琵琶稱不已, 有時風泉自相激, 澎湃淸音叶羽徵, 忽疑潯陽溢浦水, 萬里飛來大城市, 當時商婦指下聲, 似訴平生不平意, 松風竹露助淸爽, 千古奇調此間寄, 皇娥梓悲若可聽, 列峀宛是桐峰峙, 波中泛泛幾蚱蜢,

沙際交交雙翡翠, 我來正逢秋水時, 蘆葦連天渺涯涘, 肩輿步步遵芳
渚, 盡日行行鏡光裡, 惜問霜根嶺上湖, 清奇秀異何如此, 麻姑消息無
處尋, 但見東海清淺水, 我欲停鞭坐明沙, 手招黃鶴相遊戲, 九節菖蒲
三秀泛, 服食不是人間味, 一洗胸中九雲夢, 償得男兒四方志, 雙林道
人眼界寬, 覷破煙霞光景美, 菩提明鏡兩無塵, 餘事文章亦瓌偉, 筆挽
湖波千斛來, 奇而古兮清而粹, 燕珉不足報楚璧, 只喜逍遙共清致.

己亥暮秋　菊溪居士張弼文謹稿

≪富士拙什呈學士書記≫

聞說鼇背戴三島, 疊溟茫茫暗覬覦, 五色雲興靉靆未, 但見日影轉
桑楡, 降乩眞人因罕遇, 末階否而質有無, 崒出我邦富士嶽, 一朵芙蕖
開天隅, 羲初避秦神童子, 戾止乃曰入蓬壺, 奇躅臻今尤著矣, 六帖所
記豈其迂, 道是人王七代宇, 地坼茲山涌須更, 氣勢崛起已秀麗, 諸峰
何敢論嬴輸, 共工觸殘眞天柱, 嵯峨崱嶪多仙區, 桂旗芝蓋恐霧中, 應
挹灝氣冷透膚, 孔竉風生廓洪洪, 環異居常沒克圖, 霓裳纚纚無遊戲,
竦耳誰不聽笙竽, 四時瑞盈太始雪, 疑沍認得白糢糊, 精華掩暎璃瑤
樓, 九氣胡爲向外需, 須識行中揆藻士, 揮筆頻頻隓明珠.

≪奉次可竹和尚富士山雜詠韻≫

宇宙三十六名山, 自非羽化難闚覦, 笻鞋所及只海內, 何異鷯鳩搶
枋楡, 傳聞日東富士峰, 蘊秀藏奇天下無, 平生夢想邦可到, 目斷碧海
之東隅, 星槎八月泛滄津, 驀過廣桑超方壺, 眼前歷歷神仙事, 却信燕
齊非怪迂, 亭亭一枝白蓮花, 吐霧興雲在俄更, 嵯峨雪色鎭一域, 活刦
靈奇此委翰, 欲把仙翁九節杖, 陟彼高巓俯寰區, 不待身到藐姑射, 一
見神人冰雪膚, 盤根挿入天池潤, 時有南爲大鵬圖, 風生竅穴唱于喁,

仙樂嘈然喧籟竿, 孤撐太虛自突兀, 不受塵壒紛塗糊, 肉芝鵝藥産岩
洞, 摘來可作仙廚需, 祇園道人弄神筆, 隻字光價傾隋珠.

朝鮮菊溪居士張弼文稿

≪走次可竹和尙富士詠韻≫

崑崙山在日沒處, 閶風路絶誰窺覘, 曰有士峰名海外, 湧出蒼陸近
白楡, 絶頂皓皓萬古白, 四時積雪無時無, 根盤三州氣勢雄, 截然屹立
鎭東隅, 祥雲掩映琪花林, 別有天地藏玉壺, 安期罳瀉問幾年, 徐福采
藥計非迂, 想得化翁經營初, 攫士搏沙匪須更, 金鰲壯力屹然戴, 混沌
元精此全輸, 遠客乘槎興杳然, 去路偶出名勝區, 峰前立馬看雪色, 澟
澟寒粟生肌膚, 八葉菡萏芙蓉開, 宛爾楓岳眞形圖, 今古幾人費題品,
顧我微才亦濫竿, 欲向層岸飛蠟屐, 世故泥人如粘糊, 君山何處秘仙
酒, 應待吾曹不時需, 歸時倘隨錫枝遊, 共攀巖樹摘三珠.

昨過士峰, 馬上口占七古一篇, 將欲仰塵道案, 而瘦芥未及書出矣.
淸什亦自靑泉許, 傳來可謂詩人意思一般也. 來韻和呈前篇則, 書過
於石霜長老所, 同照和復至, 望望般字亦和畢.

支許雲林志一般, 共將毫墨做淸歡, 重溟齊榜風濤穩, 古莢聯輿石
路盤, 舊病添來叩幾問, 新詩唱罷更三嘆, 秋光已向愁邊盡, 爲愛殘楓
立馬看.

嘯軒成夢良稿

≪和大坂重陽韻呈可竹和尙几下≫

秋來客恨也千般, 更遇佳辰悄不歡, 故里寒花應滿砌, 異鄕新橘已

登盤, 揮毫轉覺詞華減, 落帽偏知禮數寬, 兩鬢霜毛添幾箇, 試將青鏡拂塵鹿.

嘯軒拜稿

≪渡巨川≫

渺渺洪川白浪騰, 無梁無筏險何勝, 驛夫自有憑河術, 盡使騎車扶獲凌.

≪清見寺≫

風鑒也奇美穗松, 林巒刹古白雪封, 巨鰲霜去名空在, 背後長餘八葉峰.

≪驛上偶作≫

爽籟颷颷秋滿空, 行裝尤覺駟陰忽, 一千皕里兩京遠, 五十三郵大道通, 遞驛弄蹄過短堠, 痴蠅附尾逐長風, 肩摩袂襍區區客, 誰出邯鄲殘夢中.

≪賀獻 國書≫

兩邦疆域曷無垠, 俗美還歡修睦隣, 覆載得一偃武烈, 居諸累百安黎民, 今茲屠維大淵獻, 使星馳來凌蒼旻, 帶礪不逾圭幣腆, 嗚賀吾王秉國鈞, 勤政殿上領玉節, 崇禮門下整簪紳, 八道雲煙從裝飾, 萬里梯航忘酸辛, 博望節操昂而勁, 延陵劍氣磨不隣, 五十三驛執風鑒, 駟蓋蟬聯江都濱, 館接弗敢爽舊典, 騶詞備引進城闉, 懿範卓出眞三傑, 望之泰山自嶙峋, 寶書高擎嚴肅肅, 璚階禮竣見大賓, 郡官奉命延設醼, 雜遝羅前陸海珍, 蓬闕乾坤敷瑞謝, 氤氳嘉氣鬱襲人, 一代勛勣何克記, 榮旋必期上麒麟, 此去玄鼇可吹浪, 筆端豪興絶品論, 儲毓各天山河美, 懽和永祈億秋春.

≪奉贈可竹長老禪案≫

愛君淸氣出眉間, 相對欣然作好顔, 蘆葉遠隨天外海, 筴輿同過雨中山, 瓊章落手偏多意, 王事關心獨未閑, 退和陽春何苦晚, 老師應笑此翁頑.

北谷散人稿

≪奉次正使大人惠韻≫ 可竹

一顆唾珠落棐間, 璨然喜我照衰顔, 綠袍添色檻前水, 彩筆生光湖上山, 整羽寧無蒼鶻俊, 忘懷復有白鷗閑, 材中棄物不能棄, 幕厭抹刪藏個頑.

≪奉贈可竹長老禪案≫ 前路猶遠姑竢更效瓜報其或默諒否

禪門衣鉢有宗風, 海外逢迎貌若童, 雲衲磨來乘寶筏, 驪珠落處見郵筒, 周旋客路三秋過, 講苾隣盟百載同, 旅窓昨夜勞相憶, 脩竹蕭蕭月上空.

鷺汀散人稿

≪奉次副使大人惠韻≫ 可竹

人世胡爲無閬風, 仙顔刮玉麗於童, 遞中幾日想蘇翰, 方外幸今獲李筒, 萬里使槎隣德篤, 一貫文物道情同, 官軺時泊湖邊驛, 秋水精神曷克空.

≪奉寄可竹長老道案≫

八月槎邊河潢明, 浮盃老釋笑相迎, 爾來隣好俱無間, 吾輩交驩亦有榮, 苦海迷津同寶筏, 淸篇擲地見金聲, 不遑王事仍多病, 莫怪瓊琚久未賡.

東萊使客稿

≪奉次從事大人惠韻≫ 可竹

使星馳來道方明, 奉命慙吾勤送迎, 階禮亞成千載典, 錦旋頻足一時榮, 箕疇弗永失規範, 桑域應須遺譽聲, 逸韻驪珠難復獲, 恕忘樗散猥相賡.

≪奉和正使大人韻≫ 松雨

經過蓬萊弱水間, 仙風道骨恰童顏, 星槎乘月幾千里, 晴雪出霄不二山, 奉使禮嚴無辱命, 顧吾性僻好耽閑, 停軺京館纔三日, 和就通筒寧憚頑.

≪奉和副使大人韻≫ 同

縹緲蓬瀛五雨風, 彩旆映日誘秦童, 主賓親下徐陳榻, 釋儒好通元白筒, 千里武都持節到, 由旬土嶺與雲同, 賴逢四海昇平久, 百載交盟結不空.

≪奉和從事大人韻≫ 同

善隣盟睦見文明, 彩鷁凌濤偶此迎, 屬目山寒黃落盡, 歸心歲晚錦旋榮, 不唯鷗閣馳才業, 果識龍門倍價聲, 囊裡瓊琚知幾許, 陽春一曲少人賡.

≪籍根嶺上奉可竹和尙口占一絕≫　　　　　　　　青泉

相逢喜色見眉黃, 驀得摩尼照客裝, 解道無言是妙悟, 秋風不斷木犀香.

≪湖邊客舍又占≫　　　　　　　　　　　　　　同

白雪秋色滿山樓, 樓外平湖靜不流, 欲向禪師論妙契, 大虛無物莫相求.

≪過白水坂又占≫　　　　　　　　　　　　　　同

孤雲落日蔽秋陰, 流水叢杉一徑深, 認得禪心無外障, 箇中圓覺是觀音.

≪謹和靑泉學士籍根嶺芳韻≫　　　　　　　　　可竹

嶽頂秋湖遶驛樓, 土峰涵影也風流, 風流也有潭心月, 妙契不如同氣求. 箱嶺秋高草木黃, 逢君暫此忘行裝, 心心克論精粗異, 目擊道存知見香.

≪白水坂韻≫　　　　　　　　　　　　　　　　同

巉巖路滑下山陰, 泉寫冷冷澗壑深, 轉物寧間圓覺境, 塵寰何者不知音.

『桑韓星槎餘響』終

平安六角通禦幸町西江入町書舖 茨城多左禦門

≪八道總圖≫

僕昔得朝鮮國八道之圖於市間, 而藏之筐裏也尚矣, 讀其跋語則曰, 右所圖之一書者, 據東國方輿勝覽, 而不差毫釐所寫也, 嘗就韓人質之乃云, 此圖最可也故, 知唯此書眞, 而其他圖彼土之郡縣里程者, 皆不能無其差云云. 僕以爲固如此言則, 不可無好事之一助, 因附斯書之後, 以公于四方云爾. 庚子孟春, 平安城書舖, 柳枝軒茨城方道書.

【영인자료】

桑韓星槎答響
桑韓星槎餘響

僕昔得朝鮮國八道之圖於市間而藏之筐
裏也尚矣讀其跋語則曰右所圖之一書者
據東國方輿勝覽而不差毫釐所寫也嘗就
韓人質之乃云此圖最可也故知唯此書眞
而其他圖彼土之郡縣里程者皆不能無其
差云云　僕以爲固如此言則不可無好事之
一助因附斯書之後以公于四方云爾庚子
孟春・平安城書舖柳枝軒茨城方道書

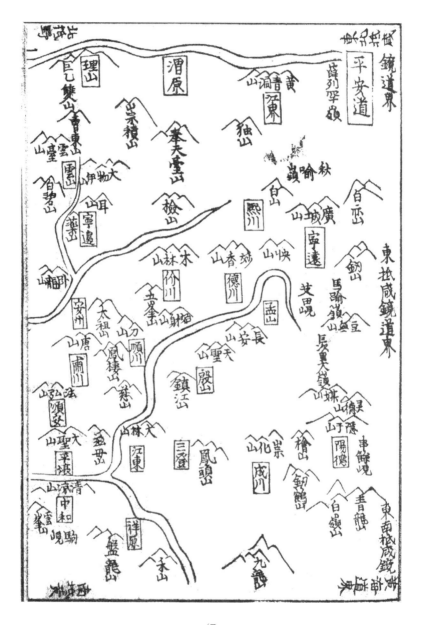

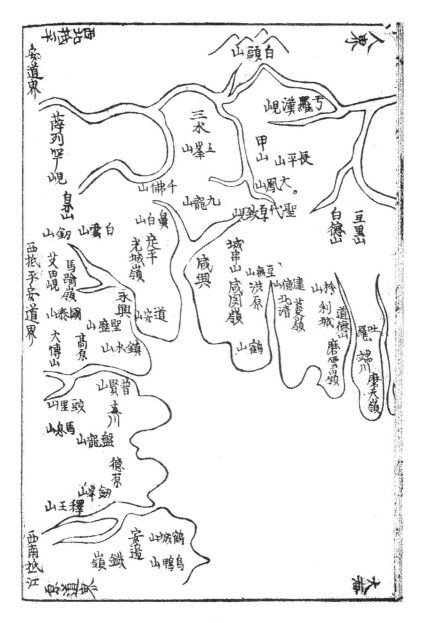

46

45

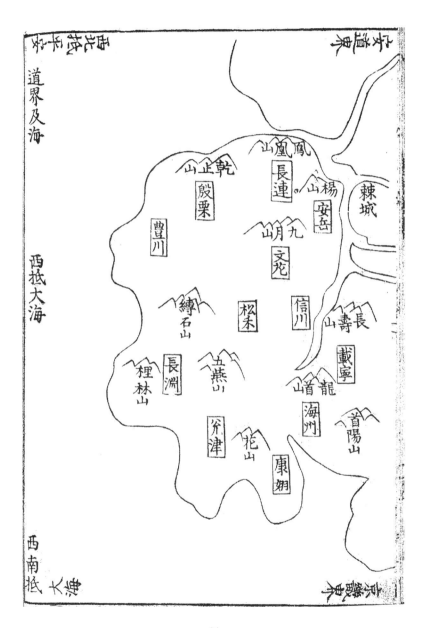

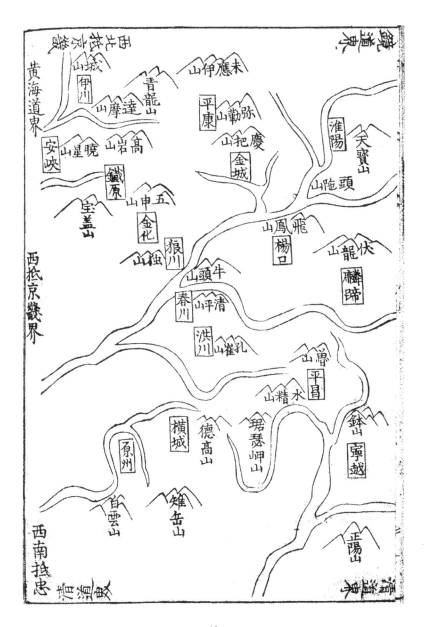

42

41

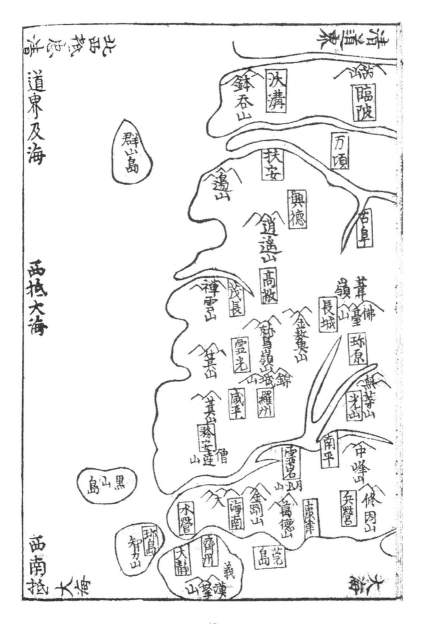

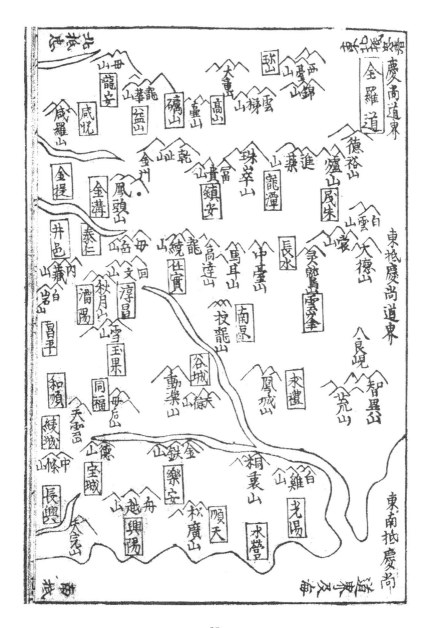

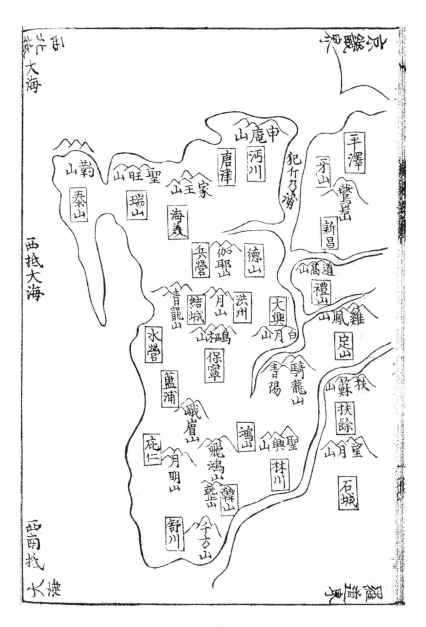

36

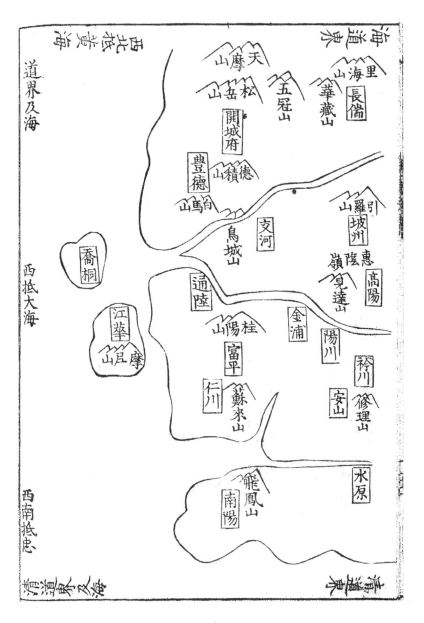

34

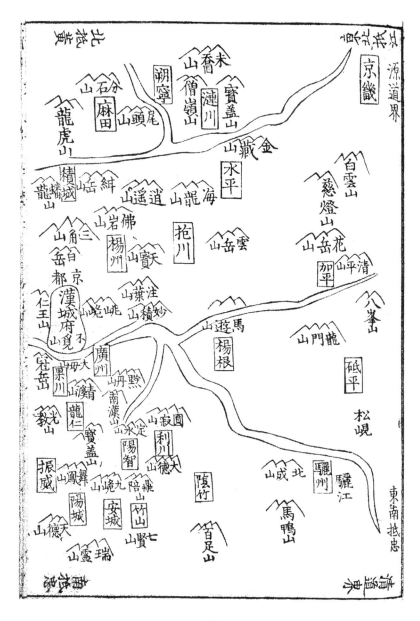

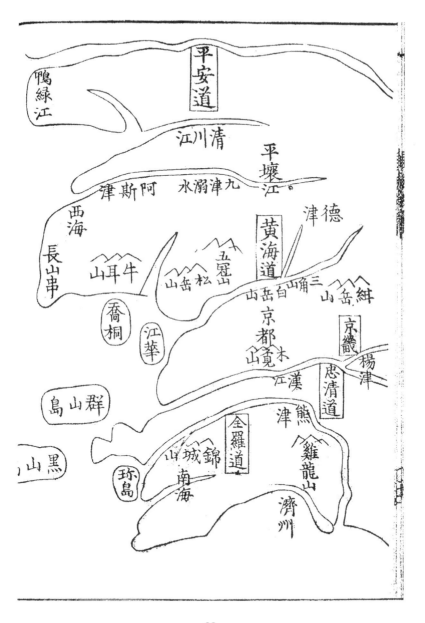

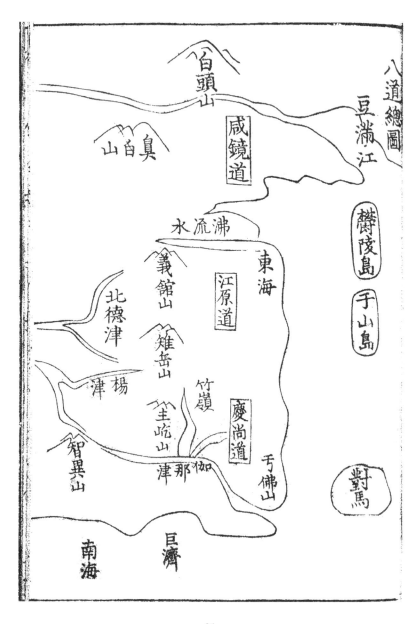

潭心月妙契不如同氣求

箱嶺秋高草木黃逢君暫此慇行裝心心克論

精粗異目擊道存知見春

白水坂韻

巉巖路滑下山陰泉瀉泠泠澗谿湊轉物寧間

同

圓覺境塵寰何者不知音

星槎餘響終

平安
六角通御幸町
西江入町書舖
茨城多左衛門
繡祥

30

湖邊客舍又占　同

白雲秋色滿山樓樓外平湖靜不流欲向禪師

論妙契太虛無物莫相求

過白水坂又占

無外障箇中圓覺是觀音

孤雲落日蔽秋陰流水叢杉一徑淡認得禪心　同

謹和青泉學士箱根嶺芳韻　可竹

嶽頂秋湖遠驛樓士峰涵影也風流風流也有

奉和 從事大人韻 同

善隣盟睦見文明彩鵷凌霄偶此迎屬目山寒
黃落盡歸心歲晚錦旋榮不唯鷗閣馳才業果
識龍門倍價聲囊裡覆瑤知幾許陽春一曲少

人蓡

箱根嶺上奉

可竹和尚口占一絶 青泉

相逢喜色見眉黃驀得摩尼照客裝解道無言
是妙悟秋風不斷木犀香

28

經過蓬萊弱水間仙風道骨恰童顏星槎泛月二

幾千里晴雪出霄不二山奉使禮嚴無辱命顏

吾性僻好耽開停軺京館纔三日和就通簡寧

憚頑

奉和　副使大人韻　同

縹緲蓬瀛五雨風彩斾映日誘秦童王賓親下

徐陳楊釋儒好通元白筒千里武都持節到出

旬士嶺與雲同賴逢四海昇平久百載交盟結

不空

星槎餘響

27

篇擲地見金聲不遲　王事仍多病莫怪瓊瑰

久未賡

奉次　從事大人惠韻　可竹

東華使客稿

使星馳來道方明奉命懃吾勤送迎階禮丞成

千載典錦旋頻促一時榮箕疇弗永失規範桑

域應須遺譽聲逸韻驪珠難復獲忿忘桴散狼

相賡

奉和　正使大人[韻]　松雨

26

鷺汀散人稿

奉次　副使太人惠韻　可竹

人世胡爲無閒風仙顏刮玉麗於童遞中幾日
想蘇翰方外幸今獲李筒萬里使槎隣德篤一
貫文物道情同官軺時泊湖邊驛秋水精神昻
克空

奉寄　可竹長老道案

八月槎邊河漢明浮盃老釋笑相迎爾來隣好
俱無閒吾輩交驩亦有榮苦海迷津同寶筏清

檻前水彩筆生光湖上山整羽寧無著鵂俊惫

懷復有白鷗閒材中棄物不能棄莫厭抹刪藏

個頑

奉贈　否諒

可竹長老禪案　前路猶遠姑更報其或默　效瓜報其或默

禪門衣鉢有宗風海外逢迎貌若童雲衲磨來

乘寶筏驪珠落處見郵筒周旋客路三秋過講

莅隣盟百載同旅窻昨夜勞相憶脩竹蕭蕭月

上空

河美儷和永祈億秋春

奉贈　可竹長老禪案

愛君清氣出眉間　相對欣然作好顏
天外海徼與同過　雨中山瓊章落手偏多意
王事關心獨未闌　退和陽春何苦晚老師應笑
此翁頑

奉次　正使大人惠韻　可竹

北谷散人稿

一顆唾珠落羹間　璨然喜我照衰顏綠袍添色

星槎餘響

〇七

秉國鈞勤政殿上頒玉節崇禮門下整簪紳八
道雲煙從裝飾萬里橈航忩酸辛博望節操昂
而勁延陵劍氣磨不磷五十三驛執風鬐駟蓋
蟬聯江都濱館接弗敢爽舊典齲訶備引進城
閭懿範卓出眞三傑峯乞泰山自嶙峋實書高
擎嚴肅肅璆階禮竢見大賓郡官奉命延設醵
雜遝羅前座海珍蓬闕乾坤敷瑞謝氣氳嘉氣
鬱襲入一代勛勣何克記榮旋必期上麒麟此
去玄鼇可吹浪筆端豪興絕品論儲毓各天山

驛上偶作

來籟颼颼秋滿空行裝尤覺馴陰忽一千餘里
兩京遠五十三郵大道通遞驛弄蹄過短堠痴
蠅附尾逐長風肩摩袂襍區區客誰出邯鄲殘
夢中

　賀獻　國書

兩邦疆域曷無垠俗美還歡修睦隣覆載得一
偏武烈居諸累百安黎民今茲屠維大淵獻使
星馳來凌蒼旻帶礪不渝圭幣脭鳴賀吾　王

帽偏知禮數寬兩鬢霜毛添幾箇試將青鏡拂塵看

嘯軒拜稿

渡巨川

渺渺洪川白浪騰無梁無筏險何勝驛夫自有憑河術盡使騎車扶獲凌

清見寺

風鑒也奇美穗松林檜利古白雲玉封巨鰲霜去名空在背後長餘八葉峰

20

望望般字亦和畢

支許雲林志一般共將毫墨做清歡重滇齊榜
風濤穩古炎聯興石路盤舊病添來叨幾問新
詩唱罷更三嘆秋光已向愁邊盡寫愛殘楓立
馮看

嘯軒成夢良稿

和大坂重陽韻呈　　可竹和尚几下

秋來客恨也千般更遇佳辰悄不歡故里寒花
應瀟砌黑鄉新橘已登盤攬毫轉覺詞華減落

量槎餘響

峰前立馬、看雪色凜凜寒粟生肌膚八葉茁菁

芙蓉開宛爾楓岳眞形圖今古幾人費題品顧

我微才亦濫竿欲向層崖飛蠟屐世故泥人如

粘糊君山何處祕仙酒應待吾曹不時需歸時

倘隨錫杖遊共攀巖樹摘三珠

昨過上峰馬上口占七古一篇將欲仰塵

道案而瘦茶未及書出矣淸什亦自靑泉

許傳來可謂詩人意思一般也來韻和呈

前篇則書過於石霜長老所同照和復至

朝鮮菊溪居士張鵬文稿

走次　可竹和尚富士詠韻

崑崙山在日没處閬風路絶誰窺覰曰有十峰

名海外湧出蒼陸近白楡絶頂皓皓萬古白四

時積雪無時無根盤三州氣勢雄截然屹立鎮

東隅祥雲掩映琪花林別有天地藏玉壺安期

噩焉問幾年徐福采藥計非迁想得化翁經營

初攫土搏沙匪須臾金鼇壯力屹然戴混沌元

精此全輪遠客乘槎與杏然去路偶出名勝區

東隅星槎八月泛滄津蔦過廣桑超方壺眼前
歷歷神仙事却信燕齊非怪迂亭亭一枝白蓮
花吐霧興雲在俄更嵯峨雪色鎮一域浩劫靈
竒此委輸欲把仙翁九節杖陟彼高巔俯寰區
不待身到藐姑射一見神人冰雪膚盤根插入
天池潤時有南爲大鵬圖風生竅穴唱皆喝仙
樂嘈然喧籟竽孤撑太虛白突兀不受塵壒紛
塗糊肉芝鵝藥產岩洞摘來可作仙厨需祇園
道人弄神筆隻字光價傾隋珠

桂旗芝盖恐霧中應抱灝氣冷透膚孔寵風生

廓窔窔璏異居常没克圖霓裳纒纒舞游戲竦

耳誰不聽笙竽四時瑞盈太始雪凝迴認得白

糢糊精華掩暎瑤瑤樓九氣胡爲向外需須識

行中掞藻士揮筆頻頻蹉明珠

　奉次　可竹和尚富士山雜詠韻

宇宙三十六名山自非羽化難關覰笻鞋所及

只海內何異鴛鳩搶枌楡傳聞日東富士峰蘊

秀藏帝天下無平生夢想那可到目斷碧海之

15

富士拙什呈學士書記　　菊溪居士張弼文謹稿

己亥暮秋

聞說鼇背戴三島曼滇茫茫暗觀覿五色雲興

轟轟表但見日影轉桑楡降乩眞人因窄遇末

階咨而質有無嶄出我邦富士嶽一朵芙蕖開

天隅暴初避秦神童子庚止乃日入蓬壺奇躅

臻今尤著矣六帖所記豈其迂道是人王七代

宇地坼茲山湧須更氣勢崛起已秀麗諸峰何

敢論羸輸其土觸殘眞天柱嵯峨嶪嶫多仙區

際交交雙翡翠我來正逢秋水時蘆葦連天渺
涯涘肩與步步遵芳渚盡日行行鏡光裡借問
箱根嶺上湖清奇秀異何如此麻姑消息無處
壽但見東海清淺水我欲停鞭坐明沙手招黃
鶴相遊戲九節菖蒲三秀芝服食不是人間味
一洗胸中九雲夢償得男兒四方志雙林道人
眼界寬覷破煙霞光景美菩提明鏡兩無塵餘
事文章亦瓌偉筆挽湖波千斛來奇而古兮清
而粹燕珉不足報楚璧只喜逍遙共清致

星槎餘響

13

東滇咫尺咸池遍域中流峙多靈氣山皆蘊玉

態益竒澤共潛珠光自媚近江之東彥根西一

區平湖波瀰瀰應知造物多伎倆割取洞庭七

百里不然殘山剩水間澗大困泫何乃爾同灣

曲渚推復却作名琵琶稱不已有時風泉自相

激澎湃清音叶徵忽疑潯陽湓浦水萬里飛

來大城市當時商婦指下聲似訴平生不平意

松風竹露助清爽千古竒調此間寄皇娥梓瑟

若可聽列岀宛是桐峰峙波中泛泛幾蚱蜢沙

茫與箱湖作兩大水王程有期征車忙未暇揚

舲恣游戲同來幸有可竹翁湖海開情清一味

吞吐湖上霽後色一篇新詩以言志澄波萬頃

漾筆端發揮西子絕代美蔬笋習氣無一點雲

夢胸襟想壞偉白頭豪年已還筆往往螭蚓乏

精粹強欲續貂回發赤拙語恐累清絕致

己亥秋九月　　朝鮮嘯軒成夢良稿

奉次

可竹和尚琵琶湖韻

百里間誰開鑑費經營造化神功乃能爾日月
出没空明中青冥浩蕩無極已兩崖樓臺開錦
繡佳人實瑟調宮徵自是西湖擅佳麗況乃漢
陂近都市雨色空濛晴亦好登臨宛有塵外意
客子脩程困風埃幽懷壹欝無處寄眼到名湖
十分明最愛竹島波心峙觀音飛閣跨空碧狀
如靈鼇浮海辇滄盡寒波徹底清一碧秋光渺
無涘風帆沙鳥與明滅羣山倒影玉鏡裡悄然
坐我岳陽樓洞庭怳忽移於此浩浩長源桑混

襟宇正好脱浣埃忩物但覺適素志盍吟聊歌

擬抹批程上風鑒夸清美更有韓客豪放資胸

富丘谿太奇偉吐詞光芒破天慳筆端五色目

純粹鄙句索刪非無意要冷洌山添景致

琵琶湖行奉次

可竹和尚韻

葦原地與扶桑邇瀛海茫茫一元氣富士熊野

仙作富瑤草琪花春正媚巨浸亦有琵琶潤澗

吞鉅野何瀰瀰百川交會氣勢大可敵鑑湖三

星槎餘響

9

彈緩急天然愜流徵税駕時休津驛店午遷促

裝過城市囂塵晴嵐人語嘩翻儞袡裙爽生意

勢多橋畔囘旋觀翩翩歸帆眞一寄萬丈天台

蓊蔚業曼殊樓峨漢表崎記得曩日二千坊如

喂浹極眸東望彥根城湖爲塹壕渺雲裡州中

今半減裏暖翠比良横川列層巓志賀唐崎遷

最是一都會紆路退退去泊此竹生島浮在波

間林巒縹緲篆煙水鳬渚鶴汀幾許般鷺朋鷗

侶須嬉戲江左千載頗有雅我亦不知俱闊咮

眼看

己亥重陽

謾寫琵琶湖景呈學士書記四君

菊溪書于大坂城

可竹

州接東道京畿通地勝人俊鍾逸氣疆内分置

十八郡潑眼山水盡明媚中有一碧萬頃湖湖

光蘸天湛溔灘其家漸次廣而圓延則跡於百

餘里相傳形似琵琶橫絃古得名登偶爾波回

非是假鷗筋風來彷彿鳴弗已太絃小絃如交

師屢垂惠語當一一報謝而僕平生素善
疾病重以行路機頓之憊寢噉全却日事
呻吟重九之韻令始和呈非但長老不恕
之枯淡風致恐被黃花笑也

奉次

可竹和尚重陽韻

世故紛紛幾百般遠遊無處辦淸歡獨看佳菊
披霜葉不見香糕上客盤鄉思莫憑詩句遣病
懷難借酒杯寬道人昨枉重陽作手拆瑤織刮

今看

己亥重陽夕　　　　　青泉申維翰艸

追次

可竹長老重九見贈韻

邇來羈思轉千般佳節隨人強作歡異國秋香

傳橘餅故園風味憶花盤川北望何多阻鴻

鳫南飛復一嘆安得隨君樓佛榻銀瓶揷菊好

同看　　　　　　　　耕牧子姜子青謹稿

浪華城奉訓

可竹和尚惠贈韻

海嶠風煙弄百般名城佳節且須歡吟過碧樹

垂金橘笑摘黃花滿玉盤囊底日添詩草重枕

邊霜透旅衣寬旗亭酒債今宵劇月出人人倚

醉看

浮生幻劫有千般贏得禪翁一笑歡手裏經書

傳貝葉心中定慧似珠盤秋毫剩納須彌大滄

海還隨淨法寬欲識圓通眞面目碧空秋月古

4

星槎餘響

客中重陽賦呈

青泉學士三耕牧　嘯軒　菊溪　三記

室　飲榻下

館中俊父幾多般九九良辰知竭歡珮紐香蘭

襲綵襧酒浮黃菊藉杯盤帽傾應有孟嘉興詩

就執無摩詰嘆逸韻高風工部後不妨子細把

黃看

方外樗衲可竹艸稿

享保己亥韓使來聘唱和

桑韓星槎餘響

平安書林柳枝軒刊行

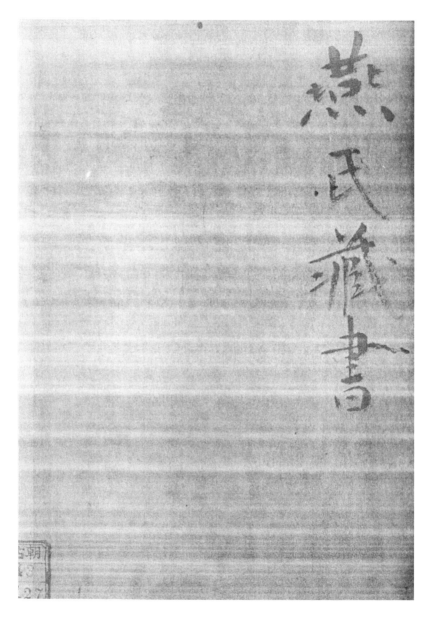

正使　通政大夫吏曹參議知製教　洪致中

韓人來聘官位姓名

副使　通訓大夫行弘文館典翰知製教
　　　兼經筵侍講春秋館編修官　黃璿

從事　通訓大夫行弘文館理知製教兼
　　　經筵侍讀春秋館記注官

3

上上官 三員　李明彥

僉知 韓俊瑗

同知 朴再昌

僉知 金圖南

上判事 三員　判官 李樟

僉知 韓重德

判官 鄭昌周

製述官

4

著作　申維翰　別號青泉

進士　書記　三員　姜柏　別號秋木　同

同　　天官判事　張應斗　別號菊溪

僉知　金世鑌　四員

邪物判事　奉事　韓纘興

副司猛　朴春瑞　一同　吳萬昌

成夢良　別號

嘯軒天和來聘

學士成翠虛侄

天官判事　二員

5

奉事 金震赫　　　　　　僉正 權興式

副司果 良醫 權道 乙員

別提 醫官 白興銓 二員　　副司果 金光泗

上護軍 寫字官 鄭世榮 二員　　上護軍 李日芳

畫員 一員

副司果　咸世輝

正使軍官　七員

折衝將軍

同　　　　　　　李思晟

同　　　　　　　崔心蕃

同　　　　　　　禹成績

同　　　　　　　洪得潤

都總都事　　　　具仛

萬戶

副司猛

副使軍官　七員

折衝將軍

都總經歷

宣傳官

同

虞候

邊儀

揚鳳鳴

韓世元

洪德望

柳善基

元弼挨

朴昌徵

8

副司勇　　　　　　　鄭后僑 別號
菊塢

副司猛　　　　　　　金漢圭

從事軍官　三員

　監察　　　　　　趙俠

　郞廳　　　　　　金渝

副司果　　　　黄錫

　別破陣　二員

尹希哲　　　金世萬

馬上才 二員

姜相周

理馬 一員　　沈重雲

金男

典樂 二員　　咸德亨

金重立

伴倘 三員　　申命禹

崔鳴淵

禮單直乙人　廳直三人

都訓導三人　卜船將三人

中官一百六十八人內

以上自三使至次上官合五十五員

金漢臣　　　徐碩貴

金鼎一

尹昌世　騎船將三員

盤瓹直二人
小童十六人
一行奴子四十六人
使令十八人
刀尺六人
纛奉持二人
節鉞奉持四人
下官二百六十人內

小通事十八人
三使奴子六人
吸唱六人
吹手十八人
炮手六人
形名旗奉持二人
旗手八名

12

騎卜船沙工二十四人一依中官例支

給事

巳上合四百七十五員一依壬戌年

例者也

星槎答響卷上

享保己亥四年朝鮮國信使來聘六月廿一日

超海韓佐須奈浦同廿七日府著太守暨予僉

儔樓舩田迎虎崎同廿九日予偕太守初訪賓

館三使接遇饗應最敦迎送奏樂其壐差緒伀

申謝之衷予呈拙什於三使并學士

呈正使詩　小引

月心

項候瑤館初接　光儀辱領盛饗緗出稀辯

謬冰眷棒私悰滋溕懊莘邑已欽贼鄙律一

15

章奉呈三 正使太人閣下伏申所謝兼所改

刪一

不辭萬頃鯨波險龍節齎來駕彩槎 公驛應

須富光景賓廳便得解丹霞熙熙鼓吹何其雅

種種盤珍茂以加宴席令初嘗一鸞軒知衆味

熟官家

呈副使詩 小引 月心

鬻候賓館辱接 儀表特領盤珍讌享移刻

殊方勝集寔出希代方外葮厖謝忱曷既聊

16

綴野律一篇奉呈　　副使大人閣下次似電

鑒兼祈郢削

箕圖文物久盈耳館裏逢迎豈偶然鳴珮貝瞻

威範逸羅珍可謝禮儀虞斗材夙以趙金買鄰

寶得兼趙璧全徒節專修誠信篤蹤淇不斁故

園懸

呈從事詩　小引

月心

向候客館初接　光範特應嘉饌獲承聲欬

款眷勤摯爲幸洵多因裁蕪詞一律奉呈

従事大人閣下聊寓私悰兼祈党正

憶向政門承 使命節旄今累耀桑驛幣書有

慶時其至冠盖相逢道所存通信百年甚繼好

成勳一代登窓言館中飽此領珍饌破袖還戀

標散棍

三使無和以簡代之

奉謝以酊菴長老道案 正使洪致中

賓館暇日獲奉永錫烱然文彩至今在眼不意

琅函復帶馨什蔚蔚高華炳炳渙卷一讀三歎

傾倒無涯就謹茲際道履清裕仰慰良至平生

拙業未開辭律布鼓雷門聲不敢發一言酬報

愧乏紵縞幸賜寬恕益篤惠好雙林在近瞻跂

爲勞不備

　　同

曩者嘉會穩接摩尼寶彩留照迄今此際

　　　　　　副使黃璿

損貺鄭重以審道履清裕何等慰荷況茲惠寄

佳什盥手珍玩不啻如玄圃叢玉有倡斯和古

人攸尚而顧此魯莽素昧聲律嫫母之醜不敢

唐突西施孤負盛意憮覿曷勝惟高明諒之不

備　同

從事李明彥

項逢謄會幸接清範尼水相照惠好無數忽奉

華訊副以瓊章讀之琅然清生牙頬仍悉秋今

靜養珍備千萬傾慰第念有倡則酬固不容已

而平生鹵質無以猶人聲詞小技亦不關焉巴

童下里未敢抗報春雲負盛貺替申書謝情

之至者妄欲自擬於無絃琴耳諒恕幸甚不備

復

兹煩象官辱領郁簡區區盛意已獲纏閲藻繾

懇懃何至此耶館中繁擾不俟勤諭而知也所

祈曩祉百順早達　東武大禮亟竣顗未有慶

不慧林下樸樕濁未糩糠徒抱技廱之微未免

癡蠅之稱不意此奉王命接伴官使腐朽之資

邑耐周旋梯航數千里只希浴纁繾汪度得容

則客中榮幸矣象官鶴立未蘇二二報謝兼楮

表惆幸勿訝矣不揆冰兢之至不備

月心

寄申學士詩 小引　月心

予自聞　學士之超溟神飛極切頃者雖一

過賓館館裏匆匆未綠執謁詎耐悵歉之至　姜成張三

因賦小律一章欽呈詞案兼東

記室係徵瓊和

文旆蹄溟日域天才望篤克弗攀緣賓筵未

敢把儀範掇句聊庸要和篇逸律盈腔思杜老

顆珠落紙憶蘇仙異方英物最難獲何幸吾儕

逢個年

奉和以酧蓉長老惠贈韻

　　　　　　　　學士申維翰

蓬山蒼翠海東天中有禪翁絶俗緣說法夜隨
花雨色鳴琴秋入㮈枝篇人間甲子誰言老世
外煙霞自在仙支圍尋河孤棹客前身猶憶折
蘆年

又

不必孤槎通上天恆沙佶樸亦奇緣正懷東寺
溪頭笑誰寄西峰月下篇吟罷聲疑傳廣樂與

醉身似ㇾ挾ㇾ飛仙明朝判ㇾ赴ㇾ雙橋會說到浮桥渡

海年

日於賓館望西山爽氣屋區俗禮未敢望履

床下泛今耿然忽奉藥翰與瓊什偕至誦來

雲霞動色自以枯槎朽臭何所得接芝香如

此郎與姜成張諸友共承休奬盟于以讀各

賦ㇾ一篇仰塞至意慚恧再拜

謹次酌菴長老辱示韻　書記姜栢

傳衣一脈自西天海外相逢是宿緣銀漢星槎

追舊事雪猿梅月賞新篇靈山予卓飛空錫詩

學吾慚搜骨仙然赴香爐蓮社約虎溪三笑憶

當年ニ

又

征帆將挾十洲天汗漫神遊似舊緣擬躡蓬山

赤玉烏先擎蘭若白雲篇高風幸把浮杯釋凡

骨羞非識字仙曉月暗松情夏切西峰談道自

今年

謹次以酬長老辱示韻，

書記成夢良

日域箕邦已各天　追隨蓮社杳無緣　誰知銀漢

乘槎路　忽枉紅樓詠月篇　秀語何曾帶蔬筍高

標眞簡謫神仙　翠虛蘭室相酬　地勝事依然千

戌年

又

蘭室長老相遇多有酬唱故云　不佞伯父翠虛曾於壬戌東來與

敢言四海並彌天　勝地逢迎儘有緣　道性已看

明月色淸詩忽奉碧雲篇　期追萬里飛空錫其

訪三山采藥仙　儒釋元來門不二　東林盛會又

今年

26

奉次以酊菴長老寄示之韻

　　　　　　　書記張應斗

槎路迢迢浴日天　忽逢蘆葉若前緣　未投瑤里

淵明杖先得廬山　惠遠篇聽法他時揮玉塵懸

燈何處禮金仙　休嫌俗客舟楫汚　頓悟其如半

百年

　又

吾非四海子瀰天　此地相逢是宿緣　凡骨縱欣

攀法相抽詞何敢和高篇　心齊氷月全無累身

27

近蓬瀛可學仙君向雙林聞軟語忘形忘世亦
忘年、

　濫呈部什辱惠和章詞朵宏麗逸韻鏗鏘
使人珍讀弗已再依原韻奉謝學士申君
厚義

　　　　　　月心

道合不論地與天列修　兩國睦鄰緣忍欲寄
去粃糠句忘貴酬來瓊玖篇名下毓英無薄俗
毫端馳采悉詩仙　東華應以中華比儒雅風
流楊大年

28

呈製述官抽竹速入清覽特惠和篇琅誦
數次曷耐攢謝因再次韻欽呈書記姜君
詞案以寓微悰　　　　　　　　月心

干戈永息太平天締盡德鄰不朽緣偶爲聘差
停玉簡得余才子耀詩篇補衡鑿枘世無匹儔
瓘傳舫家有仙萊水相逢須注瞻再遊眷眷待
何年

向呈學士拙律犬頭見惠句純粹感誦
無穫再依原韻欽呈書記成君詞案以捄

29

謝惘

兩域山河同一天渠儂寧曰異生緣逢時最賞

攅花筆乘虛可繡采葛篇將謂鄒公當顯任要

看李氏稱書仙天和來聘素緇契詩就感君憶

昔年酬之句故菲尊于茲篇末有翠廬蘭室相

　　　　　　　　　　　　　　　　月心

　　　　　　比呈學士鄙律六韻見惠三四讀之珍感

　　　　　　靡罄再和元韻以呈書記張君文案欽領

　　　　微忱

　　　　　　　　　　　　　　　月心

士龍彩筆卓回天漢水登無畔出緣末理既成

貫道器雅恩甚託鍊冰篇僉云掃樣有陳守自

媿推門逐浪仙使佐功玫錦旋後要聞鷹選累

遜年ヲ

昨奉手翰與和章灑灑皆瓊華寶具不料

盛眷枉用傾倒諮承過獎愧汗集衣輒以

空言蠅襲前陋復此惟塵區區楮墨倘不

退於枕几之間鄙願足矣

中學士

孤飛白鶴渺秋天不信人間有法緣滄海偶壽

裏老馨瑤君雲重擬惠休篇洲邊拾契甚娛客松

下燒丹與作仙聞道遺經逡秦火速空頃盍間

千年

昨日和章恐浼高覽今承俯覆可見良匠

之園不棄樗櫟之朽也此心銘佩何言復

呈一律此可謂下劣詩魔入肺腑者也好

笑幸領意如何

姜書記

孤槎犯斗上青天避迮無非世緣蓬島彩雲

停容棹曇花春色動詩篇相逢銀漢梧桐雨其

說蓮舟太乙仙聞道癯形曾絕粒從君夏欲學
長年

續貂纔呈報瓊又至三復珍翫感荷無已
又疊前韻仰塵法眼可謂蓼蟲習辛也

　　　　成書記

宴坐虛空不住天焚香洗鉢謝塵緣松間誦呪
應千遍月下敲門又幾篇高躅堪追弘惠老徒
才已愧海雲仙無妨詩酒開心素兩國敦和
過百年

項柾寶偈盛意可掬不可以一篇蕪語艸

艸和呈故更搆一律以寫鐫感之忱不料

道眼不鄙復賜和章再三吟繹悦若逃虛

之甚兹敢復塵以博一粲

張書記

菩提樹外蕭蕭夫消遣空門萬劫緣陶令登無

尋遠意道潛還有和蘇篇庶前異艸長生藥座

下高松不老仙若許金鎞刮眼瞑未煩修鍊可

延年ヲ

盡簪雖未盈願藻雅甚慰鄙懷祇媿以蜩
引魚雛幸之餘復曡倂呈 申學士三記

室書案仰謝萬乙 月心

劉牆甚峻叨窺天奇遇盍失感夙緣支許神遊
盡磁鐵元蘇道契著書篇君胸有岳應澆酒我
鬢將霜空憶仙兀兀朽資如不棄遺中忩物又

忩年

楮尾別附乙律謾充慰問駕舩在所恐館
中紛擾勿勞和章

月心

項來列光訪詢跾殘暑益茲思起居南菩凋風

簾鎘裙芙蓉騰蔿案頭書杯中俎綠灉應酌筆

下鮫珠輝有餘慌憶客懷漸怘否蕪辭聊賑博

軒渠二

謙夭奉呈

朝鮮國三官使併祈　莞削

月心、

繡節輝騰自漢城二百年典禮豈能輕使華結作

狀與氣海外山河敷泰平太守設燕樓遇亦

臨席乙一絶遵例二三使無
邪有他日可和二呈之醉

泊船拙什呈　學士暨二書記旅案

月心

促錫下層巔今宵始泊船船窻凉也足織月影

將鮮岡峻青龍臥巖奇白虎眠潮聲鳴不止枕

倦夢紛然　津口有青龍洞白虎巖

奉酬船中寄示韻　申學士

薄月在峰巔秋風吹畫船雨汀蘭桂溽凉袖蔣

蘿鮮輿似冥鵬舉閑隨沙鳥眠仙琴彈水調蓬

海色蒼然

奉依船中寄示韻　　　　姜書記

收拾下山嶺如何還繫舩風喧鮫杵響浪沒雨
珠鮮客枕曾多日寒燈又借眠來詩到病眼讀
罷一欣然

奉和船中寄示韻　　　　成書記

蘭若捲西巔摩尼照海船波程猶滯阻天宇
澄鮮雙棹何時發孤燈昨夜眠長吟碧雲句隔
浦望悠然

38

奉次船上惠示韻　　　　　張書記

松杉繞翠巔下有近河船溮海風波濶咸池曙

旭鮮雲煙隨客住鷗鷺伴人眠忽枉瑤篇贈縹

嚢轉爽然

再依前韻呈　四君文案併謝眷意

賓廳倚鶴巔門外幾樓船爐焯遭風阻雨簾搐

京鮮枕坳占間寂寞熟遺慈眠雅韻聯聯至瑗

哦思爽然　　聘使所館曰西山寺山口曰鶴翼

月心

39

疊和　前韻奉　以酊菴道慈

申學士

碧海浸山巔夹門伏客船席風波怒湧鬢月夜

澄鮮鶂背懸歸夢蟲聲伴醉眠幾時隨秋鉢東

去與悠然

奉和　以酊菴疊疊贈韻　美書記

杖策下山巔依巘宿河船波隨羌唄辭月與歸

架鮮洗鉢分魚食懸燈伴鷺眠何時蓬島路風

馭其冷然

40

螢天護呈　以酉卷道案二

成書記

寺在翠微巖蘿聲來客船回頭碧雲暮入手貌
珠鮮鷗路風何逆蚊雷夜不眠倘蒙蘆葉濟瀾鰕
宿坐超然

復疊巔字，韻奉呈　以酉卷道案二

張書記

蒼蒼跨海巔戢戢候風船樹色天俱遠波光月
共鮮穰奇臨臨作清靜臥雲眠報道浮盂近心

41

溺政浩然

篷窓寥寥兀坐消夏不意金玉並鑱三四

感玩使人釋然復疊前韻侊呈四君詞案

月心

院住翠峨嶺身乘蒼海船雨聲寧真逆嶽色餘

嫌鮮蓬底奉君賜鎗前鎖我眠繡袍空戀戀幾

日獲愉然

又

眼足衆山巓命輕一葉船何開重霧鬖仰望廣

42

寒鮮撃節人皆唱攤念我獨眠明投都白玉質

美自溫然

又

學巒朵朵巓畫牒揭當船雨縮小廬勝潮通雨

浙鮮鳴艫篙子過投餌釣漁眠詩景般般在客

懷我曷然

又

蒼樹鬱乎巓雞鳴近旅船商霖猶未歇海水証

其鮮衆客推篷望殘僧乘几眠晦明如可卜巌

獲不欽然

與甲學士書

月心

商霖未晴想惟館中動止珍適也咎　不慧　少感

風疾增加鬱貟然而藥治有效得漸起也幸勿

繫念頃日愚徒鏡遠儀不自揣叩呈穢句悠需

抹刪雅量之贲不棄無似二一賜和惵荷過奬

盛意繾綣足可辨謝矣　不慧　慮其勞電鑒憂人

閭慰而已因憶　不慧　與四君同寓對府凡二次

句雖屢通李篤未臨團圓于一室泰韋之懷詎

忍忘失難然世只被惑惑轉亦出入情之一端
也若於離合一如之境論之溌溌神交諒不在
肩袂摩襟之際吾先哲有言道合則霄壤俱處
趣異則觀面胡越果能體此意則雖縱隔山河
眼眼相照日俱握手傾倒膽腑何妨之有至茲
目擊道存者恐遲也八刻愈修愈不可疏者唯
道而已繼成書記所惠詩中有儒釋跡元來門不
二之句信然矣想夫儒釋跡而道原也其原透
微跡何論耶只向不二門中眉毛斯結涓滴無

遣寧不慶快乎哉四君若思之永篤不請之汝

實出弗諼之厚誼矣區區囈言謬況瀆聽但求

知雅意如何幸甚任度宥口舌之罪千萬榮光

不備

　　　七月十九日順風卯中刻開帆未刻舟

　　蓍壹州

　超溟舡什呈申學士

　　　　　月心

洋途半千里數帆開向東天登無冥護巽二假

順風風柔潮不激凝灘極纖穠尾闊定波底泝

焦在霧中互浸與碧落氣氳接窪窿勘與一壺

窄仙區路應通雲端多靈璨暗得指瀛蓬辰霧氣

層樓峙豐聲津鼓薜晴嵐夕暉際蘭橈入壹漾

何幸柮䑧舳艫伴儀半不敢揆蠡測獧句表

私衷縱有海涵廣難兔個顉蒙

和呈可竹和尚　道案　姜書記

雲霞逗仙嶼漏日生天東張帆出港口五兩正

北風青靄起空明氣色清且穠滄波四百里飛

渡日未申前瞻二岐島巖石立穹窿秋光早橘

垂水色天河通　　　　　　人家

左右片賽神村鼓薛兩嶺相環抱洲嶼下奔溪

田畦互經緯黍稷正手令人懷故國黯然傷

我束朝來栬樓作鄭重厚意蒙

嘯軒僚友重患毒癰嘔泄頹臥赤不能和
呈歡意有若熙鈞云

和呈可竹和尚　道案　　張書記

天明登雀室蒼茫東海東飄颻自輕舉若取冷

冷風直欲尋真境擷取瓊花穗藏室在腳底歸

墟來眼中飛盧掃氛氳天宇欲空窿脩程指龜

背曠然萬里通歎我羇旅蹤漂淨萍與蓬甚劂

一布鼓敢向雷門辭清新柁樓作詞源浩淼淼

因詩想其人風標清且半何當埽二楊相對討

素東騷壇如有暇為我重啟蒙

　昨呈超溟拙什忽獲　秋水菊溪二記室

和章因再次韻以謝眷意

　　　　　月心

神昔奉　天敕闢國渤澥東夏立　大和號四

民足成風山河頗豐美卉木鬱而穠王室秉均

久執出至化中踐祚載有繼嘉氣溢崇窿善鄰

鄰義篤修常使節通四君今爲佐膺選向紫蓬

簫竿奏冷冷鼕鼓搖辥辥心炎繼有日一旦發

棗深凝凝破衲子何羊伴袖羞雅情極㳂吳惡

員缺藿東況復獲瓊玖襲至忌困蒙

曇和

姜書記　秋水

吾邦郎鄒魯敎誦溢海東

檀君創神基箕子

振儒風規矩法中國冠服釐且穠禮樂與刑政

出入三代中　聖朝益休明至道天象窿朝

50

若楝賢臣越海鄰好通滄波四千里去去近瀛

蓬翻風繡旗颱揿山畫鼓聲尋煙宿漁村下碗

傷石深綺語自空門出水芙蕖半瓊琚酬木瓜

未足表淡東宿述積如山令人慚顏蒙

　　疊和

　　　　張書記　菊溪

在昔徐氏子求仙　桑域東樓舩載秦童摯飆

三島風神人若可接藥艸何彼穠能得久視方

冥棲熊野中遺跡寄幽筧祠屋屹窈窱且聞愛

宅神靈氣迴相通而我夢想久小少志桑蓬今

隨漢節來旆鼓競躱薛水宿誰與伴鳧鷖紛在
深欣逢白足師毛骨癯而手翻翻百篇詩字字
露淒東坡緘三過讀意豁如散蒙

奉以酊諸禪師行館書　申學士

層溟利涉憑德荷　法力仰感且賀無任區區病
伏舟中忽伏承和尚惠詩讀來牙頰生香踴喜
難狀不俟數日間偶患痔症症甚痛苦醫豈言此
病爲溼炎所發治之見效未易柰何奈何方臥
廉叶楚不遑吟哦詩句催俟少間卽謀和呈幸

以此意、詮告如何再昨在馬州奉答惠書未

知能免浮沈耶亦望　示及識面之願耿在心

脈而行軒恧尺又坐病繁切悶如之何臥卿數

行筆不導言統惟　諸禪師遠鑒片楮以諒此

狀不備

　　奉呈以酊卷長老舟中侍人書 此一書翻 轉達之尓

　　　　　　　　中學士

星槎之到仙府恰滿二十日府中士無與還往

者自以語言不通誠志交阻獨寥寥他門客愁

山積辱荷　眷念屢賜瓊瑤每令人傾倒誦詠

至今　帳下攀眞拉皆不鄙而詩歌之種種珍

旣如珠貯區區感意直欲奉贄　山門以歛

下塵而與馬出入不敢煩公府邇者薄次祇模

望神舟如咫尺而異鄉疎跡動有望碍耿然之

私無睱可釋不自意　尺牘損左聱旨勤懇至

論身心離合處如瞿曇拈指頭是道雖彼此

物得在清梧之　泰面承金筐以刮塵瞙何以加

諸感隕之極謹敷腹心如左　不侫早嗜古書中

54

而病悃自謂世間樂事不必在朱車華屋而佳

山麗水得一素心人相從傻足終老惟是匹夫

之節未固名動之緣未磨偶逐塵埃絆身簪組

今之跋涉風波淹泊雲嶠實出於平生夢寐之

所不到也但與一心爲期者不過旦暮誠效信

以待俊士玩心頤精以賞雲物可幸無罪於

貴邦之諸君子矣承諭儘釋跡而道原一語益

爽人懷不俟雖魯鈍無似亦嘗聞禪家之定慧

自有動靜根葉互應於忠恕之門其要只在割

卻偽魔枉了妄想如猫搏鼠如雞抱卵使本原
之地常常保得一片虛明原無毫髮可翳夫所
謂本原之地者卽吾與人同得之天也自天降
東以來日月所照霜露所隆舟車所通何往而
非吾天者本原旣明萬物皆慅以之居家以之
泰國以之與人交皆從活潑潑源頭做去一切
絲絲岐岐念脉脉細意初未嘗容住其間儒釋之
所共勉者若是而已況今天祚兩邦德昔孚
如使者銜諭遠沙層溟惟堅不佞亦忝恩命

56

載筆而隨之所冀　諸執事先生秉忠淵實以
勤以念刮去毛皮輪寫肝肺縡以主事克修惠
妍無數鄙廁廁幸甚此又鄰和之所共勉者故不
得不申復焉猥蒙　諏愛瀆擾至此悚罪悚罪
帆風久阅旅膓憚熱苦待破浪歷峽州經藍島
若值　几杖之密邇攀授有階幸賜一睨之地
以副瞻仰病伏不備
　　復申學士書
　　　　　　　　　　　　　月心
項啟短牘纏諭與居駕船匆匆既抵歧陽辱荷

同宗讀之乃知足下置身於翰林誦酢間遊心
於宗門典籍上於戲翠變學士何克如斯博雅
乎不慧向儕視風度實知厥爲雅也服欽之深
靡言可陳不慧自劬離家入二業林由二業林
酸辛痛苦雖自激勵駑鈍之資未嘗窺佛祖之
藩籬因循空渦三二十年凡圖淡林遂谷木茒
淵飲俱艸木腐而已不意濫膺公選任持官
寺夏奉　王命接佯　官使因茲與學士暨三十
書記神光厮結獲荷厚誼於　不慧分上奚能當

之硯悚惟多所惠書中有云禪家之定慧其要
只在剗却偽魔杜了妄想寔如論矣吾佛之道
非璞異妖藥之術又非支妙奇特之事只在使
羣蒙發明心地而已心也者何不涉古來今超
然無比況者又如樣筆所托然世殊事異其道
欲寢下衰梁普通年間吾藹齲祖佩佛心即東
來屈止茲山以不立文字直指人心使入究決
察要瞥轉樞機是謂教外別傳神光三拜的的
承當教外之宗布滿天下而鉅儒搢紳賢士大

夫繼踵歸者未為不多矣如張相國柳刺史黃
太史蘇翰林暨宋文憲公不離爵祿功名科奉
婚官之間發明直指道氣吞佛祖眼高乾坤此
乃掃空文字語言證得獨脫無依底之樣方也
雖然如此又不由文字證庸傳澆末以故吾祖
有六門之字而以垂兒孫文非文字般若之力
乎道本無言藉言顯道者是也道與文字孰曰
有兩般乎魯聖所謂克己復禮之教亦洞通聖
旨則何必穉涉字言乎然則儒釋同其原蓋應

徵爲儒雅風流之士和調陽春白雪於摛藻摽
觚之際者亦恐在茲而已 足下當與述官負
穎脫資高風雅韻激昂志節望彌高鑽彌堅播
聲光于上國則雖曰張柳黃蘇之輩或可不減
之今如官使來聘遙躋滇渤復寧非道藝所
存乎祝祝因憶如書記三君梅檀林中全無雜
樹者尚可尚也耳同達卑意幸甚不備

星槎答響卷上終

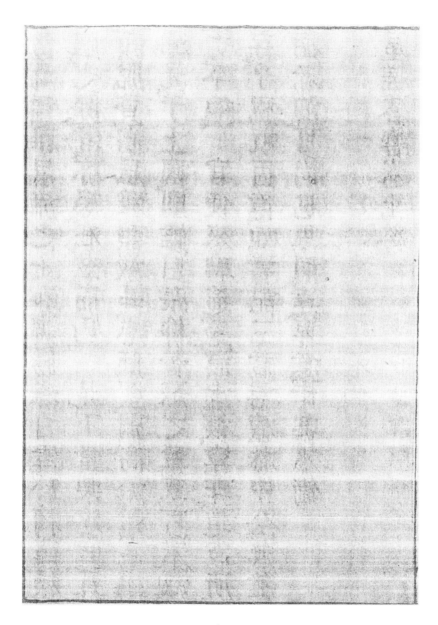

星槎答響卷下

舟次壹歧州奉和可竹和尚超滇新什見

竟

申學士

千帆發南嶠朝日初映東馮夷喜鼓儛政値扶

搖風輕霞媚幽慤燡如春花穠婆婆雪山侶調

笑煙波中龜蠏嶼岳標紗扃結樓窅窱浮盃法象

幻泛槎天桥通還思去采藥未曉行轉蓬秋觴

醉兀兀午鼓鳴桴桴停舟得津舘嶂夾青宴深

伊誰倡水調慕子清而丰雲杉響夕波聽出娛

63

心衷從茲願託契誼我狂塵蒙

依原韻呈謝青泉學士　月心

篋疇一乖範　國近燕京東典禮學三代朴淳

同古風黎庶豊而富粲稻肥甚機器材多玥璉

政刑執厥中儒雅兼文物總依二祠鎣惟有翰

林逸無道不該通今爲聘使輶乘槎逐萍蓬義

滚未傾膽空聽館鼓薜僑居注溯切引聆見驚

深願身生齧齭齭馴標丰因忘守株拙舉和

呈寸衷聞君中瘴毒勤避牘暑蒙

復副簡

投愚徒等華箋剞劂丰復同涉巨浸皂白無憑
足可其懼因承　足下項發痔疾調治未效瘳
屬既竣對候　保嗇惟祈而已向所惠呈示亦
昨夜自芳洲儒生而落掌熟讀數過感喜之餘
重寫數字今附封中勿必觸電矚而勞精神希
待完瘥浣日看過且所呈超邁之拙什荷　姜
張二書記和章豐雅精絶不可獲而議也微意
己足矣卧狀之間勿要和篇勿勿布字

復疊前韻呈　各君并謝數篇惠意

月心

和韓幾朵舫聯翩凌海東政陽歘歘日幸獲避

猛颶風歇又雨歇餘奉物咸穠四面山莘屹罷

晝掲睫中曉月冷看立灝氣滿簪篷冕裘豈不

想秋潮信纔通願早懸征帆日日近天蓬推枕

耿無夢鐘鼓互殷辭吾有魚技篷熟蘋蓼深

賓館四君在誰不仰雅丰詡酢勤娓娓各筆抽

精東何當遂披雲連榻開鬱棠

和呈可竹和尚　道案　成書記　嘯軒

月出吾船四日出吾船東吾船近扶桑蓬萊寧

阻風仙侶若可招三花幾枝禮先逢白拂僧路

指虛無中鏡亙清夜空玉宇秋穹窿心共水月

虛與神明通一唱又一和不愁身轉蓬鯨人

枒札札馮夷鼓譁譁神清了無寐永夜波聲潒

相攜步青州蘭苕援葺丰粗跡何暇論相照惟

心東願借曹溪波一洗輕垢蒙項有薪憂致念

累枉慈悲之句何何感如之今繞一覺
起枕更修舊好或供侍者一覺

67

復疊原韻呈謝嘯軒書記見惠

月心

岱輿與員嶠祖洲列在東日精如可得謁離去

御風相傳不死草似菰葉穠多少神仙屬恐

遂縹緲中弱水險難涉銀濤摩穹篋奇瓖置不

論祗懼 國信通聘個昇平地奚克讓登蓬隣

壁百年固爭聽鼙鼓辭斦今遊海颿柂樓快過

涷遠山如黛爾雲表擎美丰聞君旣起枕中心

惝赤衷昨夜承端報讀罷解滯裳少安馳抱塞

68

篆恭賸候氣不和勿息調治只如
筆力遒勁完療之兆在茲耳祝祝

又變東字韻仰呈可否和尚　道案

成書記

昔聞夷亶洲乃在桑海東山戴太始雪花開四
時風食棗安期壽宋藥泰女穮菅原與晁卿名
播寰宇中劃犀器用利舀海城闕鑾壤漏玳方
貢路與箕邦通玉節講隘好學士降瀛蓬已喜
書軌同不聞戎鼓辭長風送彩鷁贄過歸虛漢
齊榜有詩僧道貌顧而丰相對潤龍鱗水月皎

69

素東詩來若金篋塵眼開昏蒙　猶帆風不利慈航

清迪一掬寶珠又落塵榻三復諷誦頭履
者鄭重藥襄關心久疎鈴藥而重逢侍
須摩朽鈍耳之意

奉呈可竹和尚書

申學士

病伏蓬頭風雨如晦浮沈七尺出沒於魚鼈篇

波間痛定則睡睡而神悸不復知身外有何物

忽奉　惠牘煙霞蔚然稍稍熱日而矢口乃又

作五色蓮花照耀黃金地令人精魂洒洒若從

雙樹下得甘露洗沈痾也至其出入三昧揚芪

70

千古以張柳黃蘇諸君子高情逸氣氾濫方外
者謂可以與聞於敎外之旨而下逮不使勉以
道詎夫張柳黃蘇卒不可得而彼尚洽於習氣
況於名華瀏瀏如初地人見佛現身了無津梁
況於不俟何有哉雖然亦嘗聞直指之傳爲禪
家上乘故阿難之總持弗如雪山之跌坐若其
澹然虛明一超而到如來藏則可矣其言一立
而率天下不識字衆生輩皆廖柱於須彌山放
下著一話所托於空者或得其頑而往往自墮

於野狐窟中矣惟儒家亦有是存養博約兩個
語陸子靜駁紫陽云六經註我我註六經當時
已病其太高而王陽明陳白沙諸賢又皆左祖
於存養至今天下學聖人之道者厭薄箋註目
爲支離影響其源蓋出於佛家心即而氣裏之
高者或得其彷彿一二其下者自在事障業障
頭頭換面著落無關將明德之云何此於儒釋
之門各有眞妄之分不可不審也若夫詞華聲
曲是特輕浮豎子販名一技耳彼其習苦而甘

之者亦自以風雅為鼻祖然考今之雕花鏤月
摘黃耦白有可以與觀羣怨不隳於夫子之旨
者哉隋唐以下此法甚盛人操白雪尸握玄珠
歷宋至明而天下波流言且益繁而道日益遠
不佞嘗思一切掃去盡付祖龍手段而不可得
矣猶且蒙倡而娛寢曰我戒色連觴而引滿曰
我惡醉眾皆調笑不眠豈有冗信吾言者乎從
今以往願割文字緣杜門漠谷作一痴田父了
此生即無論出禪入玄要不是輕儇桃達枝藝

人鄙願良足矣竊承　誨意若以都邑聲光為
不佞地者慚甚慚甚使不佞琢字鍊章用盡二
嗚以幸諸君子野驚之喈即所銜何物所獲何
名楊子雲學相如模擬為文至白首乃曰雕蟲
篆刻壯夫不為如僕知之巳早而但坐前生惡
業誤在世法中自我而不屬文則易自世人而
容我不屬文則難所以毗俛　王事遠涉滄海
每聞人人稱製述學士輒報然面熱書辭煩委
敢在腹心乞賜優容不以卮談而覆諸之幸甚

歷癸比昨痛楚少減而四大窈焿根核日深悶

如之何外偈語四章春陳承筆以佐定中之舞

統希照入不備

　復青泉學士書

迺者通槭未消數日復荷緘箋與芳偈並至細　　　月心

閲忘勤服感采溱惟稱不慧奚其過實怓怓

怓所諭佛祖下事精粗無遺激發殊劇況又儒

門輴轄勸竭底蘊至于立論極理探頤乘範如

其辯博無礙矣元普應國師應高麗王所請

通書進直指道遺風餘烈至今不廢因學士之
橡筆增知事蹟不虛也不慧逢斯嘉運不忍漏
默誤失吻皮且泄所聞吾宗門一著非聰明所
爲非肆辯所盡又非以討較安排知見解會可
卜度但將正徹正悟爲要耳故傳燈一千七百
員知識各有未了公案使入微貧徹證自悟自
得譬如人飲水冷暖自知從門入者不是家珍
也當其提撕之時不閒容髮如救頭燃而平生
所有底之物雜幕怨放下向放下處切著精彩

76

始得昔者明道先生有與開善謙師講方外之
雅謙答先生之請云時光易過且緊緊做工夫
別無工夫只放下即是佢將平生所有底一時
放下山僧尋常云行住坐卧決定不是語言問
答決定不是見聞覺知決定不是思量分別決
定不是試絶却此四箇路頭看不絶決定不悟
四箇路頭若絶僧問趙州狗子還有佛性也無
州曰無雲門曰乾屎橛管取阿阿大笑此即不
假私飾使人自證自得底之樣子也來書所論

須彌山放下著亦雲門趙州之話而須彌山答

安身立命放下著答一物不將來事雖似異理

曷不一乎不要容安排于其間又山谷老人訪

晦堂禪師共山行之次谷云孔聖所謂吾無隱

於爾意旨如何晦不答驟步之間岩桂成盛開芬

芳穿鼻晦曰聞木犀香麼谷曰聞晦曰吾無隱

於爾谷於茲瞥然又與前段無有欠少皆是撒

手嵒崖片段弗遺之境界也至茲說甚麼總持

趺坐論甚麼存養博約不立文字直指人心之

義盡矣學士既爲使佐鷹選東來筆拂千軍務
報國恩讚勳積之所令然非輕輕之事若能向
筆頭上黠出金剛正眼得照天照地去則寧與
佛祖之地位有毫末之滲漏乎承割文字緣杜
門渙谷作二十田父了此生是不慧所不屑也如
張柳貴蘇亦在禮樂政刑事業揖讓之際撥轉
關棙得與奪自在底大丈夫也何致以朝市山
林閒閱環堵之有差爲證道之碼乎西竺尊者
有言隨流認得性無喜又無憂希渙思之書中

因有所徵寫兩段因緣且亦譜語許多以復何

堪戰慄之至不備

　　呈可竹和尚偶並序　　申學士

余雷對馬州兩旬餘所與可竹和尚曁門下諸

禪倡訊詩若亡虛日屬槎頭嚮都下和尚亦具

舟而偕洋溟數千里得雲永風月草木魚鳥之

觀可與會忞可與悟眞可與忘世而翱游　和

尚固象外人其視刻中色相不過爲六塵緣影

已余雖未閑於維摩家自謂欲然之地本無豐

茲敢獻四偈願聞緒言

雲水

英英白雲淼淼蒼波乘流則逝眇景斯哦高憑

風月

太虚歷覽無涯芥子須彌何少何多

迎風海棹傀月林亭孰噓揚是而動觀聽漫漫

色空與化亡停一顆摩尼圓通有靈

草木

維舟橘浦息徒蘭阿謂謂幽香榮榮素柯杜我

塵根暢以天和嘉彼祇林普照蓮花

魚鳥

魚潜載泳鳥集以翔從容至道樂在冥茫彼養

伊何慈悲是彰我歌無生與兩相忘

月心

青泉學士以雲水風月草木魚鳥爲題作

四偈見惠意句敏絶令人拭目序文所謂

皎然之地本無豊嗇蕭然矣因記昔白侍

郎訪鳥窠林師以問法要林曰諸惡莫作

泉善奉行侍郎曰三歲孩兒能言之林曰

三歲孩兒言節易八十老翁行節難希善

潑思之而透徹說默一時藥病一如而始

得　學上信根之厚不忍杜口漫書古哲

消息以濟慧眼不知乃心如何且投小徒

箋尾承偈語無和韻之諭故不和呈第假

四題別賦一偈呈之詞寨聊寓卑意而已

看過幸甚

浮世逐雲影圓通空水聲禁懷風來爽鑑覺月

明明露滴草芽動時秋水葉驚鳥飛魚躍的何
物不天成

舟發勝本抵藍嶋拙什賦呈　學士三書

記　　　　　　　月心

又整征颿發勝湄海崎點點翠螺奇仙都物色
島堪況漁浦風流只自知時忝應須無鵜蚌水
靈定是有龍龜停橈藍嶋多清趣故傚俚詞賓動
藻思

和韻奉呈　　　　姜書記

84

擊鼓發舡、風浦湄區中浩浩客行奇棹歌長短

水禽起海色陰啨舟子知此去已耕窮絕域前

程不欲問靈龜滄波漸與雞林遠回首天東顯

顆思

　和韻謹呈可竹和尚道案

　　　　　成書記

參差籬落水之湄側嶋風煙畫裡奇海濶帆檣

乘夜至天遙方位以星知與高直欲驂鸞鶴行

穩何須問笻龜桑下又生三宿戀依然勝浦夢

中思

奉和可竹禪師寄示韻　張書記

輕帆飛出大洋涯觸目雲煙處處奇斯役幸敎

波浪靜此心應有鬼神知陛余病蟄籠中鶴羨

子浮游葉上龜詩到逢窓人不見一囘哈罷

囘思

再次呈謝　三書記詞案

　　　月心

潮聲拍拍浙江湄雪浪翻銀也一奇批抹豈無

驛客驚淡濃奚克老漁知令含祥荐至翰林鳳得
遇却愁浮木龜風止開颷應在遇赤城壯觀使
吾思

曇和

八月七日申學士偶芳洲爲臻招遠訓儀
於賓館按遇最初揮筆三書記亦坐列倡訓禪
著家學士本净三書記云平生甚倡訓禪
相之話今忙了净半日幸敷歡悦無涯然對墨
坐以訓亦恐忙了半日昨敬奉清語淡然復對墨
書及寄雲水之思半日昨敬奉清語和尚病復
家以偶語故其不遇你誠恨恢之意幸病復
今始巾中詩律以偶語感荷千萬此物連有
爲告及如洗何故其餘
醻酢等此不記焉

姜書記

天外浮槎銀漢涓二山消息遝傳奇秋聲漸覺

寒螿動海味偏教久客知身遠意同辭䲞燕才

疎文似刮毛龜蓬窓獨照西峰月時寄郵筒慰

遠思

疊次前韻謹呈可竹和尚道案

成書記

家在蓮城曲水湄乘槎萬里此游奇神仙窟宅

尋常近天地方圓表裏知畫棟憑風凌快鶻鏡

歌響月躍穹龜汀州采采瓊瑤草帳望雲端有

所思

復用湄字韻奉呈可竹希尚道案

張書記

家在黃驪湖水湄狂歌蹴跡亦淸奇入山采藥

眞堪樂跨海乘槎不自知伏櫪誰憐千里驥潛

身未學六藏龜幽期獨有湯休在蓮社香山贄

夢思

又

悠悠行邁大瀛湄處處江山景絶奇秋色暗從

89

愁裡晚雨聲先到病中知䑛䑛我魏羊公鶴神

識君咍宋國龜故事早還同所願　　王程此外

更何思 ，

復休原韻呈謝三書記　月心

秋光自在水之湄雲斂煙飛一樣奇胡種折蘆

曾嘗度巴歌鳴竹欲忘知絢身爭耐籠中鵡曳

尾何寫泥裡龜東嶺纔懸半輪月峨眉山下悅

相思

奉次湄字韻謹呈可竹長老道案

槎影迢迢銀漢湄男兒偶作此遊奇虎溪一唉

鄭后僑　菊塢

何曾料支遁高名舊已知憐我形容如病鶴嘆

君骨格若神龜清篇帶得青蓮色幾度吟過慰

客思

昨承蘭塘豪丈和湄字韻見惠再依前韻
呈謝・

月心

采舫若非欷海湄爭聞鮫杼墮珠奇寄聲方外

有情厚志傾遲中只意知豪放文應戒鉅鰲雄

威範獲佩金龜神交何克論新舊館裡餘茵誰

不愿　復疉湄韻奉呈可竹禪師

　　　　　　　　張書記

跌宕山阿與永湄半生笫展恣探奇金剛仙窟

身重到桑域名區夢已知直欲乘雲輕翳鳳豈

因迷路忽騎龜壯遊天地心殊快撰撰塵緣毗

我思

風雨罷人極浦湄蘭舟立菁事堪奇討探滇岳

92

多新得露出心所、若舊知仙骨瘦如千歲鶴清
詩價重十朋龜旅愍不有暁相問、爭耐悠悠故
國思

四疊呈寄菊溪居士　　月心

不是湘江一帶湄冥濛煙雨見全奇酒酣逸興
恐無馨詩就豪縱足可知閑雅須追補社烏淨
生執有閑年龜漢川鴨水未由捌健筆蘸永慰
我思　西光寺病卧奉懷可竹長老漫呈二十律二

成書記

日東漢北各天涯萍水相逢本不期萬里其浮

三天海一秋同詠百篇詩長州風怱過船虛孤

嶋雲生縈繞時幽夢幾回鍾碧月一般歸思也

應知

次韻鷦軒居士寓西光寺惠贈

　　　　月心

海環慈嶋水無涯轉孤泊來似有期寰宇齊鳴

三際嶺招提已就八又詩漫漫高與奈良夜眷

94

春再遊復幾時聞爲造見遭戲著客中誰不想

心知

怲風數日泊偏涯超海煩煩執不期吹恨何樓

亮長笛忘疲通夜誦新詩懷消蓬底月傾後夢

斬練若鐘慶時瘡嫌由來恒一矣個心可有逸

人知

舟次慈嶋偶逢仲秋爭奈海嶠雨暗風濤

甚惡數船漂動佳節失興逢底拙什賦呈

學士暨三書記

月心

95

仲秋節此臨天暗懶微吟雲雨月蓴翁風濤霧
綠淺有朋難執楹無客不傷襟因憶寒山子撈
光作我心

西光寺病中奉和可竹和尚中秋風雨韻

成書記

一雨阻登臨佳辰多苦吟船隨風浪舞人與襟
燈淺待月雲遮眼懷鄉淚滿襟不眠禪老在知
我五更心

再次薦軒居士惠韻

月心

柁樓無月臨跛燭獨關吟句寄粗粗思積承緞
緦湶敏縱彰柔筆感激溢緼襟儒釋蹤蹤異喜

君識個心

謹次可竹禪師中秋無月詩韻二嘗

姜書記

巷高悄獨臨遲月復長吟雨積林逾瞋雲歸逕
自浚未能酬病眼從自益煩襟夜久千燈在光

明照佛心

山寺客登臨空林一鳥吟庭虛受月易塔古上

吾淡境寂空聞法神清更整襟愀然忽不適裳

葉動歸心
再次耕收居士惠韻
　　　　　　　月心

倡酬逸興臨雅韻助卑吟方外盟何篤程中懷
甚溪山皆極風鑒物豈滿虛襟望後餘明月不
妨照客心
西光寺病中奉次可竹和尚疊示韻
　　　　　　　成書記

蕭聲雲海臨萬木動悲吟鳥去暮天闊龍潛秋

98

水淡孤舟儻絕鷗百慮已煩襟誰問漳濱疾空

門有月心　押韻之際偶犯法字、而古人於吟詠之間不避名字、非敢慢也、恕諒幸甚

海嶠共誰臨病中莊寫吟藏船沙港淺伏枕石

樓淡邈爾懷前路愀然正容襟詩來喜無寐晴

月到天心．

復疊原韻謝星嘯軒居士兼酬菊溪居士
封字．
　　　　月心

音容日日臨窗至喜琅玕吟韻峻如山峻情淡於

海淡雲濤隨健筆冰雪寒清襟隻字猶應襲麈所

封見赤心宇卽莂溪自筆也故云

封見赤心上封有荄溪同封之四

赤間關卅什 今般有以不投韓客 故對州儒生有和

憶昔龍舟漂海門望之波浪渺空存六軍不發

幼天子兩相爭禁舊世宠横並視而頻墮涙

潮鳴聽者欲消魂　玉容遺得彌陀刹樣客是

誰不慕尊

有感二首奉次可竹老和尚清韻

芳洲 對州記室
雨森氏

寥間荒祠枕海門可憐香火至今存龍歸仙府

100

鵑鳥啼迹鳥呼秋風如訴冤遺恨未敦姦究骨空
名難慰義忠魂闊階千十因長古當日無人諫
　　至尊
昔時朝政出多門典禮周家幾個存兇逆干戈
互分黨生靈塗炭頻呼冤兩氏　皇廟秋風恨
波湧龍宮月夜魂　　聖代秖今戒陳跡乾坤白
日　帝居尊
　　再依前韻謝呈芳洲儒生書案
　　　　　　　　　　月心

101

世遼不敢見關門、文字赤間名此存、山嶽争坐

增壯觀海潮日日洗隴冤幽塗親弔哲人韻覺

路可登諸將魂都會雲林龍樹密依稀相對逸

多尊

夔和可竹和尚玉韻　芳洲

官路紛紛殊佛門東來書劍喪吾存鴻飛半夜

雨中恨蜑咽千林霜後寃袛屄乾坤催老鬢且

須風月役吟魂衰齡幾日齋君久好護禪扉禮

世尊

復疊謝呈

月心

海濶圓通無礙門　一重關鎖亦何存　瑀琚足委

君臣義櫩樑徒擔佛祖寃感極增看异志氣

詞豪亦用費精魂可欽儒雅眞文物恐起潛龍

宮裡尊

三疊謹奉可竹和尚梧右

芳洲

翠輦何事出都門朝箏恨無謀士存

璽波曆

滇新消息燈燃冷殿照幽宼周主不返河濱淚

蜀帝將迷雨後魂天祿永終非一日方知太寶
哲爲尊

奉和可竹老和尚赤關懷古韻二首

霞沼松浦氏室
對州記室

西去雄關控海門悠悠舊事蹟徒存渚煙人没

當時壘山鳥猶啼千古冤浩肭空波秋筒棹淒

涼風雨夜驚魂此知舜好人間在終有茅祠奠

至尊

枕海荒祠茅作門蒼凉古木至今存潮聲衝石

104

旋成咽山色拖雲似結寃圖壁春風空遺恨停テ

颷秋夕只傷魂欲搜往事無由得時聽村氓說

至尊

　再次霞沼儒生芳韻、　　月心

蘀聲一自輪津門博岸至今有響存武烈縱難

消舊憤、皇風奚克認生寃、　　影階雨滴易從

濕曲几煙凝應返魂、　　仙府窀論幽顯興　朝

永頓頹、　　衰龍尊

星槎答響卷下　終

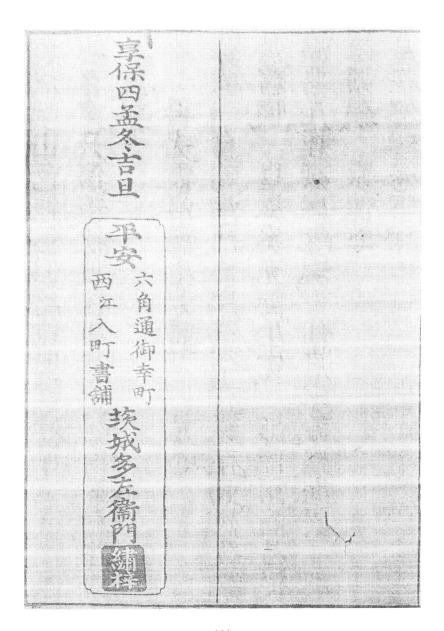

享保四盂冬吉旦

平安
六角通御幸町
西江入町書舖
茨城多左衞門

【영인자료】

桑韓星槎答響
桑韓星槎餘響

여기서부터 영인본을 인쇄한 부분입니다. 이 부분부터 보시기 바랍니다.

조선후기 통신사 필담창화집
번역총서를 간행하면서

　20세기 초까지 한자(漢字)는 동아시아 사회의 공동문자였다. 국경의
벽이 높아서 사신 외에는 국제적인 교류가 불가능했지만, 문자를 통
한 교류는 활발했다. 중국에서 간행된 한문 전적이 이천년 동안 계속
한국과 일본을 비롯한 주변 나라에 전파되었으며, 사신의 수행원들은
상대방 나라의 말을 못해도 상대방 문인들에게 한시(漢詩)를 창화(唱
和)하여 감정을 전달하거나 필담(筆談)을 하며 의사를 소통했다.

　동아시아 삼국이 얽혀 싸웠던 임진왜란이 7년 만에 끝난 뒤, 조선에
군대를 파견하였던 중국과 일본은 각기 왕조와 정권이 바뀌었다. 중
국에는 이민족인 청나라가 건국되고 일본에는 도쿠가와 막부가 세워
졌다. 조선과 일본은 강화회담이 결실을 맺어 포로도 쇄환하고 장군
이 계승할 때마다 통신사를 파견하여 외교를 회복했지만, 청나라와
에도 막부는 끝내 외교를 회복하지 못하고 단절상태가 계속되었다.
일본은 조선을 통해서 대륙문화를 받아들일 수밖에 없었고, 그 방법
중 하나가 바로 통신사를 초청할 때 시인, 화가, 의원 등의 각 분야
전문가를 초청하는 것이었다.

오백 명 규모의 문화사절단 통신사

연암 박지원은 천재시인 이언진(李彦瑱, 1740~1766)이 11차 통신사 수행원으로 일본에 다녀온 지 2년 만에 세상을 뜨자, 이를 애석히 여겨「우상전」을 지었다. 그 첫머리에 일본이 조선에 다양한 전문가들로 구성된 문화사절단을 파견해 달라고 요청한 사연이 실려 있다.

일본의 관백(關白)이 새로 정권을 잡자, 그는 저축을 늘리고 건물을 수리했으며, 선박을 손질하고 속국의 각 섬들에서 기재(奇才)·검객(劍客)·궤기(詭技)·음교(淫巧)·서화(書畵)·여러 분야의 인물들을 샅샅이 긁어내어, 서울로 모아들여 훈련시키고 계획을 갖추었다. 그런 지 몇 달 뒤에야 우리나라에 사신을 파견해 달라고 요청하였는데, 마치 상국(上國)의 조명(詔命)을 기다리는 것처럼 공손하였다.

그러자 우리 조정에서는 문신 가운데 3품 이하를 골라 뽑아서 삼사(三使)를 갖추어 보냈다. 이들을 수행하는 사람들도 모두 말 잘하고 많이 아는 자들이었다. 천문·지리·산수·점술·의술·관상·무력으로부터 통소 잘 부는 사람, 술 잘 마시는 사람, 장기나 바둑 잘 두는 사람, 말을 잘 타거나 활을 잘 쏘는 사람에 이르기까지, 한 가지 기술로 나라 안에서 이름난 사람들은 모두 함께 따라가게 되었다. 그런데 이들 가운데서도 문장과 서화를 가장 중요하게 여기지 않을 수가 없었다. 왜냐하면 그들은 조선 사람의 작품 가운데 한 글자만 얻어도 양식을 싸지 않고 천리 길을 갈 수 있기 때문이었다.

도쿠가와 이에하루(德川家治)가 쇼군을 계승하자 일본 각 분야의 대표적인 인물들을 에도로 불러들여 조선 사절단 맞을 준비를 시킨 뒤, "마치 상국의 조서를 기다리는 것처럼 공손하게" 조선에 통신사를 요

청하였다. 중국과 공식적인 외교가 단절되었으므로, 대륙문화를 받아
들이기 위해 조선을 상국같이 모신 것이다. 사무라이 국가 일본에는
과거제도가 없기 때문에 한문학을 직업삼아 평생 파고든 지식인들이
적어서, 일본인들은 조선 문인의 문장과 서화를 보물같이 여겼다.

조선에서도 국위를 선양하기 위해 여러 분야의 문화 전문가들을
선발하여 파견했는데, 『계림창화집(鷄林唱和集)』이 출판된 8차 통신사
(1711년) 때에는 500명을 파견했다. 당시 쓰시마에서 에도까지 왕복하
는 동안 일본인들이 숙소마다 찾아와 필담을 나누거나 한시를 주고받
았는데, 필담집이나 창화집은 곧바로 출판되어 널리 읽혔다. 필담 창
화에 참여한 일본 지식인은 대륙의 새로운 지식을 얻었을 뿐만 아니
라, 일본 사회에서 전문가로서의 위상도 획득하였다.

8차 통신사 때에 출판된 필담 창화집은 현재 9종이 확인되었으며,
필담 창화에 참여한 일본 문인은 250여 명이나 된다. 이는 7차까지 출
판된 필담 창화집을 모두 합한 것보다 훨씬 많은 수인데, 통신사 파견
이 100년 가까이 되자 일본에서도 한문학 지식인 계층이 두터워졌음
을 알 수 있다. 8차 통신사에 참여한 일행 가운데 2명은 기행문을 남
겼는데, 부사 임수간(任守幹)이 기록한 『동사록(東槎錄)』이나 역관 김현
문(金顯門)이 기록한 또 하나의 『동사록』이 조선에 돌아와 남에게 보
여주기 위해 일방적으로 쓴 글이라면, 필담 창화집은 일본에서 조선
과 일본의 지식인들이 마주앉아 함께 기록한 글이다. 그러기에 타인
의 눈을 통해 자신의 모습을 객관적으로 볼 수 있다.

16권 16책의 방대한 분량으로 다양한 주제를 정리한 『계림창화집』

에도막부 초기의 일본 지식인은 주로 승려였기에, 당연히 승려들이 통신사를 접대하고, 필담에 참여하였다. 그 다음으로 유자(儒者)들이 있었는데, 로널드 토비는 이들을 조선의 유학자와 비교해 "일본의 유학자는 국가에 이용가치를 인정받은 일종의 전문 지식인에 지나지 않았다"고 규정하였다. 그 가운데 상당수는 의원이었으므로 흔히 유의(儒醫)라고 하는데, 한문으로 된 의서를 읽다보니 유학에도 관심을 가지게 된 것이다. 이노 작스이(稲生若水)가 물고기 한 마리를 가지고 제술관 이현과 서기 홍순연 일행을 찾아가서 필담을 나눈 기록이『계림창화집』권5에 실려 있다.

> 이 현 : 이 물고기는 우리나라의 송어입니다. 조령의 동남 지방에 많이 있어, 아주 귀하지는 않습니다.
> 홍순연 : 이 물고기는 우리나라의 농어와 매우 닮았습니다. 귀국에도 농어가 있는지 모르겠지만, 이것과 같지 않습니까? 농어가 아니라면 내가 아는 물고기가 아닙니다.
> 남성중 : 이 물고기는 우리나라 송어입니다. 연어와 성질이 같으나 몸집이 작으며, 우리나라 동해에서 납니다. 7~8월 사이에 바다에서 떼를 지어 강으로 올라가는데, 몸이 바위에 갈려 비늘이 다 떨어져 나가 죽기까지 하니 그 성질을 모르겠습니다.

그는 일본산 물고기의 습성을 자세히 설명하고 조선에도 있는지 물었지만, 조선 문인들은 이 방면의 전문가들이 아니어서 이름 정도나

추정했을 뿐이다. 홍순연은 농어라고 엉뚱하게 대답하기까지 하였다. 조선 문인이라면 모든 것을 알 수 있을 것이라고 기대했기에 생긴 결과인데, 아직 의학필담으로 분화되기 이전의 형태다. 이 필담 말미에 이노 작스이는 이런 기록을 덧붙여 마무리했다.

> 『동의보감』을 살펴보니 "송어는 성질이 태평하고 맛이 달며 독이 없다. 맛이 진기하고 살지다. 색은 붉으면서 선명하다. 소나무 마디 같아서 이름이 송어이다. 동북쪽 바다에서 난다"고 하였다. 지금 남성중의 대답에 『동의보감』의 설명을 참고하니, '鮏'은 송어와 같은 것이다. 그러나 '송어'라는 이름은 조선의 방언이지, 중화에서 부르는 이름이 아니다. 『팔민통지(八閩通志)』(줄임)『해징현지(海澄縣志)』 등의 책에 모두 송어가 실려 있으나, 모습이 이것과 매우 다르다. 다른 종류인데, 이름이 같을 뿐이다.

기록에서 보듯, 이노 작스이는 다수의 의견에 따라 이 물고기를 '송어'라고 추정한 후, 비교적 자세한 남성중의 대답과 『동의보감』의 기록을 비교하여 '송어'로 결론 내렸다. 그런 뒤에 조선의 '송어'가 중국의 송어와 같은 것인지 확인하기 위해 중국의 여러 지방지를 조사한 후, '송어'는 정확한 명칭이 아니라 그저 조선의 방언인 것으로 결론지었다. 양의(良醫) 기두문(奇斗文)에게는 약초를 가지고 가서 필담을 시도하였다.

> 稻生若水 : 이 나뭇잎은 세 개의 뾰족한 끝이 있고 겨울에 시들지 않으며, 봄에 가느다란 꽃이 핍니다. 열매의 크기는 대두만하고, 모여서 둥글게 공처럼 되며, 생길 때는 파랗고, 익으면 자흑색이 됩니다. 나무

에 진액이 있어 엉기면 향이 나고, 색이 붉습니다. 이름은 선인장 나무입니다. (줄임)

기두문 : 이것이 진짜 백부자(白附子)입니다.

제술관이나 서기들이 경험에 의존해 대답한 것과 달리, 기두문은 의원이었으므로 자신의 지식을 바탕으로 확실하게 대답하였다. 구지현박사의 연구에 의하면 이노 작스이는 『서물류찬(庶物類纂)』이라는 박물지를 편찬하기 위해 방대한 자료를 수집·고증하고 있었는데, 문화 선진국 조선의 문인에게 서문을 부탁하여, 제술관 이현이 써 주었다. 1,054권이나 되는 일본 최대의 백과사전에 조선 문인이 서문을 써 주어 권위를 얻게 된 것이다.

출판사 주인이 상업적인 출판을 위해 직접 필담에 참여하다

초기의 필담 창화집은 일본의 시인, 유학자, 의원 등 전문 지식인이 번주(藩主)의 명령이나 자신의 정보욕, 명예욕에 따라 필담에 나선 결과물이지만, 『계림창화집』 16권 16책은 출판사 주인이 직접 전국 각 지역에서 발생한 필담 창화 원고들을 수집하여 출판한 것이다. 따라서 필담 창화 인원도 수십 명에 이르며, 많은 자본을 들여서 출판하였다. 막부(幕府)의 어용 서적을 공급하던 게이분칸(奎文館) 주인 세오겐베이(瀬尾源兵衛, 1691~1728)가 21세 청년의 몸으로 교토지역 필담에 참여해 『계림창화집』 권6을 편집하고, 다른 지역의 필담 창화 원고까지 모두 수집해 16권 16책을 출판했을 뿐 아니라, 여기에 빠진 원고들까지 수집해『칠가창화집(七家唱和集)』10권 10책을 출판하였다.

　『칠가창화집』은『계림창화속집』이라고도 불렸는데, 7차 사행 때의 최대 필담 창화집인『화한창수집(和韓唱酬集)』4권 7책의 갑절 규모에 해당한다. 규모가 이러하니 자본 또한 막대하게 소요되어, 고쇼모노도 코로(御書物所)인 이즈모지 이즈미노조(出雲寺 和泉掾) 쇼하쿠도(松栢堂)와 공동 투자하여 출판하였다. 게이분칸(奎文館)에서는 9차 사행 때에도『상한창화훈지집(桑韓唱和塤篪集)』11권 11책을 출판하여, 세오겐베이(瀨尾源兵衛)는 29세에 이미 대표적인 출판업자로 자리매김하게 되었다. 그러나 안타깝게도 38세에 세상을 떠나, 더 이상의 거질 필담 창화집은 간행되지 못했다.

필담창화집 178책을 수집하여 원문을 입력하고 번역한 결과물

　나는 조선시대 한문학 연구가 조선 국경 안의 한문학만이 아니라 국경 너머를 오가며 외국인들과 주고받은 한자 기록물까지 연구해야 한다는 생각으로, 첫 번째 박사논문을 지도하면서 '통신사 필담창화집'을 과제로 주었다. 구지현 선생은 1763년에 파견된 11차 통신사 구성원들이 기록한 사행록 9종과 필담창화집 30종을 수집하여 분석했는데, 박사학위를 받은 뒤에도 필담창화집을 계속 수집하여 2008년 한국학술진흥재단의 토대연구에『조선후기 통신사 필담창수집의 수집, 번역 및 데이터베이스 구축』이라는 과제를 신청하였다. 이 과제를 진행하면서 우리 팀에서 수집한 필담창화집 178책의 목록과, 우리가 예상한 작업진도 및 번역 분량은 다음과 같다.

1) 1차년도(2008. 7.~2009. 6.)：1607년(1차 사행)에서 1711년(8차 사행)까지

연번	필담창화집 책 제목	면 수	1면 당 행수	1행 당 글자 수	예상되는 원문 글자 수
001	朝鮮筆談集	44	8	15	5,280
002	朝鮮三官使酬和	24	23	9	4,968
003	和韓唱酬集首	74	10	14	10,360
004	和韓唱酬集一	152	10	14	21,280
005	和韓唱酬集二	130	10	14	18,200
006	和韓唱酬集三	90	10	14	12,600
007	和韓唱酬集四	53	10	14	7,420
008	和韓唱酬集(결본)				
009	韓使手口錄	94	10	21	19,740
010	朝鮮人筆談幷贈答詩(國圖本)	24	10	19	4,560
011	朝鮮人筆談幷贈答詩(東京都立本)	78	10	18	14,040
012	任處士筆語	55	10	19	10,450
013	水戶公朝鮮人贈答集	65	9	20	11,700
014	西山遺事附朝鮮使書簡	48	9	16	6,912
015	木下順菴稿	59	7	10	4,130
016	鷄林唱和集1	96	9	18	15,552
017	鷄林唱和集2	102	9	18	16,524
018	鷄林唱和集3	128	9	18	20,736
019	鷄林唱和集4	122	9	18	19,764
020	鷄林唱和集5	110	9	18	17,820
021	鷄林唱和集6	115	9	18	18,630
022	鷄林唱和集7	104	9	18	16,848
023	鷄林唱和集8	129	9	18	20,898
024	觀樂筆談	49	9	16	7,056
025	廣陵問槎錄上	72	7	20	10,080
026	廣陵問槎錄下	64	7	19	8,512
027	問槎二種上	84	7	19	11,172

028	問槎二種中	50	7	19	6,650
029	問槎二種下	73	7	19	9,709
030	尾陽倡和錄	50	8	14	5,600
031	槎客通筒集	140	10	17	23,800
032	桑韓醫談	88	9	18	14,256
033	辛卯唱酬詩	26	7	11	2,002
034	辛卯韓客贈答	118	8	16	15,104
035	辛卯和韓唱酬	70	10	20	14,000
036	兩東唱和錄上	56	10	20	11,200
037	兩東唱和錄下	60	10	20	12,000
038	兩東唱和後錄	42	10	20	8,400
039	正德韓槎諭禮	16	10	18	2,880
040	朝鮮客館詩文稿(내용 중복)	0	0	0	0
041	坐間筆語附江關筆談	44	10	20	8,800
042	七家唱和集-班荊集	74	9	18	11,988
043	七家唱和集-正德和韓集	89	9	18	14,418
044	七家唱和集-支機間談	74	9	18	11,988
045	七家唱和集-朝鮮客館詩文稿	48	9	18	7,776
046	七家唱和集-桑韓唱酬集	20	9	18	3,240
047	七家唱和集-桑韓唱和集	54	9	18	8,748
048	七家唱和集-賓館縞紵集	83	9	18	13,446
049	韓客贈答別集	222	9	19	37,962
예상 총 글자수					589,839
1차년도 예상 번역 매수 (200자원고지)					약 8,900매

2) 2차년도(2009. 7.~2010. 6.) : 1719년(9차 사행)에서 1748년(10차 사행)까지

연번	필담창화집 책 제목	면수	1면 당 행수	1행 당 글자 수	예상되는 원문 글자 수
050	客館璀璨集	50	9	18	8,100
051	蓬島遺珠	54	9	18	8,748
052	三林韓客唱和集	140	9	19	23,940
053	桑韓星槎餘響	47	9	18	7,614

054	桑韓星槎答響	106	9	18	17,172
055	桑韓唱酬集1권	43	9	20	7,740
056	桑韓唱酬集2권	38	9	20	6,840
057	桑韓唱酬集3권	46	9	20	8,280
058	桑韓唱和塤箎集1권	42	10	20	8,400
059	桑韓唱和塤箎集2권	62	10	20	12,400
060	桑韓唱和塤箎集3권	49	10	20	9,800
061	桑韓唱和塤箎集4권	42	10	20	8,400
062	桑韓唱和塤箎集5권	52	10	20	10,400
063	桑韓唱和塤箎集6권	83	10	20	16,600
064	桑韓唱和塤箎集7권	66	10	20	13,200
065	桑韓唱和塤箎集8권	52	10	20	10,400
066	桑韓唱和塤箎集9권	63	10	20	12,600
067	桑韓唱和塤箎集10권	56	10	20	11,200
068	桑韓唱和塤箎集11권	35	10	20	7,000
069	信陽山人韓館倡和稿	40	9	19	6,840
070	兩關唱和集1권	44	9	20	7,920
071	兩關唱和集2권	56	9	20	10,080
072	朝鮮人對詩集1권	160	8	19	24,320
073	朝鮮人對詩集2권	186	8	19	28,272
074	韓客唱和/浪華唱和合章	86	6	12	6,192
075	和韓唱和	100	9	20	18,000
076	來庭集	77	10	20	15,400
077	對麗筆語	34	10	20	6,800
078	鳴海驛唱和	96	7	18	12,096
079	蓬左賓館集	14	10	18	2,520
080	蓬左賓館唱和	10	10	18	1,800
081	桑韓醫問答	84	9	17	12,852
082	桑韓鏘鏗錄1권	40	10	20	8,000
083	桑韓鏘鏗錄2권	43	10	20	8,600
084	桑韓鏘鏗錄3권	36	10	20	7,200
085	桑韓萍梗錄	30	8	17	4,080
086	善隣風雅1권	80	10	20	16,000
087	善隣風雅2권	74	10	20	14,800
088	善隣風雅後篇1권	80	9	20	14,400

089	善隣風雅後篇2권	74	9	20	13,320
090	星軺餘轟	42	9	16	6,048
091	兩東筆語1권	70	9	20	12,600
092	兩東筆語2권	51	9	20	9,180
093	兩東筆語3권	49	9	20	8,820
094	延享五年韓人唱和集1권	10	10	18	1,800
095	延享五年韓人唱和集2권	10	10	18	1,800
096	延享五年韓人唱和集3권	22	10	18	3,960
097	延享韓使唱和	46	8	14	5,152
098	牛窓錄	22	10	21	4,620
099	林家韓館贈答1권	38	10	20	7,600
100	林家韓館贈答2권	32	10	20	6,400
101	長門戊辰問槎상권	50	10	20	10,000
102	長門戊辰問槎중권	51	10	20	10,200
103	長門戊辰問槎하권	20	10	20	4,000
104	丁卯酬和集	50	20	30	30,000
105	朝鮮筆談(元丈)	127	10	18	22,860
106	朝鮮筆談1권(河村春恒)	44	12	20	10,560
107	朝鮮筆談1권(河村春恒)	49	12	20	11,760
108	韓客對話贈答	44	10	16	7,040
109	韓客筆譚	91	8	18	13,104
110	韓人唱和詩	16	14	21	4,704
111	韓人唱和詩集1권	14	7	18	1,764
112	韓人唱和詩集1권	12	7	18	1,512
113	和韓文會	86	9	20	15,480
114	和韓唱和錄1권	68	9	20	12,240
115	和韓唱和錄2권	52	9	20	9,360
116	和韓唱和附錄	80	9	20	14,400
117	和韓筆談薰風編1권	78	9	20	14,040
118	和韓筆談薰風編2권	52	9	20	9,360
119	鴻臚傾蓋集	28	9	20	5,040
예상 총 글자수					723,730
2차년도 예상 번역 매수 (200자원고지)					약 10,850매

3) 3차년도(2010. 7.~ 2011. 6.) : 1763년(11차 사행)에서 1811년(12차 사행)까지

연번	필담창화집 책 제목	면수	1면당 행수	1행당 글자수	예상되는 원문 글자수
120	歌芝照乘	26	10	20	5,200
121	甲申槎客萍水集	210	9	18	34,020
122	甲申接槎錄	56	9	14	7,056
123	甲申韓人唱和歸國1권	72	8	20	11,520
124	甲申韓人唱和歸國2권	47	8	20	7,520
125	客館唱和	58	10	18	10,440
126	鷄壇嚶鳴 간본 부분	62	10	20	12,400
127	鷄壇嚶鳴 필사부분	82	8	16	10,496
128	奇事風聞	12	10	18	2,160
129	南宮先生講餘獨覽	50	9	20	9,000
130	東渡筆談	80	10	20	16,000
131	東槎餘談	104	10	21	21,840
132	東游篇	102	10	20	20,400
133	問槎餘響1권	60	9	20	10,800
134	問槎餘響2권	46	9	20	8,280
135	問佩集	54	9	20	9,720
136	賓館唱和集	42	7	13	3,822
137	三世唱和	23	15	17	5,865
138	桑韓筆語	78	11	22	18,876
139	松菴筆語	50	11	24	13,200
140	殊服同調集	62	10	20	12,400
141	快快餘響	136	8	22	23,936
142	兩東鬪語乾	59	10	20	11,800
143	兩東鬪語坤	121	10	20	24,200
144	兩好餘話상권	62	9	22	12,276
145	兩好餘話하권	50	9	22	9,900
146	倭韓醫談(刊本)	96	9	16	13,824
147	倭韓醫談(寫本)	63	12	20	15,120
148	栗齋探勝草1권	48	9	17	7,344
149	栗齋探勝草2권	50	9	17	7,650
150	長門癸甲問槎1권	66	11	22	15,972

151	長門癸甲問槎2권	62	11	22	15,004
152	長門癸甲問槎3권	80	11	22	19,360
153	長門癸甲問槎4권	54	11	22	13,068
154	萍遇錄	68	12	17	13,872
155	品川一燈	41	10	20	8,200
156	表海英華	54	10	20	10,800
157	河梁雅契	38	10	20	7,600
158	和韓醫談	60	10	20	12,000
159	韓客人相筆話	80	10	20	16,000
160	韓館應酬錄	45	10	20	9,000
161	韓館唱和1권	92	8	14	10,304
162	韓館唱和2권	78	8	14	8,736
163	韓館唱和3권	67	8	14	7,504
164	韓館唱和續集1권	180	8	14	20,160
165	韓館唱和續集2권	182	8	14	20,384
166	韓館唱和續集3권	110	8	14	12,320
167	韓館唱和別集	56	8	14	6,272
168	鴻臚摭華	112	10	12	13,440
169	鷄林情盟	63	10	20	12,600
170	對禮餘藻	90	10	20	18,000
171	對禮餘藻(明遠館叢書 57)	123	10	20	24,600
172	對禮餘藻(明遠館叢書 58)	132	10	20	26,400
173	三劉先生詩文	58	10	20	11,600
174	辛未和韓唱酬錄	80	13	19	19,760
175	接鮮瘖語(寫本)1	102	10	20	20,400
176	接鮮瘖語(寫本)2	110	11	21	25,410
177	精里筆談	17	10	20	3,400
178	中興五侯詠	42	9	20	7,560
예상 총 글자수					786,791
3차년도 예상 번역 매수 (200자원고지)					약 11,800매

1차년도에는 하우봉(전북대) 교수와 유경미(일본 나가사키국립대학) 교수를 공동연구원으로 하여 고운기, 구지현, 김형태, 허은주, 김용흠 박

사가 전임연구원으로 번역에 참여하였다. 3년 동안 기태완, 이지양, 진영미, 김유경, 김정신, 강지희 박사가 연구원으로 교체되어, 결국 35,000매나 되는 번역원고를 마무리하였다.

일본식 한문이 중국식 한문과 달라서 특히 인명이나 지명 번역이 힘들었는데, 번역문에서는 독자들이 읽기 쉽도록 한국식 한자음으로 표기하고, 첫 번째 각주에서만 일본식 한자음을 표기하였다. 원문을 표점 입력하는 방법은 고전번역원에서 채택한 방법을 권장했지만, 번역자마다 한문을 교육받고 번역해온 과정이 다르기 때문에 재량을 인정하였다. 원본 상태를 확인하려는 연구자를 위해 영인본을 뒤에 편집하였는데, 모두 국내외 소장처의 사용 승인을 받았다.

원문과 번역문을 합하여 200자원고지 5만 매 분량의『조선후기 통신사 필담창화집 번역총서』를 12,000면의 이미지와 함께 편집하고 4차에 나누어 10책씩 출판하는 과정이 복잡하고 힘들었기에, 연세대학교 정갑영 총장에게 편집비 지원을 신청하였다.『조선후기 통신사 필담창수집 번역본 30권 편집』정책연구비(2012-1-0332)를 지원해주신 정갑영 총장에게 감사드린다.

『조선후기 통신사 필담창화집 번역총서』를 편집하는 과정에 문화재청으로부터『통신사기록 조사 및 번역, 데이터베이스 구축』연구용역을 발주받게 되어, 필담창화집을 비롯한 통신사 관련 기록을 세계기록유산으로 등재하는 작업에 참여하게 된 것도 기쁜 일이다. 통신사 관련 기록들이 모두 데이터베이스로 구축되어 국내외 학자들이 한일문화교류, 나아가서는 동아시아문화교류 연구에 손쉽게 참여하게 된다면『통신사 필담창화집 번역총서』의 사명을 다하는 것이라고 생각한다.

조선후기 통신사가 동아시아 문화교류 연구에 중요한 이유는 임진왜란 이후에 중국(청나라)과 일본의 단절된 외교를 통신사가 간접적으로 이어주었기 때문이다. 통신사 필담창화집 번역총서 60권 출판이 마무리되면 조선후기에 한국(조선)과 중국(청나라) 지식인들이 주고받은 척독집 40여 권도 데이터베이스로 구축하여, 일본에서 조선을 거쳐 청나라로 이어지는 '동아시아 문화교류의 길' 데이터베이스를 국내외 학자들에게 제공하고자 한다.

░ 고운기(高雲基)

한양대학교 국어국문학과와 연세대학교 대학원 국어국문학과 졸업. 문학박사.
일본 게이오대학교 방문연구원, 메이지대학교 객원교수 역임.
연세대학교 국학연구원 연구교수를 거쳐
현재 한양대학교 문화콘텐츠학과 교수.

조선후기 통신사 필담창화집 번역총서 18
桑韓星槎答響・桑韓星槎餘響

2014년 8월 28일 초판 1쇄 펴냄

역 자 고운기
발행인 김흥국
발행처 도서출판 보고사

등록 1990년 12월 13일 제6-0429호
주소 서울특별시 성북구 보문동7가 11번지 2층
전화 922-5120~1(편집), 922-2246(영업)
팩스 922-6990
메일 kanapub3@naver.com
http://www.bogosabooks.co.kr

ISBN 979-11-5516-293-4 94810
      979-11-5516-055-8 (세트)
ⓒ 고운기, 2014

정가 23,000원
사전 동의 없는 무단 전재 및 복제를 금합니다.
잘못 만들어진 책은 바꾸어 드립니다.

이 도서의 국립중앙도서관 출판예정도서목록(CIP)은 서지정보유통지원시스템 홈페이지
(http://seoji.nl.go.kr)와 국가자료공동목록시스템(http://www.nl.go.kr/kolisnet)에
서 이용하실 수 있습니다. (CIP제어번호 : CIP2014024652)